Der Autor Arthur Schnitzler wurde am 15. Mai 1862 in Wien geboren. Noch bevor er auf das Akademische Gymnasium kam, als Neunjähriger, versuchte er, seine ersten Dramen zu schreiben. Nach dem Abitur studierte er Medizin, wurde 1885 Aspirant und Sekundararzt; 1888 bis 1893 war er Assistent seines Vaters in der Allgemeinen Poliklinik in Wien; nach dessen Tod eröffnete er eine Privatpraxis. 1886 die ersten Veröffentlichungen in Zeitschriften, 1888 das erste Bühnenmanuskript, 1893 die erste Uraufführung, 1895 das erste Buch, die Erzählung ›Sterben‹ bei S. Fischer in Berlin. Beginn lebenslanger Freundschaften mit Hugo von Hofmannsthal, Felix Salten, Richard Beer-Hofmann und Hermann Bahr. Das dramatische und das erzählerische Werk entstehen parallel. Stets bildet der einzelne Mensch, die individuelle Gestalt »in ihrem Egoismus oder ihrer Hingabe, ihrer Bindungslosigkeit oder Opferbereitschaft, in ihrer Wahrhaftigkeit oder Verlogenheit« (Reinhard Urbach), den Mittelpunkt seiner durchweg im Wien der Jahrhundertwende angesiedelten Stoffe. Arthur Schnitzler hat, von Reisen abgesehen, seine Geburtsstadt nie verlassen; am 21. Oktober 1931 ist er dort gestorben.

Arthur Schnitzler
Das erzählerische Werk

In chronologischer Ordnung

Arthur Schnitzler
Sterben

Erzählungen
1880–1892

Fischer
Taschenbuch
Verlag

Ungekürzte, nach den ersten Buchausgaben durchgesehene Ausgabe
Veröffentlicht im Fischer Taschenbuch Verlag GmbH,
Frankfurt am Main, Oktober 1992

Lizenzausgabe mit freundlicher Genehmigung
des S. Fischer Verlags GmbH, Frankfurt am Main

Umschlagentwurf: Buchholz / Hinsch / Hensinger
unter Verwendung eines Gemäldes von Egon Schiele
›Doppelportrait Heinrich und Otto Benesch‹, 1913
Gesamtherstellung: Clausen & Bosse, Leck
Printed in Germany
ISBN 3-596-29401-0

Gedruckt auf chlor- und säurefreiem Papier

Inhalt

Albine

Fragment

Es ist eine Nacht zu Beginn des Frühlings. Noch ist der Karneval nicht zu Ende für das lebenslustige Volk der Residenz. Aus vielen Fenstern strahlt Lichterglanz, in den Straßen fahren Wagen, durch deren rotglitzernde Glasscheiben man den Schein funkelnd weißer, unruhiger Ballkleider wahrnimmt. Den Häusern entlang eilen verspätete Ballgäste, einzelne, deren Erwartungen sich nicht erfüllten, kehren verdrossen heim mit nachlässig übergeworfenem Mantel und verschlafenen Augen, ärgerlich über die verstörte Nacht. – Da kommt eben einer des Wegs, just durch eine der elegantesten breiten Straßen; ein junger Mann, der kaum dreißig Jahre zählen mag. Sein Blick gleitet verdrießlich auf dem Boden hin, der Zylinder sitzt tief in der Stirne, der Überzieher ist unten zugeknöpft, oben offen, so daß man auch den Stengel einer halbwelken und zerdrückten Rose sehen kann, die unordentlich im Knopfloch des Fracks steckt; die weiße Krawatte, von tadellosem Schwung in der Anlage, hängt schief und lose, die Hände hat der Mann in die Rocktaschen gesteckt und macht zu alldem ein ziemlich gleichgiltiges Gesicht. Jetzt setzt er sich trotz der recht empfindlichen Kühle auf eine Bank, ohne zu merken, daß in der andern Ecke ein zweiter einsamer Wanderer sich niedergelassen hat, dreht sich eine Zigarette und zündet sie mittelst eines silbernen Feuerzeugs an.

Der Mann in der andern Ecke wandte rasch den Kopf nach dem Ankömmling, strich dann über sein entblößtes Haupt und sah ruhig vor sich hin. So saßen beide eine Weile, ohne sich um einander zu kümmern. Man hörte Glockenschläge vom nächsten Kirchturm, der Herr mit der Zigarette horchte aufmerksam zu und schien die Schläge zählen zu wollen, als die Schläge einer andern Glocke mit denen der ersten sich mischten. Er schüttelte ärgerlich den Kopf und fragte schließlich seinen Nachbar: »Entschuldigen Sie, mein Herr, hat es jetzt zwölf oder eins geschlagen? Meine Uhr hat die üble Gewohnheit, stehenzubleiben, sobald ich einen Schritt getanzt habe, und aus dem Kirchengeläute wird ein vernünftiger Mensch nicht klug.«

»Wenn Sie mich um die Zeit fragen«, erwiderte der andere, »so wenden Sie sich sicher an den Unrechten. Meine Uhr liegt zu Hause, ich vergaß es, sie mitzunehmen, und im übrigen verbringe ich meine Zeit so gleichmäßig, so eintönig, daß mir jede Berechnung für den Verlauf der Minuten, Stunden, beinahe auch für den der Tage abgeht.«

»Sie mögen sich wie immer gelangweilt haben, verehrter Herr, gegen die Langweile, die ich ausgestanden habe, ist Ihre ein Amusement.«

»Ich wollte es nicht auf einen Vergleich ankommen lassen.«

»Wie Sie mich hier sehen, komme ich von einem Ball. Vorher war ich im Kaffeehaus, spielte Billard, – wieder eine Weile früher aß ich in einem Hotel mit zwei sogenannten Freunden zu Mittag, vormittag... Aber entschuldigen Sie, daß ich Ihnen da Dinge erzähle, die Sie nicht im geringsten interessieren können.«

»O bitte, sprechen Sie nur weiter. Jeder Mensch, der schlecht aufgelegt ist, kann gewiß sein, bei mir eine mitfühlende Seele zu finden.«

»Wahrhaftig, Sie sind auch verstimmt?... Das freut mich... Pardon – aber...«

»Ich pardonniere Sie ohne weiters. Mit jeder Stufe der üblen Laune wächst der Egoismus. Ich mache kein Hehl daraus, daß es mir unerträglich ist, um mich herum lachen zu hören, wenn mir alle und jede Lust dazu fehlt.«

»Sie machen eine Miene, als wollten Sie sagen: ›Wenn mir das Weinen näher ist‹.«

»Man ist oft dem Weinen nah, aber man weint sehr selten. Man verbirgt diesen ursprünglichen Ausdruck einer schmerzlichen Empfindung mit einer gewissen Ängstlichkeit selbst seinen besten Freunden.«

»Oder es muß sich eine Träne auf die andere reimen, das Ganze auf Velinpapier gedruckt und mit Goldschnitt verziert sein. Man sieht jetzt diese elegante Wehmut öfter in den Salons oder in Boudoirs auf kleinen Tischen liegen.«

»Darüber kann ich nun allerdings nichts sagen, da ich weder in Salons oder in Boudoirs verkehre.«

»Auch niemals verkehrten?... Aber wir sind nun hier in ein Gespräch gekommen, ohne auch nur unsere Namen zu nennen. Ich habe das Vergnügen, mich Ihnen als Richard von Mertens vorzustellen.«

»Mein Name ist Bonifaz Friedus.«

»Also Herr Friedus«, fuhr Mertens fort, »Sie verkehrten niemals in derartigen Kreisen?«

»Seit lange nicht. Und nie in intimer Weise.«

»Beneidenswerter!«

»Das sagen Sie mir?... Wissen Sie, was ich bin? – Ich bin – aber Ihnen wird die Fülle des Unglücks gar nicht klar sein, die in dem Worte steckt – ich bin ein Gelehrter. Das heißt natürlich, in die Sprache der Vernunft übersetzt: Ich bin kein Gelehrter. Glauben Sie mir, verehrter Herr von Mertens, ich bin nichts weniger als das, was ich bin.«

»Bescheidenheit, Herr Friedus.«

»O gewiß nicht. Ich werde mich ebensowenig scheuen zu sagen, daß ich sehr viel studiert habe, als daß ich nichts weiß. – Aber ich langweile Sie mit altbekannten Dingen. Es gibt nichts Gewöhnlicheres als die Unbefriedigung.«

»Sie fanden das Glück der Wahrheit nicht, und ich, ich suche vergeblich nach der Wahrheit des Glücks.«

»Sie, Herr von Mertens, verließen aus Überdruß den Tanzsaal, ich aus Überdruß die Studierstube. Wir finden uns beide auf der Straße, sympathisieren, weil wir uns ennuyieren, und werden uns wieder trennen, um von neuem auf so verschiedenen Bahnen zum selben Ziel zu wandeln.«

»Ach Bonifaz Friedus, ich gäbe den Rest meines Lebens für einen Tag, an dem mir was begegnete, was ich früher noch nicht erlebt. Ich möchte sterben für was Neues!«

»Sie sind noch nicht verloren, Herr von Mertens, denn Sie haben noch Leidenschaft.«

»Aber ich fühle – fühle mit Schrecken, wie es von Tag frostiger und kühler um mein Dasein weht, – mich freut nichts mehr, Spiel und Wein und Weiber. Und ich bin erst dreißig Jahre alt, Herr Friedus!«

»Ich bin zwei Jahre jünger.«

»Wie soll das weitergehn, wenn man mit dreißig Jahren fertig ist?«

»Die selben Fragen, die ich mir Tag für Tag stelle. Die Antwort ist trostlos. Jawohl, wir sind beide fertig.«

»Ach Sie, Herr Friedus! was für ein weites Feld liegt zu Ihren Füßen! Sie durchmessen es niemals. Auch wenn Sie Tag und Nacht ruhelos Ihr Werk zu vollbringen suchen.«

»Und das sagen Sie mir zum Troste. Mit meinem Studieren ist's aus, nach Bücherwissen sehne ich mich nicht mehr. Band um Band hab' ich heut in die Ecke geworfen. Ob ich nun einen Blick in die Geschichte warf, oder in die Astronomie, oder in die Medizin, oder in die Mathematik – Sie sehen, ich bin überall herumvagiert, aber es gefällt mir nichts mehr von alldem. Fahr' hin, Gelehrsamkeit, ich bin zu Ende!«

»Die Kunde von der Menschheit und des Menschen Entwicklung, die Wissenschaft von Welt und Welten … und Sie lassen all das fahren? und Sie können es mit leichtem Mute?«

»Mit leichtem Mut kann ich's nicht lassen, weil mein Geist von nichts weiter entfernt ist als von leichtem Mute. Aber ich lasse es, weil ich zu Ende bin. Weit weniger begreiflich ist, wie Sie sich lossagen können von dem Getriebe voll Abwechslung und glühender Lebhaftigkeit, in dem Sie sich bewegen. Immer neu atmet und pulst es in jenen Regionen, Freude, Liebe wogt um Sie, und lebendige Augen glänzen und spiegeln sich in den Ihren.«

»Sie schwärmen!«

»Von Ihrem Glück.«

»Glück?«

»Und Sie können all das fahren lassen?«

»Ich schenk's dem ersten besten Menschen, der's haben will, und gehe auf und davon. – Ah, Sie nannten es Glück, Friedus!

Versuchen Sie's doch, kosten Sie es durch und sagen Sie mir dann, wie es Ihnen behagt.«

»Ein Gedanke, Mertens. Was fragten Sie doch früher nur?... Wie ich all das gelehrte Zeug so leicht missen könnte. Wollen Sie werden, was ich gewesen?... Wollen Sie von Ihrem alten Leben Abschied nehmen und das meinige fortsetzen?«

»Mit tausend Freuden. Eine Flut von Wißbegierde durchströmt mich. Lernen will ich, zur Erkenntnis gelangen, den Weg gehen, den Sie bis jetzt gewandelt sind, Blumen, weiße Krawatten, Zylinderhüte, lebt wohl, ich bin alles los, was mich bedrückte.«

In diesem Moment hob Bonifaz Friedus den Hut, den Mertens auf den Boden geworfen, bedächtig auf, setzte ihn sich auf den Kopf und sagte: »Ich will Weltmann sein.« Er nahm den Zylinder wieder herunter, drehte ihn in seinen Händen herum, betrachtete ihn und sprach dann: »Wir wollen tauschen, Mertens, und ich will der lustigste Patron sein, der jemals existiert hat. Ich will Sie vor allem in mein Heim führen; alles, was bis jetzt mir gehörte, sei Ihr Eigentum.«

»Und das meine vermache ich feierlich Ihnen«, setzte Mertens hinzu. »Lassen Sie uns gehen und führen Sie mich. Auf dem Wege können wir das Nähere besprechen. Ich will Sie vollkommen in meine Verhältnisse – das heißt in die, in welchen Sie sich von morgen bewegen sollen, einweihen.«

»Ich will Ihnen alles im Angesicht der Dinge und Personen erklären, auf welche sich die Erklärungen beziehen, und ich denke, es wird gut sein, wenn Sie dasselbe tun. Meine Wohnung, Herr von Mertens, ist in der Nähe; ich denke, wir gehen gleich hin.«

Die beiden Männer bogen nach kaum hundert Schritten in eine Seitenstraße ein, ein ganz enger Fußpfad führte von hier in ein sehr ruhiges Gäßchen, in dem ein paar niedrige Häuser und eine kleine Kirche standen. Vor dieser Kirche blieb Bonifaz Friedus stehen. Im Haus gegenüber nahm er an einem Fenster einen matten Lichtschein wahr. Er lächelte und sagte: »Blühdorn arbeitet noch.« Hierauf wandte er sich zu Richard von Mertens mit den Worten: »Hier wohne ich, dieses Häuschen ist mein eigen.« Er öffnete das Tor, ein Mädchen kam ihnen mit einem Licht entgegen und leuchtete ihnen über die düstere, in einem mächtigen Winkel gewundene Stiege zur Wohnung hinauf. »Geben Sie mir jetzt das Licht, Wilhelmine«, sagte Bonifaz. »Treten Sie ein, Herr von Mertens. Gleich durch dieses Stübchen ist das Empfangszimmer, wo ich übrigens schon seit Jahr und Tag keinen Menschen empfangen habe... so, und nun von hier in das Studierzimmer.« Bonifaz öffnete die Tür, und Richard von Mertens warf einen neugierigen Blick in den geräumigen Saal, über den sich nur ein schwaches unbestimmtes Licht ergoß. Vor den drei Fenstern ragte ein graues Gebäude in die Höhe; es schien so nahe zu stehen, daß man die dunkelfarbigen Steine mit der Hand glaubte greifen zu können. Das war die Kirche. An den Wänden des Saals gingen Reihen von Brettern herum, vom Fußboden bis auf die Decke eins über dem andern; drauf lagen Bücher und Folianten, nicht in der besten Ordnung; auf dem Fußboden stehen Globen, Retorten, Röhren, einige mit sonderbarem Saft gefüllt, aus vielen strömt Rauch und Dunst; an der Wandstelle zwischen dem ersten und zweiten Fenster steht ein Pult, zwischen dem zweiten und dritten ein kleiner Tisch. Auf diesem liegen verstreute Schädelknochen; an der Mauer lehnt ein Bild, das eine Leiche darstellt; die einzelnen Teile des Körpers sind mit Buchstaben versehen, die auf wissenschaftliche Anmerkungen hinweisen. Unter dem Tisch steht eine Kiste mit einem zerbrochenen Skelett; auf dem Pult liegt mannigfaches Schreibzeug, von den Fächern sind einige geöffnet, und man bemerkt darin kleine Bücher und Hefte.

Bonifaz Friedus schritt rasch auf den kleinen Tisch zu, er warf die Knochen in die Kiste.

»Nicht doch«, sagte Richard von Mertens, mit einem leisen Lächeln, »was tun Sie denn?«

»O verehrter Freund«, erwiderte Bonifaz, »es mag nicht sonderlich angenehm sein, nach einem Ball auf so zudringliche Weise ans Ende aller Bälle und aller andern schönen Dinge erinnert zu werden.«

»Vergessen Sie nur nicht«, entgegnete Richard, »daß ich nun hier in meinem Reiche bin.« Er bückte sich und nahm ein Totenbein in die Hand.

»Das ist das Schläfenbein«, sagte Bonifaz.

Richard nahm einen mächtigen Folianten her und blätterte darin.

»Eine Geschichte des Dreißigjährigen Kriegs«, erläuterte Bonifaz. »Und dies hier, ein astronomisches Werk aus dem vorigen Jahrhundert.«

In diesem Moment ließ sich ein Brodeln und Zischen vernehmen. Aus einem gläsernen Gefäß spritzte bräunlicher Schaum hervor. Ein Herr im blauen Arbeitsrock mit langen blonden Haaren, mit einer Brille kam aus dem Nebenzimmer, faßte die Henkel des Gefäßes mit beiden Händen und trug es rasch wieder hinaus, ohne sich umzuwenden. »Blühdorn«, rief Bonifaz.

Frühlingsnacht im Seziersaal

Phantasie

Es war drei Uhr morgens und ich verließ den Tanzsaal. Der lag ganz am Ende des Städtchens, und bis man von da wieder in engere und geschlossenere Straßen kam, dauerte es wohl eine Weile. Und meine Stimmung war seltsam. Freude und Lust klangen in meinem erhitzten Kopfe nach. Über den müden Blick senkten sich die Augenlider und die weiche Morgenluft des erwachenden Frühlings zitterte um Stirn und Wangen, so weich und mild beinahe wie der warme Duft von herzigen Mädchenlippen, den ich heute nachts im Wirbel des Tanzes übers Antlitz hauchen fühlte.

Und wie ich so weiter wandle, minutenlang, wirds freier und kühler um mein Haupt. Ich blicke um mich und sehe mich an einer Straßenecke. Ein mattes Licht gießt flimmernden Glanz über die sich kreuzenden Wege, und ich merke, daß ich an wohlbekanntem Ort bin.

Und doch wie fremd scheints mir hier, obwohl ich erst gestern abend dieses dunkle Tor, das halb offen lehnt, verlassen habe und als es schon dämmerte über die dürre Wiese geschritten bin, die hinter dem grauen Mauerwerk sich hinbreitet. Ich bin einsam und sonderbar gleiten meine Gedanken zwischen Wachen und Träumen hin und her. Wie im Schlaf schreit ich durchs Tor und über die Wiese und stehe still vor vergitterten Fenstern. Eine graue Wolke fliegt über mich hin wie ein Bote der Frühe, und ein kühler Wind macht mich frösteln. In seltsamer Weise ergreift mich der Wunsch, den Rest der Nacht im Dienste der Wissenschaft hinzubringen... und noch warm von dem tollen Treiben des lustigen Lebens, mich zu versenken in die Erkenntnis des Todes.

Und so öffne ich die Tür und trete in den dunkeln, gewölbten Saal. Ich nehme die Lampe aus einer Fensternische und zünde ein Licht auf. Einen grünen Schirm breit ich um die Flamme und stelle sie zu Häupten des Toten. Da fließt ein gelber Schein über das fahle, regungslose Antlitz. Nur um den Mund scheint es leise zu zucken. Ringsum die anderen Leichen liegen im Dunkel. Ich werfe den schwarzen Mantel um die Schultern, nehme das Messer und das übrige Werkzeug, um die Arbeit zu beginnen.

Doch mir ist schwül geworden in dem engen Raum. Zum Fenster schreit ich hin und öffne es weit, weit. Und es flutet Sternenglanz still ins düstre Haus und fliegt über den steinernen Boden hin und zittert matt an der Wand hinauf. Inmitten dieses wundersamen Anblicks steh ich da. Über mein Haupt zieht der Hauch der Frühe und mich umfließt in blauen Wellen das Mondenlicht.

Und wie träumend laß' ich auf den Sessel mich nieder, mich dem unbeschreiblichen Märchen zu entwinden, das mich umgibt.

Da hör ich Stimmen vor dem Fenster. Ich schaue auf. Ein Schatten huscht vorbei, die Türe knarrt. Ich erhebe mich von meinem Sessel und trete der Schwelle näher. Meiner Hand entsinkt das Messer, da ich eine schlanke Mädchengestalt vor mir sehe. Ich kenne das Antlitz, das nun so ängstlich lächelt, und auch das einfache Gewand, das über die Hüften herabfließt, erblicke ich nicht das erstemal... und halblaut ruf ich aus: »Christine...« So hieß des Anatomiedieners Töchterlein, und wenn wir's Kollegium verließen, da sahen wir sie immer mit dem Strickzeug am Fenster in ihrem kleinen Stübchen sitzen; verschämt lächelte sie, wenn einer es wagte, leise mit der Hand über die Glasscheiben zu streichen, daß es ganz unmerklich klirrte, und niemandem sah sie in die Augen. Und Christine stand an der Schwelle des Leichensaales, und noch hatte sie meinen Ruf nicht erwidert, als ich mit einemmal eines zweiten menschlichen Wesens gewahr wurde... und wer mir Aug in Aug gegenüberstand, mit einemmal aus dem Dunkel hervortrat, war niemand anderer als mein werter Freund und Kollege Stephan Kalman. Da schwirrte es mir auch durch den Kopf, daß keiner so gern an dem Fenster Christinens mit der Hand spielte als Stephan, und daß er weit öfter durch die Scheiben guckte als alle anderen, so daß er sich nicht selten sogar wieder umwandte, wenn er schon vorüber war, und verstohlen nach Christinen schielte. Ja, hatte ich nicht sogar einmal bemerkt, daß das schüchterne Mägdlein aufblickte von ihrer Arbeit, just als er vorbeiging, und dabei feuerrot im Gesicht wurde.

Und eben dieser Stephan stand vor mir und faßte Christinens Hand, lachte mich gar lustig an, gab mir einen humoristischen Backenstreich und hub an zu singen:

»'s ist doch was Wunderbares
Ums Lieben
Was Wunderbares.«

Dabei faßte er sein Mädchen und drehte sich mit ihr im Kreise, bis er mitten in dem dämmrigen Saale stand. Da sang er wieder:

»Wie führt uns doch die Liebe
Oft sonderlichen Weg.«

»Nicht wahr«, sagte er zu mir, »sehr sonderliche Wege... O süßeste Christine«, rief er plötzlich und küßte sein Lieb auf die vollen Lippen. Sie umschlang seinen Nacken und küßte ihn wieder. Ich faßte mich allmählich und sagte zu dem feurigen Jüngling: »Du merkwürdiger Kumpan... ich...«

Er ließ mich aber nicht reden. »Merkwürdig! Ei doch, das ist nicht übel. Es ist doch weit merkwürdiger, in tiefer Nacht zu studieren als zu küssen in solcher Stunde...« und blickte seinem Mädchen mit Innigkeit in die Augen.

»Aber Stephan, hier!«

»Die Liebe führt oft sonderlichen Weg. Hier, mein geliebter Freund, sind wir eben vor allem sicher... außer vor Leuten deines Schlages. Und Leute deines Schlages kenn ich bei Gott nur einen... und der bist du selbst. Und das auch erst seit diesem Augenblick. O Christine, meine holde Christine...«

»Und der Schauer der Verwesung rings um die Liebe«, flüsterte ich. Aber sie hörten nicht und hielten sich umschlungen. Da ich mich nun an den Türpfosten lehnte und wie verloren vor mich hinsah, blieb es wohl eine Minute lang still. Die Liebenden hingen regungslos aneinander und es ruhte wie ein Zauber über uns allen.

Da tönte mit einemmal ein langgezogener, heller klagender Klang durch die Luft. Wie aus der Ferne strömte der Laut zu uns durch den schlummernden Äther und wurde ein zweites Mal gehört und klang nahe und von neuem weiter. Und die Töne fanden sich zu einer Melodie... da mußte wohl ein Wanderer herbeiziehen von der Landstraße her; und raschen Schrittes, wie es schien, denn nun hörte man's lauter und lustiger als früher. Nah an der Mauer schwebte jetzt über die Wiese ein langer unruhiger Schatten. Ein gebräuntes, lachendes Antlitz erblickte ich vor dem Fenster, von schwarzen Locken umwallt, mit blitzenden Augen. Wild fuhr der Bogen über die Saiten und der Mantel flatterte hastig um die Gestalt, da der Arm sich rasch bewegte.

Und nun begann der Mann auch zu singen. Einen tollen Gesang, und schaute auf das verliebte Paar, das wie träumend dastand und Wang an Wang gelehnt hielt.

Dann sprang er herein übers Fensterbrett, und mit lächelndem feurigen Blick stand er zu Häupten des Toten. Nun begann er zu hüpfen, während er sang, geigte, tanzte herum, daß ich schon vermeinte, alles um mich herum tanzen zu sehen, und dastand, als hielte mich ein unbeschreiblicher Bann gefangen.

Stephan und Christine umfaßten sich, sie wirbelten, ohne daß sie den Boden berührten, sie küßten sich und seufzten und ihre Locken flogen umeinander. Und des seltsamen Wanderers krauses Haupthaar wallte auch gar lustig hin und her, während sein ganzer Leib in unsäglicher Bewegung schien. Und es baute sich Ton auf Ton und schienen die Laute ineinanderzufließen und rankten als blühende Melodie sich ans graue Gewölbe hinan. Das war ein jubelndes Ertönen, Widerhallen, und wie ein duftendes Blumenmeer umgab uns die Musik in umschmeichelnder Betäubung. Zu unsern Füßen wogte es dahin und blinkte, glitzerte, als gestaltete der Tanz sich zu sichtbarem Gold, und das Liebespaar glitt dahin in wahnsinniger Verzückung. Da krachte es plötzlich, und zur Erde nieder fiel Geige und Bogen. Das Lied des Wanderers verstummte, und er selbst fuhr mit den Händen wild in der Luft herum, als wollte er den unsicher gleitenden Nachhall erfassen, auf daß es still werde mit einemmal. Und als es nun ganz still war, schritt der Mann langsam hinaus durch die offene Tür.

Christine aber und Stephan, die hochatmend und erhitzt ihm folgen wollten, sanken an der Schwelle nieder und hielten sich fest bei der Hand.

Was aber war denn mit mir, und wer erschien mit einemmal als Genosse meiner Einsamkeit, der es wagen durfte, so heftig meinen Kragen zu rütteln, daß ich schier zu ersticken glaubte. »Ei doch«, schrie ich und warf den Kopf herum. »Da sei doch Gott vor, daß ich's auf dem Gewissen hätte, den Herrn das Kollegium verschlafen zu lassen«, erwiderte der Anatomiediener, indem er allmählich meinen Kragen ausließ. »Aber es ist doch höchst sonderbar, daß der Herr just an der Tür des Seziersaals seine Schlafstatt suchen.«

»Deine Tochter, Mensch«, schrie ich, noch lange nicht bei Sinnen.

»Meine Tochter, Herr?« fragte der andere, während ich mich langsam erhob und von der frischen Morgenluft durchschauert war.

»Ich dank Euch, Mann«, sagte ich nun ziemlich ruhig und strich mir über die Augen, denen alles noch wie im Nebel erschien. »Aber das Kollegium hat doch noch nicht begonnen?«

»Und meine Tochter, Herr, was wolltet Ihr denn mit meiner Tochter?«

»Wer?« fragte ich höchst unschuldig. »Ich... Was mag ich da wohl nur geträumt haben?«

»Aus Eurer blassen Farbe zu schließen, gewiß höchst Sonderbares, Herr«, erwiderte der Anatomiediener.

Ich stand bald auf der Straße und im Kreise meiner Freunde. Von weitem sah ich Stephan kommen. Er ging an Christinens Fenster vorbei. Er schaute hinein und machte ein recht gleichgültiges Gesicht. Ich lief ihm entgegen, drückte ihm die Hand, blieb aber erst an jenem Fenster stehen. Ich blickte durch die

Scheiben. Christine saß an ihrem Tischchen. Auch in ihrem hübschen Antlitz war keine Spur von Erregung zu lesen. Sie stickte eben an einem Tüchlein und zählte die Stiche ab.

Seit jenem Morgen verbreitete sich die Sage, ich sei in das Mädchen verliebt.

Welch eine Melodie

Es hört sich an wie ein Märchen... Ein Knabe saß beim Fenster eines Landhauses und blickte nur ab und zu in den Wald hinunter, der gleich an die Villa grenzte und so still dalag, als regte sich kein Zweig in seinem ganzen Bereiche. Es war ein schläfriger Sommernachmittag, und die tiefblaue Luft lag schwer und heiß über der Erde. – Der Knabe hatte vor sich auf dem Fensterbrett ein Notenblatt liegen, auf welches er musikalische Zeichen, wie sie ihm eben einfielen, planlos eintrug. Ganz mechanisch, während er an alles mögliche dachte, zeichnete er vielerlei Notenköpfe auf das Papier und versah sie in einer Art von kindischem Eifer mit Taktzeichen, Kreuzen, bis eine ganze Zeile ausgefüllt war, worauf er seine Spielerei mit befriedigtem Lächeln überblickte. Er hatte keine Ahnung, was nun eigentlich auf dem Blatte stand. Die Schwüle, welche zum offenen Fenster hereingezogen kam, machte ihn müde, er legte den Bleistift aus der Hand und schaute nur so vor sich hin, mit offenen Augen träumend. Es kam ein leiser, ganz leiser Wind... der wehte das Notenblatt hinaus, und ohne Bedauern sah ihm der Knabe nach... wie es sich zuerst in den Ästen verfing und dann langsam auf den schmalen Waldweg herunterglitt, an dessen Saume es liegen blieb. Der Junge kümmerte sich nicht weiter darum und ging nach kurzer Zeit auf sein Zimmer, setzte sich ans Klavier und übte Skalen. –

Ein junger Mensch, dessen Äußeres auch einem flüchtigen Beobachter den angehenden Künstler oder mindestens den Kunstenthusiasten zu erkennen gab, schritt bald darauf, irgendein Lied vor sich hinträllernd, über jenen Waldweg der Hauptstraße zu, als sein Auge auf dem Blatt Papier haften blieb, welches der Wind hergeweht hatte und das nun seine beschriebene Seite dem Jüngling zukehrte. Dieser hob es behend vom Boden auf und betrachtete es neugierig. »Ei, sieh doch!« scherzte er vor sich hin – »also nicht einmal in diesem stadtfernen Wäldchen bin ich der einzige Komponist! – Nun, rechte Kratzefüße das, die mein unbekannter Kollege im Schatten dieser Bäume hergemalt!« Er versuchte nun sich zurechtzufinden und summte allmählich, stückweise sozusagen, die Melodie vor sich hin, die er langsam aus dem Exerzitienblättchen enträtselte. »Nicht übel, wahrhaftig! – Ja, zweifellos – in diesen Noten da steckt etwas! Wer so etwas wegwerfen kann, der muß wohl den Kopf noch voll von ganz andern Ideen haben – bei Gott, ich ließe so etwas nicht im Walde liegen, wenn es mir überhaupt einfiele.« – Dabei begann er nochmals, nun im Zusammenhang, die Melodie, welche der Knabe so ahnungslos auf das Blatt gezeichnet, vor sich hinzusingen – schüttelte den Kopf und sagte: »Innig, sehr innig, etwas für die Weiber, etwas für Ännchen!« –

Und er eilte zu seinem Mädchen, eilte zu Ännchen. Das war nun ein ganz reizendes, süßes Kind und ihrer Mutter, einer armen Witwe, einzige Freude und Seligkeit. Die helle Unschuld sprach aus den Zügen ihres Antlitzes, und der junge Künstler liebte sie mit einem Feuer, mit einer Leidenschaftlichkeit, deren eigentliches tieferes Wesen dem keuschen Sinn des jungen Mädchens noch gar nicht aufgegangen war. Nun trat er zu ihr ins Zimmer. Sie war allein, die Mutter bei einer Verwandten. Der Geliebte setzte sich nach einer flüchtigen, beinahe hastigen Begrüßung zum Flügel und hob an auf den Tasten zu phantasieren. Sie setzte sich zu ihm, blickte ihm still mit holder, ruhiger Freundlichkeit ins Auge und lauschte seinem Spiel. Nach einigen Tönen und Akkorden aber änderte sich der Ausdruck ihres Gesichtes. Sie hörte gespannter und aufmerksamer zu. Auf ihren blassen Wangen stieg eine leise Röte auf – ihr Auge, eben noch klar und ernst, erschien in einem sonderbaren feuchten Glanz. – Eine heftige Bewegung gab sich in ihren Mienen kund. Sie sah aus, als wäre sie mächtig ergriffen, als hätte sie etwas unendlich tief berührt. »Welch eine Melodie!« flüsterte sie. Der junge Künstler improvisierte weiter, immer über jenes Thema, welches ein lächerlicher Zufall ihm im Walde zugetragen. Seine Finger zauberten eine prächtige Fülle von Variationen aus den Tasten hervor, und aus allen tönte jene eine wundersame Melodie, die immer herzlicher, immer schöner erklang, je öfter sie gebracht wurde! – Welch eine Melodie! Nur ein Genius hat solche Gedanken! Ein Genius nur kann durch ein kurzes einfaches Motiv so außerordentlich wirken, daß der Zuhörer wie weltentrückt in der höchsten, unvergleichlichsten Entzückung schwelgt...

Welch eine Melodie! Und als sie jetzt, zum letzten Male angeschlagen, allmählich verhallte, als der junge Künstler geendet – wie zitterte sie nach, als schlürfe die Luft den Wohllaut ein und wollte sich daran berauschen. –

Und das Mädchen, hingerissen, wie in einen himmlischen Traum verloren, saß unbeweglich da. Nur wenige Sekunden freilich, dann heftete sie die großen, schimmernden Augen auf ihn, und ihr Blick hing an ihm mit dem Ausdruck einer leidenschaftlichen, rückhaltlosen Bewunderung. Er wollte eben die Lippen zur Rede auftun – als sie ihm schon zu Füßen gesunken war, des Erstaunten Hände an ihren Mund führte und mit heißen Küssen bedeckte. Er beugte sich sprachlos zu ihr herab, und nun umschlang sie ihn seufzend und lachend, mit einer Wildheit, wie er sie nie von ihr gesehen, nie erwartet. Sie lag in seinen Armen, und ihr Atem umflutete den Geliebten mit betäubender Süßigkeit...

Welch eine Melodie! – Sie war das Präludium unendlicher Seligkeit für ihn und für sie...

Oh, nicht etwa, daß er sie geheiratet hätte – so trivial schließt ein großer Künstler seine interessantesten Abenteuer nicht ab! Aber er blieb ihr lange Zeit treu – ein paar Monate, und während dieser Zeit schrieb er ein Klavierstück und wurde berühmt.

Wahrhaftig, das klingt wie ein Märchen!

Es war ein unglaubliches Motiv darin, wie die Enthusiasten sagten. »Die Ausführung ist talentvoll, die Idee aber ist die eines Genies«, sagte ein Kritiker. Die musikalische Welt war voll von diesem Stück und die Frauen besonders. Das hat kein Liebender komponiert – die Liebe selbst hat das geschaffen. Ja, es war auch ein Thema – für die Weiber besonders! – Armes Ännchen, du hast's an dir erfahren!

Selten war man auf etwas so gespannt wie auf das nächste größere Werk des Komponisten. Es ließ lange auf sich warten, während er, der als der glückliche Erfinder jener schönen musikalischen Idee angesehen wurde, in allen Gesellschaften gefeiert, in manchen Kreisen in den Himmel erhoben wurde und in den Armen der schönsten und elegantesten Damen der Stadt sein Ännchen bald vergaß... Denn die Frauen sind Künstlern gegenüber außerordentlich nobel, sie lieben es, sich für die gebotenen Genüsse zu revanchieren.

Sein Klavierstück wurde populär – man arrangierte es für Streichorchester, und das Motiv machte die Runde durch alle Musiksäle der Welt... Aber wann wird er wieder etwas schreiben? Man wartete, wartete vergebens – und begann enttäuscht zu sein. – Man kannte bald nur mehr jenes herrliche Motiv, und es war daran, daß der Name des Komponisten langsam ins Vergessen kam.

Da, nach einem Jahre vielleicht, lief die Nachricht in der Stadt herum, der kürzlich erst so sehr Gefeierte habe sich eine Kugel ins Herz gejagt. Und es war so – der junge Künstler war tot! Warum hatte er sich erschossen? Unter allen, mit denen er gelebt, konnte es freilich keiner wissen. Ob etwas Großes mit ihm dahingegangen war – wer durfte es entscheiden?...

Wahrscheinlich ist nur, daß in einer dunklen Stunde das Bewußtsein in ihm erwacht war, er verdanke seine plötzliche Berühmtheit weniger seiner eigenen Kraft – als dem Wirken eines sonderbaren Zufalls, dem glücklichen Gedanken irgendeines Träumers, der jenes Notenblatt im Walde verlor; und was ihn getötet, war vielleicht Reue, gekränkte Eitelkeit, vielleicht selbst Neid auf den, welcher jenes Thema geschaffen. Gleichviel, er schied aus der Welt, seines Bleibens war nicht mehr unter denen, die ihn verehrten.

Und der, welcher jene Melodie in der Tat, wenn auch unbewußt, geschaffen? Hört es sich nicht an wie ein Märchen? Wie eine Historie, lächerlich, trübselig und erstaunlich zugleich!

Jener Knabe versuchte das berühmte Klavierstück zu spielen – er brachte es nicht zuwege und ließ es sich von seinem Lehrer vortragen. Den Kopf auf die Hand gestützt, saß er da und lauschte andächtig den wunderbaren Klängen – ...und es war ihm wie jedem, der sich in die Schönheit des Themas versenkte. Eine neue, ungekannte Welt stieg von ihm auf, es überkam ihn wie eine Ahnung von einer fernen, phantastischen Herrlichkeit, die man wohl tief empfinden, aber kaum zu fassen vermag...

Es war die Musik der Sphären, die ihn umquoll. »Welch eine Melodie!« –

Er wartet auf den vazierenden Gott

Nämlich mein Freund Albin wartet auf ihn. Er ist ein Poet, Albin, und zwar ist er das Genie des Fragments; er hat noch nie etwas bis zu Ende geschrieben. Die Ideen strömen ihm zu, das erzählt er mir oft, und ich war dabei, wie er in seiner Kaffeehausecke saß, auf die Marmorplatte des Tisches starrte und plötzlich aufsprang – weil die Ideen ihn nicht in Ruhe ließen. Ich faßte es sofort auf: er flüchtete vor den hunderterlei Gestalten, die da im Qualm des Kaffeehausdunstes um ihn tanzten, und ich, der ihm gegenübersaß, schaute ihm bewundernd nach. Ich wußte schon, daß er morgen mit der Mitteilung vor mich hintreten würde: Gestern nacht um ein Uhr hab' ich eine Novelle zu schreiben angefangen... Oder gar ein Drama! Oder er würde auch sagen: Höre einmal... dann pflegte er Reflexionen vorzulesen, abgerissene Sätze oder nur einzelne Worte mit irgendeinem überraschenden Epitheton.

Seine Reflexionen enden gewöhnlich mit einem Gedankenstrich, so ein Gedankenstrich, der zu einem spricht: Bitte sehr, setzen Sie jetzt diesen Gedanken fort, wenn Sie können! Ich weiß, daß ich einmal über einen solchen Gedankenstrich sehr pikiert war, weil ich nicht fortsetzen konnte, und zwar insbesondere, weil ich das Aphorisma nicht verstand. Albin aber würdigt mich seiner Freundschaft nach wie vor; denn ich bin nichtsdestoweniger der einzige, welcher ihn versteht. Man wird jetzt begreifen, warum ich manchmal stolz erscheine.

Ganz seltsam wird mir, wenn er mir gestattet, seine Papiere zu durchblättern. Abgerissene Szenen, Brouillons zu Komödien, erste Kapitel die schwere Menge, Skizzen, Pläne flattern in losen Blättern vor mir auf, und es überkommt mich wie ein ehrfürchtiger Schauer. Ich weiß, warum Albin eigentlich nichts arbeitet: es fällt ihm zuviel ein.

Neulich erst brachte er seine Papiere mit ins Kaffeehaus. Er las mir an diesem Tage nichts vor als kurze Sätze, Worte oder, wie es in der Überschrift geschmackvoll hieß: »Plötzliches.« Im Anfang mußte ich ihn manchmal unterbrechen und fragen: Was bedeutet das? Da empfing ich meist eine Antwort in folgender Art: Das wird im Zusammenhange klar, oder: ich weiß es selber nicht mehr, oder: das gehört in irgend etwas hinein, was mir noch nicht eingefallen ist, oder: wie? das begreifst du nicht?... Und dann las er unbeirrt weiter. Zum Beispiel: Er spielte eine Tangente am Kreise... Wer? fragte ich. Er warf mir einen vernichtenden Blick zu und las weiter: Was ist Treue? Zufall, Mangel an Gelegenheit zur Untreue – eine Art Krankheit. (Pause.) Toter Orkan. (Pause.) Als ich sie das erstemal sah, gähnte sie just. (Pause.) Er ging daher wie ein vazierender Gott.

Wer? rief ich dazwischen.

Das weiß ich ja noch nicht, erwiderte er beinah erregt; ich warte auf den vazierenden Gott.

Ah! Du wartest auf ihn... Was ist das eigentlich, ein vazierender Gott?

Das läßt sich nicht erklären, das muß man empfinden...

Ich empfinde es bereits, versetzte ich – jedenfalls etwas voreilig. Ein Gott, hm – ein Gott, der vaziert... der, auf den der Vergleich paßt, muß entschieden ein gewaltiger Kerl sein!

Stelle dir vor, sagte Albin...

Ich stelle mir bereits vor, erwiderte ich. Er geht daher... im vollen Bewußtsein seiner Göttlichkeit, aber er hat keine Verwendung für diese Göttlichkeit... Jupiter ohne Anstellung...

Du bist nah daran, eine Ahnung zu haben, meinte Freund Albin.

Selbst dieses bescheidene Lob regte mich mächtig an. Also wer? fragte ich mich selber eifrig. Ein entthronter Fürst zum Beispiel – ich kann mir das sehr gut denken –, er hat den Purpurmantel über den Arm geworfen, wie gewöhnliche Menschen den Überzieher; die Krone hat er schief aufgesetzt und strabanzt durch die Welt...

Der Blick Albins schien mich fragen zu wollen, ob ich

scherzte. Und mir war es so heiliger Ernst! Immerhin hielt ich inne.

Hier –– hier, rief plötzlich Albin, indem er zum Fenster des Kaffeehauses hinausdeutete.

Ich sah ein junges Mädchen stolz mit einer Musikmappe vorüberwandeln und betrachtete sie aufmerksam, bis sie dem Auge entschwunden war. Mit einem gewissen kühnen Lächeln, welches ich nur furchtsam zu erwidern mich getraute, blickte Albin mich an. Dann machte er eine fragende Gebärde, die im Laufe einiger Sekunden sich so entschieden, beinahe drohend gestaltete, daß ich unbedingt etwas auf diese Gebärde antworten mußte. Ich rief daher: Ah! Ja – sie ist's! –

Die vazierende Göttin, sagte er mit sonorer Stimme, und ich hatte das Gefühl der Beschämung und Erlösung zugleich.

Ja, ja, bestätigte ich, die Göttin ohne Engagement...

Da geht sie hin, sagte Albin, den Stempel des Genius auf der Stirn, aber wer weiß es außer den Sehenden? Das Erkennen ist eine schwere Kunst, und die Welt ist blind!

Blind, blind! – rief ich erschüttert aus.

Vazierender Gott – phantasierte er fort –, mancher vaziert freilich so lange in tiefen Sphären umher, bis die letzte Spur seines herrlichen Wesens verlorengeht...

Ja, sagte ich, und die wallenden Gewänder schleppen im Kote nach.

Weißt du, wandte er sich jetzt lebhaft an mich, daß auch der Gott der Bibel einmal nichts zu tun hatte?

Diese Bemerkung setzte mich in Erstaunen.

Er aber fuhr fort: Jetzt freilich hat er genug zu tun; aber was tat er denn, bevor er die Welt erschuf; vor den gewissen sechs Tagen, an deren letztem er den Vater unseres unglückseligen Geschlechts erschuf?

Bei diesen Worten nahm er Notizbuch und Bleistift, um dieses Aperçu rasch aufzunotieren. Es wird der Nachwelt erhalten bleiben.

Ich schaute durch das große Spiegelfenster auf die Straße, und meine Phantasie suchte in jedem harmlosen Bummler den vazierenden Gott zu entdecken. Die Leute sahen aber so gewöhnlich aus... Vazierend erschien mir wohl der eine oder andere; aber nach dem Stempel der Göttlichkeit spähte ich vergebens.

Mit einem Male nahm Albin das Wort: Die Genies, denen die letzte Inspiration fehlt, sind es! Verstehe mich wohl! Die letzte Inspiration; denn wie diese käme, so könnten sie das Wunderbare, Vollendete schaffen, das sie zum Himmel emporträgt – als Götter, die ihre Heimat gefunden. Aber die Genies, an denen die Natur sozusagen die letzte Feile vergessen, die sie als Torso mitten auf den Markt der großen Geister warf und die nun mit dem Funken aus einer anderen Welt im Busen unter den Menschen umherwandeln – sie sind es! Das sind die vazierenden Götter!

Ich nickte beifällig mit dem Kopfe. Der Vergleich paßt im allgemeinen, sagte ich. Aber, setzte ich zögernd hinzu, sind es doch nicht eher diejenigen, welche eigentlich alles vollbringen könnten und denen nicht die letzte Inspiration fehlt, sondern, welche diese Inspiration vorübergehen lassen und mit allen ihren großartigen Plänen gemütlich weiterbummeln, ohne was Rechtes anzufangen, und sich genügen lassen im Bewußtsein ihrer himmlischen Würde? Sie mischen sich unter die Sterblichen und lassen sozusagen die Unsterblichkeit verfallen, auf die sie eine Anweisung in der Tasche tragen.

Albin hatte mir aufmerksam zugehört und lächelte. Ja, ja, sagte er ganz still vor sich hin; recht, recht... wir sind es!

Wir... Wir sind es?

Ein Blick von ihm belehrte mich, daß ich nicht im geringsten gemeint sei. Wir?... Er! –

Ich schaute Freund Albin an, und er mochte etwas wie Ehrfurcht in meinen Augen lesen.

Er stand auf, durchmaß mit großen Schritten den Saal des Kaffeehauses, nahm Hut und Rock vom Nagel. Ich verstand ihn.

Mit diesem Gefühl mischte er sich jetzt unter die Gewöhnlichen, unter die Tausende. Wortlos reichte er mir die Hand und ging dahin – wie ein vazierender Gott.

Amerika

Das Schiff landet; ich setze meinen Fuß auf den neuen Weltteil...

Der graue Herbstmorgen überschattet Meer und Land; noch schwankt alles unter mir; noch immer fühle ich den unruhigen Gang der Wogen... Aus dem Nebel erhebt sich die Stadt... Neben mir, mit offenen Augen, lebendig, hastet die Menge. Nicht das Fremde empfinden sie; nur das Neue. Ich höre, wie der oder jener vor sich hinflüstert: Amerika – als wenn er sich's nur recht einprägen wollte, daß er jetzt wirklich hier sei, so weit!...

Ich stehe allein am Ufer. Nicht an das neue Amerika denk' ich, von dem ich das Glück zu fordern habe, das mir die Heimat schuldig geblieben – ich denke an ein anderes.

Ich sehe jenes kleine Zimmer, so deutlich sehe ich es, als hätt' ich es gestern verlassen, nicht vor so vielen Jahren. Auf dem Tisch die Lampe mit dem grünen Schirm, der gestickte Lehnsessel in der Ecke. Kupferstiche hängen an der Wand; die Bilder verschwimmen im Schatten. Anna ist bei mir. Sie liegt mir zu Füßen, den Lockenkopf an mein Knie gelehnt; ich muß mich niederbeugen, um in ihre Augen zu sehen.

Wir haben aufgehört zu plaudern; der Abend schreitet weiter, und stille ist's im Gemach. Draußen beginnt es zu regnen, wir hören die Tropfen an die Fensterscheibe schlagen, langsam, schwer. Sie lächelt, und ich beuge mich zu ihrem Munde. Ich küsse ihre Lippen, ihre Stirn, ihre Augen, die sie geschlossen hat. Meine Finger spielen mit den feinen goldenen Haaren, die sich hinter ihren Ohren kräuseln. Ich schiebe sie zurück und küsse sie auf diese süße, weiße Hautstelle hinter dem Ohre. Sie schaut wieder auf und lacht. »Was Neues«, flüstert sie, wie erstaunt. Ich halte meine Lippen fest hinter das Ohr gepreßt. Dann sage ich lächelnd: »Ja, was Neues habe ich entdeckt!«

Sie lacht auf, und wie ein Kind fröhlich ruft sie aus: »Amerika!«

Wie drollig war das damals! So toll und dumm! Ich sehe ihr Gesicht vor mir, wie es zu mir aufschaute mit den Schelmenaugen, und wie von ihren roten Lippen der Ruf erschallte: »Amerika!« Wie haben wir damals gelacht, und wie hat mich der Duft berauscht, der aus ihren Locken heraus über unser Amerika strömte...

Und bei dieser großartigen Benennung blieb es auch. Zuerst riefen wir es immer aus, wenn von den unzähligen Küssen einer sich hinters Ohr verirrte; dann flüsterten wir es – dann dachten wir es uns nur mehr; aber immer kam es zum Bewußtsein.

Eine Fülle von Erinnerungen steigt in mir auf. Wie wir einmal auf einer Anschlagsäule ein großes Schiff abgebildet sahen und, nähertretend, lasen: »Ab Liverpool – An New York – Ab Bremen – An New York«... Wir lachten auf, mitten auf der Straße, und sie behauptete ganz laut, während Leute herumstanden: »Du, wir reisen heute noch nach Amerika!« Die Leute schauten sie ganz verwundert an; besonders ein junger Mann mit einem blonden Schnurrbart, der noch dazu lächelte. Mich ärgerte das sehr, und ich dachte: Ja, der möchte wohl mitreisen...

Dann saßen wir einmal im Theater, ich weiß nicht mehr, bei welchem Stück, da sprach irgendeiner auf der Bühne von Kolumbus. Es war ein Stück in Jamben, und ich entsinne mich des Verses: »– und da Kolumbus auf die Brücke trat...« Anna stieß mit ihrem Arm leicht an den meinen; ich sah sie an und verstand ihren geringschätzigen Blick. Der arme Kolumbus... als wenn der das wahre Amerika entdeckt hätte! Als wir nach dem Theater in einem Weinhause saßen, da sprachen wir viel von dem guten Manne, der sich so viel eingebildet hatte auf sein armseliges Amerika. Eigentlich bedauerten wir ihn. Ich konnte mir ihn lange Zeit hindurch nicht anders vorstellen, als mit trauervollem Blicke an der Küste seines neuen Weltteiles stehend, sonderbarerweise mit einem Zylinder und einem ganz modernen Überzieher, und enttäuscht den Kopf schüttelnd. Einmal zeichneten wir ihn gemeinschaftlich auf der Marmorplatte eines Kaffeehaustisches und fanden immer neue Details. Sie bestand darauf, daß er eine Zigarre rauchen müsse; außerdem trug der große Entdecker auf unserem Gemälde einen Regenschirm, und sein Zylinder war eingedrückt – natürlich – wegen der Meuterer. So wurde Kolumbus für uns die humoristischste Figur der ganzen Weltgeschichte. Wie toll! Wie dumm!...

Und nun stehe ich mitten in der großen, kalten Stadt. Ich bin in dem falschen Amerika und träume von meinem süßen, duftenden Amerika da drüben... Und wie lange das schon her ist! Viele, viele Jahre. Ein Schmerz, ein Wahnsinn kommt über mich, daß so etwas unwiederbringlich verloren ist. Daß ich nicht einmal weiß, wo eine Kunde von mir, wo ein Brief sie treffen könnte – daß ich nichts, gar nichts mehr von ihr weiß...

Weiter hinein in die Stadt führt mich mein Weg, und mein Gepäckträger folgt mir. Ich bleibe einen Augenblick stehen, schließe die Augen, und durch ein seltsames trügerisches Spiel der Sinne umfängt mich derselbe Duft, wie er an jenem Abend von Annas Locken über mich wehte, da wir Amerika entdeckten...

Erbschaft

Es war einer jener inbrünstigen Augenblicke, in denen ihn die Empfindung seines Glückes mit unwiderstehlicher Süßigkeit überkam. Er saß vor dem Café Impérial, an einem der kleinen Tische, die man aus den dunstigen Zimmern auf die offene Straße hinausgebracht hatte, wo die Strahlen der Sommernachmittagssonne sengend lagen. Er rauchte andächtig seine Havanna und dachte an Annette.

An Annette! An ihre großen, braunen Augen und an ihr schwarzes Haar, das sie im Sommer in Flechten trug. Er dachte an das Landhaus, das sie bewohnte, ganz nahe von Wien und doch einfach abgeschlossen, eine Villa, an deren Türe er ein- oder zwei-, auch dreimal in der Woche abends anklopfen konnte, um mit tausend Küssen von wilden, süßen Lippen empfangen zu werden. Und dann dachte er an den Gatten, der tagelang unsichtbar war und sonntags, wenn man doch einmal draußen mit ihm zusammentraf, sich nach Tisch auf den Diwan legte, mit halbgeschlossenen Augen Zigaretten drehte und rauchte.

Emil liebte ihn beinahe, diesen ernsten, gereiften Mann mit dem grauen Kopf- und Barthaar, und ein Gefühl von Hochachtung und Mitleid beschlich ihn, wenn er die hohe Stirne dieses ahnungslosen Betrogenen sah. Und nun dachte er jenes letzten Zusammenseins. Annette und er saßen neben dem kleinen Tischchen, auf dem der schwarze Kaffee stand, und ihre Augen glühten in die seinen, während sie aus der Schale schlürfte. Da fiel dem Gemahl die Zigarette aus der Hand. Er schlief. Annette lächelte und stand auf. Auf den Zehenspitzen eilte sie zur Tür, die in den Garten führte, und winkte Emil. Er folgte ihr langsam, während sie voranlief. Er fand sie zwischen zwei großen Bäumen auf der Hängematte liegen, mit schwellenden Lippen, feuchten Augen, mit verlangendem Atem! Sie küßte ihn und biß ihn in die Wange. Er mußte fast schreien. Doch erinnerte er sich an den Schläfer im Zimmer. Sie schien seine Gedanken zu erraten. »Der wacht nicht auf«, sagte sie, lachte und nahm Emils Kopf in die Hände und hauchte ihren warmen Atem über sein Haar.

... Doch wie, das alles geschah ja vor eben drei Tagen, wie kommt es denn, daß ich seitdem nicht draußen war, dachte Emil. Warum hat sie mir nicht geschrieben? Vielleicht finde ich einen Brief, wenn ich nach Hause komme. Einen jener Briefe, auf dem nur zwei Worte stehen: »Heute abend.« Und dann werde ich mich in das Kupee setzen und hinausfahren. Sie wird mir entgegenkommen, und wir werden den Waldweg einschlagen. Sie wird mir vielleicht, wie neulich, den letzten Brief zeigen, den ich ihr geschrieben, den sie am Busen verwahrt, den sie zerknittert, geküßt, ans Herz gepreßt hat...

So dachte Emil und sah zugleich, ohne sich dessen recht bewußt zu werden, einen hochgewachsenen Mann in dunkler Kleidung von der anderen Seite der Straße auf das Kaffeehaus zukommen. Geradewegs zu dem Tische, an welchem Emil saß, nahm er den Schritt. Es war Annettens Mann! Schon zwei- oder dreimal des Sommers war er nachmittags ins Café Impérial gekommen, hatte eine Zeitung gelesen und war wieder gegangen. Jetzt setzte er sich nach einem höflichen und eiskalten Gruß an Emils Tisch, indem er sagte: »Ich dachte Sie hier zu finden.«

Emil fühlte eine leichte Beklommenheit, die er hinwegzuscherzen suchte. Er betrachtete lächelnd den schwarzen Anzug des Mannes und bemerkte: »So düster an einem schönen Sommertag?«

Der Herr achtete nicht auf die Worte und sagte nur kurz: »Ich habe Ihre Briefe gelesen.«

In Emil stieg eine schauerliche Ahnung auf, er lächelte aber wieder und entgegnete: »Ich habe Ihnen noch nie geschrieben.«

Im selben Augenblick kam ihm diese Antwort albern und elend vor. Der andere aber, ruhig wie bisher, fuhr fort: »Ihre Briefe an meine Frau.«

Emil zuckte zusammen. Er wollte etwas reden und nahm die Miene eines Beleidigten an. Zugleich traf ihn aber der Blick des andern, fürchterlich ernst, bannend: Emil brachte nur ein Wort mit gepreßter Stimme hervor: »Wieso...«

»Wieso ich sie gelesen habe?« setzte sein Nachbar fort. »Nun, sehr einfach. Ich habe sie geerbt.«

Emil starrte ihn an.

Ganz ruhig aber sprach jener weiter: »Annette ist gestern gestorben. Der Arzt sagt, ein Herzschlag, was für uns beide, glaube ich, gleichgültig ist. Als sie zusammensank, löste man ihre Kleider, ihr Mieder, man fand Briefe. Sie begreifen, daß ich einiges Interesse daran fand, meine Erbschaft sogleich anzutreten. Nach zwei Minuten wußte ich, daß Sie Annettens Geliebter waren.«

Vor Emil versank alles. Der schöne Sommertag, die sonnige Straße – er sah irgendeinen weißen Glanz, der ihm in den Augen wehe tat –, und der Mann im schwarzen Traueranzug saß regungslos mitten in diesem Glanze. Emil sah auch den Flor am Hute des Mannes, und zu seinem eigenen Erstaunen schoß ihm der peinliche Gedanke durch den Kopf, daß er auch sich einen solchen Flor um den Hut schlingen müßte. Sprechen aber konnte er keine Silbe.

Der andere fuhr fort: »Ich danke Ihnen, mein Herr, daß Sie es überflüssig finden, mir etwas zu erwidern. Sie ersparen uns eine längere Unterhaltung. Ich brauche Ihnen auch weiter nicht die letzten Gründe meines Kommens auseinanderzusetzen.« Er hielt ein und nahm den Hut ab, worauf er sich mit der Hand über Stirn und Augen fuhr.

»Ich stehe Ihnen jederzeit zur Verfügung«, brachte Emil tonlos, doch verständlich genug hervor.

»Ich erwartete nichts anderes«, entgegnete der Witwer. »Nur muß ich, so peinlich das auch sein mag, auf einige Eile in der Austragung dieser Angelegenheit dringen. Morgen mittag findet das Leichenbegängnis Annettens statt.«

»Also übermorgen früh«, meinte Emil, wobei sein Gesicht einen außerordentlich verbindlichen Ausdruck annahm, da einige Herren von den Nebentischen zu den zweien herüberschauten.

»Das wäre zu spät«, erwiderte ihm der Mann. »Ich muß Ihnen bemerken, daß es mein ethisches Gefühl beleidigen würde, wenn zur Zeit, da man meine... die Tote in die Erde senkt, noch ihre beiden Männer die Möglichkeit hätten, an ihrem Grabe zu weinen... wenn überhaupt noch beide unter den Lebenden weilten. Sie sehen das ein?«

»Vollkommen«, erwiderte Emil, dem es unterdessen gelungen war, seine Haltung wiederzufinden. »Morgen früh also, wenn es Ihnen beliebt.« Er wollte aufstehen und sagte: »Wir können das übrige von diesem Augenblicke an den anderen Herren überlassen. Und was den Arzt anbelangt, wo werde ich selbst...«

»Wir werden keinen nötig haben«, erwiderte ihm der Witwer, indem er sich erhob.

Jetzt erst gewahrte Emil große Schweißtropfen, die jenem von der Stirne ins Barthaar rannen. Während er den Hut wieder aufsetzte, bemerkte er noch: »Meine Wohnung ist Ihnen bekannt. Verständigen Sie gefälligst Ihre Herren Sekundanten, daß die meinen um acht Uhr abends in meiner Wohnung ihres Besuches gewärtig sein werden.«

Auch Emil stand auf. Der andere grüßte und ging gemessenen Schrittes auf die andere Seite der Straße. Emil, der mit einer leichten Verbeugung dankte, setzte sich wieder und griff mechanisch nach der Tasse schwarzen Kaffees, der noch unberührt vor ihm stand. Er trank und wunderte sich, daß er noch ganz warm war. Dann wollte er seine Zigarre frisch anzünden, sie brannte noch. Er fühlte, wie sein Herz klopfte, wie seine Beine zu zittern begannen, und er schämte sich. Nun wollte er fort, seine Sekundanten suchen. Leutnant Fechner von den Achter-Husaren und Doktor Willner hatte er dazu ausersehen. Es fiel ihm ein, daß er dem Kellner noch nicht gezahlt habe. Morgen, dachte er einen Moment lang. Da fuhr es ihm plötzlich durch den Kopf, daß es vielleicht kein Morgen früh für ihn gäbe. Es war ihm, als könnte er sich von seinem Sessel nicht erheben. Er sah ihn sich gegenüberstehen mit der Pistole in der Hand. Wer wird den ersten Schuß haben? Unwillkürlich schwebte ihm ein Bild aus einem Witzblatte vor, wo zwei Duellanten abgebildet waren, die beide mit Pistolen, beide zugleich getroffen, der Länge nach auf den Boden hinfallen. Er versuchte sich auf den Witz zu besinnen, der unter dem Bilde stand. Doch es gelang ihm nicht. Jene zwei Leute erhoben sich am Nebentische und gingen in den Kaffeehaussaal, während einer sagte: »Also eine Partie Karambole. Ich gebe dir zehn vor.«

Kann man heute Billard spielen, dachte Emil. Es kam ihm sonderbar vor. Jetzt erschien der Kellner, offenbar hatte Emil ihn gerufen, ohne etwas davon zu wissen. Er zahlte seinen Kaffee und stand auf. »Wenn Doktor Willner kommt, möge er auf mich warten, auch Leutnant Fechner.« Dann warf er seine Zigarre weg, die ihm nicht mehr schmeckte, und ging auf die Straße. Die Steine waren hart, die Füße schmerzten ihn. In einem Fiaker fuhr eine Schauspielerin an ihm vorüber, er mußte einen Moment stehenbleiben und sah dem hübschen Weibe voll und starr ins Gesicht. Er hätte aufschreien mögen. Jetzt erst dachte er an Annette...

Am nächsten Tage stand nur einer von Annettens Männern an ihrem Grabe. Der rechtmäßige! Der andre lag mit durchschossener Brust auf der Bahre. Auf der Stelle war er tot hingesunken, in das hohe, weiche Gras, und der Leutnant von den Achter-Husaren hatte ihm die Augen zugedrückt.

»Mein Lebtag werde ich daran denken«, erzählte der am Abend seinen Kameraden im Kaffeehaus, »wie ich mit dem Toten in einem Fiaker mit herabgezogenen Rouleaux nach Wien zurückfahren mußte, weil kein anderes Fahrzeug zu finden war. Es war schauerlich. Das Blut auf seinem Hemde trocknete ein, und ich mußte den Kopf immer halten, damit er nicht vornüber sänke.«

Alle schwiegen und waren ernst. Es kam ihnen vor, als ob die Gasflammen trüber brannten und der Cognac kein Feuertrunk wäre wie sonst. Auch das Pferdebahngeklingel auf der Straße klang müde und traurig.

Mein Freund Ypsilon

Aus den Papieren eines Arztes

Wenn auf irgendein Menschenschicksal das Wort »Tragikomödie« passen mag, so ist es sicherlich das Schicksal meines nun verstorbenen Freundes Ypsilon, auf dessen Grab ich gestern wieder einen Kranz gelegt habe, einen Kranz aus Immortellen, in den ich auch etwelchen Lorbeer einflechten ließ. Denn meiner Ansicht nach hat kaum jemals ein Dichter ihn so sehr verdient als mein Freund Ypsilon – nicht wegen seines Genies, das kaum gegen alle Anfechtungen der Kritik sich hätte gefeit erweisen können, sondern wegen der großartigen Weise, in der ihm seine Kunst zu Herzen ging. Nimmer habe ich seinesgleichen gesehen, und mancher von den großen Poeten, die von der Mitwelt hoch gepriesen werden, könnte wohl hinausgehen auf den Währinger Friedhof und ein stilles Gebet verrichten an dem kleinen Kreuze, so die Inschrift trägt:

HIER RUHT IN GOTT
MARTIN BRAND

Martin Brand, so hieß er mit seinem wahren Namen. Möge man sich nur nicht wundern, daß dieser Name, dessen Andenken ich so sehr verehre, keine besonderen Erfolge aufzuweisen hatte. Seine Gedichte, deren einige allerdings, mit »Y« unterzeichnet, in einem kleinen Salzburger oder Grazer Blättchen veröffentlicht wurden, ragten nicht sonderlich hervor, und auch bei mir, an den sich der Studiosus philologiae – dies war Herr Martin Brand im bürgerlichen Leben – zuweilen mit seinen geschriebenen Phantasien wandte, vermochte er selten eine wahrhaftige Aufmunterung oder Anerkennung zu finden.

Aber wie die meisten jungen Dichter gab er wenig auf das Urteil derjenigen, denen seine Schreibereien nicht gefielen, und fühlte sich bei seiner Muse, die unsichtbar ihm stets zur Seite wandelte, so unendlich wohl, daß er bis zu einer gewissen Zeit zu den glücklichsten Menschen gehörte, die mir jemals begegnet sind. Allerdings war er manchmal trübselig; doch sicherlich nie wegen irgendeines mißlichen Zufalles, der ihm in dem verächtlichen Alltagsleben zugestoßen war, sondern nur, wenn sein Sinn sich mit einem recht traurigen Thema befaßte: wenn er an einem Drama arbeitete, in dem Königinnen an gebrochenen Herzen und Prinzen an einem gespaltenen Schädel starben, oder wenn er ein Märchen schrieb, in dem eine böse Fee aus angeborener Bosheit das Glück zweier braver Menschenkinder zu vernichten drohte. Dagegen war er wieder unbändig heiter, wenn er den Frühling besang oder eine Ballnacht, in welcher eine schöne Maske einen als reichen Nubier verkleideten Kunstakademiker auf den Mund küßte und nachher sagte: »Ja, du bist's, und keiner soll dich mir rauben!«

Hier aber, das steht unbestritten fest, fing schon der Wahnsinn meines Freundes Ypsilon an. Ich pflegte ihn auch zu ermahnen, ernstlicher als mancher andere: er solle nicht allzu enge Freundschaft mit seinen Schatten schließen, sondern sich auch im Leben ein bißchen umschauen, wo es manch lebendig Ding gäbe, des Besehens wert; auch Mädchen, blonde, braune, die mir zum Beispiel viel lieber wären als seine schwirrenden Eintagsgestalten.

Nun, eine kleine Liebschaft fing er wohl an – einmal, nach dem Theater natürlich, mit einer Choristin, die ihm eigentlich auch mehr in die Arme gelaufen kam, als daß er sich um sie bemüht hätte; aber das ging gar ärgerlich, ja so traurig aus, daß mir das Verwunderliche und Närrische der Sache erst recht zu Sinn kam, als alles zu Ende war.

Das Mädchen kam an einem Nachmittag zu mir gelaufen und traf mich an, als mich eben auf dem Fauteuil vor dem Klavier ein leichter Schlummer überfallen hatte. Ich hatte noch die Hand auf dem Piano liegen, irgendeine Dissonanz klang mir im Ohr.

Ich sah der Kleinen mit einigem Erstaunen ins Gesicht, um so mehr, da ich Freund Ypsilon nicht an ihrer Seite gewahrte, ohne welchen sie mir noch nie in meinem Heim einen Besuch gemacht hatte. Mein rascher Blick nach der Tür mochte ihr die ungesprochene Frage klären, die auf meinen Lippen lag, und sie sagte, indem verhaltenes Weinen in ihrer Stimme zitterte: »Er sitzt zu Hause und schreibt!«

»Du kommst von ihm?« Dabei stand ich auf und lud sie ein, auf dem Diwan Platz zu nehmen, zu dessen Seite ich mir einen Sessel rückte.

Kaum saß sie da, als sie heftig zu schluchzen begann.

»Was ist dir denn, Kleine?« fragte ich sie. »Nun?«

Sie aber gab keine Antwort.

Ich wartete geduldig. Dann fragte ich nochmals, ganz ohne Unruhe im Ton: »Nun –?«

Sie nahm ihr Taschentuch und trocknete ihre Tränen. »Spielen Sie einen Walzer, irgend etwas Lustiges, dann werde ich's Ihnen erzählen...«

Ich begab mich zum Piano und schlug die Tasten an. Schon bei den ersten Akkorden hörte ich ihre Stimme neben mir.

»Er liebt mich nicht«, sagte sie tonlos.

Ich hielt im Spiel inne und sah sie mit einem überraschten Blicke an, der eigentlich nicht so ganz aufrichtig war, da ich auf einen Bericht dieser Art vorbereitet war.

»Spielen Sie weiter«, sagte sie traurig.

»Ja, aber einen Walzer kann ich jetzt nicht spielen«, entgegnete ich, um uns beide mit einem Scherze über den peinlichen Moment hinwegzubringen – und intonierte einen Trauermarsch... Ich wollte, ich hätte ihn damals nicht gespielt – heute quält mich der Gedanke daran in lächerlicher, abergläubischer Weise.

Die Kleine sprach weiter: »Er muß eine andere haben«, sagte sie, »denn ein übers andere Mal rief er heute aus: ›Du bist doch nicht wie sie – nicht wie sie –‹ Und dann, als ich ihn ganz ängstlich küßte, sah er mich an – so von oben herab – und sagte: ›Geh, siehst du nicht, daß du mich störst?‹ Ich war erstarrt, er aber schrieb weiter, sein Gesicht war gerötet, und seine Augen glänzten. Nach einer Weile sah er sich um und sah mich noch immer dastehen. ›Noch immer?‹ fragte er; da ging ich.«

»Was glaubst du eigentlich?« fragte ich.

Sie zuckte nur die Achseln.

»Ich will es dir sagen«, fuhr ich fort, »wenn du mich auch anfänglich nicht verstehen magst. Du hast keine Nebenbuhlerin aus Fleisch und Blut –, jene andere, von der du da sprichst – lebt gar nicht und ist nur eine Einbildung unseres Freundes Ypsilon.«

Sie starrte mich an.

»Ich kenne ihn«, sagte ich, »und weiß, daß er verrückt ist!«

Auf ihrem Antlitz las ich das Erstaunen über die Ruhe, mit welcher ich diese Wahrheit aussprach. »Es ist nicht das erste Mal, daß er sich in seine eigenen Phantasiegebilde verliebt. Laß ihn zu Ende kommen mit seinem Gedicht, laß es ihn ins Pult werfen, und der Spuk ist wieder verschwunden.«

»Da muß man ja Angst vor ihm haben!« rief sie aus.

»Das eben nicht«, entgegnete ich, »aber schon das eine oder andere Mal habe ich daran gedacht, wie sehr es seiner Liebe zu dir zustatten käme, wenn du ihm erklärtest: ›Mein süßer Ypsilon, ich existiere ja eigentlich nicht, ich habe mich davongestohlen aus einem Märchen, und diese holde Weiblichkeit in deinen Armen ist nur ein Traum . . .‹«

»Wie?« fragte sie. Sie verstand mich kaum.

»Nun, ich will dir nur erklären, daß du keinen vernünftigen Grund hast, eifersüchtig zu sein. Laß ihn arbeiten, noch zwei, drei Tage, dann wird er selber zu dir kommen und dich bitten, wieder die Alte zu sein. Verlaß dich auf mich!«

»Er ist also ein halber Narr!« rief sie aus.

»Ein halber Narr? Ein halber Dichter, also wohl ein ganzer Narr! Aber beruhige dich nur und weine jetzt nicht!«

Wieder griff ich in die Tasten und spielte einen Walzer.

Währenddessen ging sie zur Tür, und als ich aufstehen wollte, sie zu begleiten, wehrte sie mit einer Handbewegung ab und sagte: »Ich komme schon wieder!« Damit verschwand sie, und ich ließ die Hände in den Schoß sinken . . .

Des anderen Morgens besuchte ich Freund Ypsilon. Obzwar der helle Tag ins Zimmer schien, brannten auf seinem Schreibtisch vier rote Kerzen (er konnte nur bei roten Kerzen arbeiten), und mit trüben Augen saß Ypsilon davor, während seine Feder ruhelos über das Papier irrte.

Ich löschte die Lichter aus; beim letzten gewahrte er überhaupt erst meine Anwesenheit. »Ach du«, sagte er.

»Ypsilon«, sagte ich ernst, »wirf augenblicklich das Zeug da beiseite; geh mit mir frühstücken, widrigenfalls ich alles aufbieten werde, dich in den Narrenturm stecken zu lassen.«

Er heftete seine großen glanzlosen Augen auf mich.

»Die Kleine war gestern bei mir«, erzählte ich ihm weiter. »Was hast du denn angestellt?«

Er lächelte. »Rede mir nicht von diesem armseligen Menschenkind! Ich habe dieses Geschlecht übersatt.«

»Ja, natürlich!« sagte ich. »Diese lebendigen Weiber! Sie sind brutal genug, zu essen, zu trinken, zu lieben und mit einem Riesenaufwand von wirklicher Existenz durchs Leben zu schreiten.«

»Rede mir nicht von ihnen«, unterbrach er mich. »Es gibt nur eine mehr für mich. Du wirst mich ihr nimmer entreißen! Höre! Es war einmal – – –«

Nun begann er mir eine Geschichte zu erzählen, während deren er manchmal auf die Blätter schaute, die vor ihm lagen. Es handelte sich da um irgendein sonderbares Mägdelein, das auf einer Insel im Indischen Ozean lebte, Türkisa hieß und das Holdseligste war, das jemals von Menschen oder Göttern war erschaut worden. Ypsilon konnte nicht Worte genug finden, den unendlichen Zauber, der von ihr ausging, zu beschreiben. Mit verzückten Blicken erklärte er mir schließlich, daß er, seit Türkisa ihr Reich ihm in Kopf und Herzen aufgeschlagen, für nichts anderes mehr das geringste Interesse empfinden könnte.

»Du liebst sie wohl?« sagte ich.

»Ich bete sie an«, sagte er im Tone des tiefsten Ernstes. »Aber ach, sie muß sterben!«

Ich schüttelte ganz entsetzt den Kopf.

»Da ist dann noch ein afrikanischer Prinz«, setzte er seine Geschichte fort und berichtete ein Näheres von diesem Prinzen, der eine unselige Leidenschaft für Türkisa gefaßt hatte.

»Du bist wohl eifersüchtig?« fragte ich.

»Was hilft's«, sagte er mit gepreßter Stimme, »sie liebt ihn wieder.«

»Aber du Narr«, schrie ich ihn an. »Wach doch auf, bedenke doch, daß du den afrikanischen Prinzen von einem Tiger auffressen lassen, daß dann ein deutscher Dichter namens Ypsilon mit einer Barke an den Ufern dieser Insel landen kann und...«

»Das kann er nicht«, erwiderte Ypsilon im Tone der tiefsten Überzeugung.

»Wie? – Warum nicht?« rief ich aus. »Das liegt doch in deiner Hand! Du leitest die Fäden, deinem Schädel ist doch dieser Wahnwitz entsprungen, diese Türkisa existiert doch nur in deiner Phantasie!«

»Gleichviel!« antwortete er ruhig. »Es muß gehen, wie es geht, die Dinge spielen sich ab, ich kann es nicht ändern.«

Ich sprang auf. »Du bist vollkommen wahnsinnig!«

Er verzog die Lippen zu einem leichten Lächeln und sagte nur ganz ruhig: »Nein.«

Ich ging im Zimmer hin und her und fühlte, wie eine heftige Erregung meiner Meister wurde.

»Ich bitte dich, gehe! Du störst mich!« sagte er.

Ich blieb vor ihm stehen, sah ihn mit einem erbitterten Blicke an und entgegnete: »Mittags komme ich wieder, um dich zu fragen, ob du essen willst.«

Während ich die Tür hinter mir zuschloß, sah ich, wie Ypsilon seine roten Kerzen wieder anzündete. Ich aber trat hinaus ins volle Licht, unter die Leute, die mit wuchtigen Alltagsschritten durch die Straßen wandelten. Im ersten Augenblicke war ich nahe daran, über diese allgemeine Lebensfrische zu erstaunen. Man begreift die Gesundheit nicht mehr, wenn man aus dem Hause der Verrückten tritt...

Als ich zu Mittag bei meinem Freunde Ypsilon anklopfte, ward mir nicht aufgetan. »Komm abends«, sagte er durch die Tür, »ich arbeite, du störst mich.«

Abends widerfuhr mir dasselbe. Ich rief höhnisch hinein: »Ist Türkisa noch nicht tot?« Da hörte ich ein tiefes Seufzen. Offenbar war die Arme ihrem Ende nahe. Ich empfand etwas wie Freude, denn ich hoffte, daß damit der Bann wieder gelöst sei.

Auch am nächsten Morgen klopfte ich zeitig an seine Tür. Ich hörte kein »Herein«, doch gab die Klinke nach, und ich sah meinen Freund Ypsilon, der blaß und abgehärmt vor seinem Schreibtisch saß.

»Ypsilon!« rief ich aus.

Er sah mich mit todesmatten Augen an.

»Was ist dir?« fragte ich.

»Sie stirbt«, flüsterte er.

»Gott sei Dank!« entgegnete ich.

Sein Blick überschattete sich, er begriff diese Freude nicht mehr.

»Komm, Ypsilon«, sagte ich, und ich fühlte, daß ein beengender Schauder mir durchs Herz zog, »komm!«

»Ich kann nicht«, erwiderte er und wies auf das beschriebene Papier, dann auf seinen Kopf.

»Du bist lächerlich, Ypsilon, du bist ja krank.«

»Rasch, rasch, es geht zu Ende«, sagte er, wie vor sich hin, die Hand auf den Kopf pressend.

»Aber das ist ja nicht nötig«, sagte ich und nahm ihm die Hände von der Stirne, sie in die meinen legend.

Er schaute mir wieder wehmütig lächelnd ins Gesicht.

»Es ist nicht nötig, sagst du?... Du kannst das nicht versteh'n!«

»Wahrlich, Ypsilon! Ganz wohl versteh' ich dich, du bist überangestrengt; deine Nerven sind krank von dem überheftigen Reize, dem deine wilde Phantasie dich überliefert... Ein gesunder, frischer Hauch aus dieser lebenswahren Welt, und alles ist weggeblasen.«

Ich ging zum Fenster und riß es auf. »Fühlst du es? Merkst du, wie übermütig der Morgenwind da auf deinem Schreibtisch in den Blättern wühlt, wie keck die Sonnenstrahlen über dein müdes Haupt und über den bestaubten Boden hinwegglänzen? Merkst du, wie diese tausendfarbige Welt sich in das gebenedeite Blau des Himmels taucht?«

Er sah meinen Blicken nach, zum Fenster hinaus. Er mußte blinzeln, das Licht tat ihm wehe. Ich wandte mich nach ihm um und zog ihn vom Stuhle auf, was er sich schier willenlos gefallen ließ.

Um ihn aus diesem unbewußten Geschehenlassen nicht mehr aufzustören, schwieg ich und geleitete ihn so bis zum Stiegenhause. Da fuhr er zusammen, aber nur einen Augenblick, dann folgte er mit schleppendem Gange über die Stiege und ließ sich auf der Straße ohne Widerspruch von mir den Arm reichen. Jetzt erst getraute ich mich, wieder zu reden.

»Was ist's nun, Ypsilon?« fragte ich. »Tut dir diese Luft nicht wohl?«

Er aber erwiderte nichts, und wenn ich hie und da ein Gespräch einzuleiten versuchte, gab er keine Antwort.

Unser Spaziergang führte uns an den Gärten der vorstädtischen Villen vorüber, und herrlich dufteten die morgendlichen Blumen. Von den jungen Blüten der Bäume strömte es würzig in unseren Atem. Die Brust hob sich stärker, der Schritt wurde frischer und fester. Ypsilon aber wandelte weiter wie durch eine tote Landschaft. An einem Frühstücksplatz ließen wir uns nieder, und gleich mir schlürfte auch Ypsilon seinen Kaffee, und mich wollte es bedünken, als wenn er zu einem wirklichen Leben erwachte. Nach einem Schluck schüttelte er wohl auch den Kopf und strich sich über die Augen.

»Wollen wir nicht über Land fahren?« fragte ich. »Das Wetter ist günstig.«

»O ja!« sagte er, und ich war ganz erfreut über dies erste Wort.

Wir setzten uns in einen Wagen und fuhren dem Wienerwald entgegen. Anfangs saß Ypsilon regungslos an meiner Seite; erst als wir ins Freie kamen und die Bäume der Landstraße uns überschatteten, sah er sich wie erstaunt um, als wollte er sich besinnen. Endlich lächelte er.

»Ist's nicht schön da?« fragte er.

Er sah mich wieder lächelnd an, als wollte er sagen: »Du Narr, meinst du wirklich, daß mir dies endlich helfen soll?«

Ich sprach weiter, so gut es mir vom Herzen ging, das sich

sehr gepreßt fühlte, und redete von der großartigen, versöhnenden Einsamkeit des Waldes, in dem wir jetzt fuhren...

Er schloß die Augen, und seine Stirne runzelte sich. Dann schüttelte er den Kopf. Ich hatte die Empfindung, als wenn er sagen wollte: »Du wirst es doch nicht besser machen!«

So führte ich in der Einbildung immer ein Gespräch mit ihm, ohne daß er eigentlich den Mund auftat.

In einem stillen Wirtshause ließen wir uns ein Mittagsmahl auftragen. Um uns flüsterte der Wald mit geheimnisvollen Stimmen, und der Wind strich über die Wipfel.

Ich sprach meinem Freunde zu, von den vorgesetzten Speisen zu nehmen, was er endlich befolgte. Nach ein paar Bissen aber legte er Gabel und Messer weg, sah mir voll ins Gesicht und sagte: »Du bist ein guter Mensch, aber du wirst es doch nicht besser machen!«

Ach! Dasselbe hatte er mir ja schon gesagt, mit seiner kummertrüben Miene.

»Nein, ich werde es vielleicht nicht besser machen«, entgegnete ich, »aber es wird gut werden, wenn du vernünftig bist. Ich begreife dich ja«, fuhr ich fort, »mir fehlt das Verständnis nicht für dein reizbares, krankes Poetengemüt, du wärst eigentlich gar kein Dichter, wenn du in deine Türkisa nicht verliebt wärest.«

»Und da sie stirbt, muß ich elend sein«, unterbrach er mich und sah mich bebend an.

Von dieser fixen Idee ließ er nun nicht mehr, und auf all mein Zureden hatte er nur mehr eine ablehnende Kopfbewegung. Ich fühlte, daß diesem Wahne gegenüber meine Weisheit zu Ende sei.

Wir saßen geraume Zeit da, dann gingen wir auch im Walde umher. Es war ein entsetzlicher Tag. Wie verging er mir? Kaum weiß ich's selbst: so schwer, so bange lasteten die Stunden auf mir.

Die Sonne stand weit im Westen, als wir uns wieder in den Wagen setzten. Die wohlausgeruhten Pferde trabten mit vergnüglicher Schnelle über den Waldweg.

So waren wir eine Strecke weit gefahren, als ich bemerkte, daß mein Freund unruhig wurde.

Die Sonne begann zu sinken, und die Dämmerung breitete sich langsam über die Auen... »Schneller!« sagte er leise...

Wir fuhren genugsam rasch, und da man schon die ersten Häuser der Stadt am Ende der Landstraße gewahrte, schien es, als ob wir noch vor Dunkelheit zu Hause ankommen sollten; doch die Abendschatten täuschten.

»Schnell, schnell«, rief Ypsilon, so daß es der Kutscher hörte und seine Pferde antrieb...

»Was ist dir denn?« fragte ich.

»Nach Hause!« murmelte er. »Ich muß zu Ende kommen.«

Sein Atem ging rascher; in seinen Mienen zuckte es, zeitweise saß er still da, dann wieder entstieg ihm ein jammervoller Seufzer. In den Kastanien zu seiten des Weges raschelte es, und ein kühler Luftzug erhob sich... Mir schauerte es ein wenig...

»Nach Hause, nach Hause!« rief Ypsilon laut, doch wie stöhnend.

»Laß doch«, beschwichtigte ich ihn, »wir kommen früh genug heim. Was willst du auch daheim?... Du darfst nicht mehr arbeiten.«

Er sah mich an, ganz erstaunt. »Ich muß doch«, sagte er.

Jetzt fuhren wir zwischen den ersten Laternen der Vorstadt. Immer ruheloser wurde Ypsilon. Er fuhr mit den Händen hin und her, und seine Augen irrten; auch atmete er wie ein Fieberkranker...

Er atmete so heftig, daß sich der Kutscher umwandte und ihn mit Verwunderung betrachtete. Dann hieb er auf die Pferde ein, und mit großer Geschwindigkeit rollten wir auf dem lärmenden Pflaster dem Wohnhause meines Freundes zu. Ein oder das andere Mal rief ich ihn noch an: »Ypsilon! Ypsilon!« Er aber hörte gar nicht auf mich; in unendlich hastiger Arbeit schien sein Geist befangen, und meiner bemächtigte sich eine immer trübseligere Stimmung.

Ein Bild tauchte vor mir auf, als wir durch die schlechterleuchteten Gassen fuhren, das ich nimmer loswerden konnte... Ich sah die Prinzessin Türkisa im Sarge liegen, der ganz von Glas war, und davor stand mein unseliger Dichter mit tränenlosen, schmerzlichen Augen.

Da hielten wir vor dem Hause; Ypsilon sprang aus dem Wagen und stürmte über die Treppen. Als ich hinaufkam, saß er schon vor seinem Schreibtisch mit den vier roten Kerzen und hörte mich nicht, als ich eintrat.

Eben begann er zu schreiben. Alles um ihn war versunken. Die sterbende Türkisa bannte ihn in ihren Kreis.

Ich legte mich auf den Diwan und gedachte hierzubleiben, da ich ernstlich unruhig war.

Seine Feder hastete übers Papier, das Fenster war offen, die Kerzenlichter flackerten. Die losen Blätter seiner Geschichte flogen auf dem Tisch durcheinander. Der Ausdruck seines Gesichts ward immer bewegter; dabei war er aber totenblaß.

In einem Augenblick hatte ich das deutliche Gefühl, daß Türkisa starb. Er schrieb plötzlich etwas langsamer, während er schwer atmete und mit stierem Blicke auf die vor ihm liegenden Zeilen starrte. Dann ließ er die Feder aus der Hand fallen, sein Kopf sank herab, und er weinte bitterlich, herzbrechend. Mir wurde wohler, freier. Ich dachte, jetzt sei es vorbei, der Bann gelöst, die schreckliche Phantasie, in der er tagelang gelebt, sei zerstoben, verweht. Ja, mir war, als ginge in der ganzen Atmosphäre rings um uns her eine Veränderung vor. Böse Geister rauschten durchs Fenster davon – und die roten Lichter im Zimmer brannten ruhiger und heller. Auch die Blätter auf dem Tisch regten sich nicht mehr; der Friede war wiedergekehrt. Und mein armer Freund weinte, weinte still und stiller.

Ich schlummerte auf dem Diwan langsam ein...

Es muß ziemlich lange gewesen sein, denn als ich wieder aufwachte, waren die Kerzen tief herabgebrannt. Ypsilon aber saß noch immer da mit gesenktem Haupte.

Ich trat zu ihm. Er sah mich voll, mit einem ganz beruhigten Blicke an.

»Geh doch schlafen«, sagte ich zu ihm.

Er erwiderte, und seine Stimme klang fest und gemäßigt: »Geh du doch und sorge dich um nichts weiter.«

»Nun, Ypsilon«, rief ich freudig bewegt aus, »es ist doch alles vorüber!«

»Alles vorüber«, sagte er und küßte mich auf die Stirne.

»Nun, so erlaube mir doch«, sagte ich, »den Rest meiner Nachtruhe hier auf dem Sofa in deinem Zimmer zu halten, Ypsilon.«

»Bleib immerhin«, erwiderte er mit freundlichem Blicke.

Er behielt mich im Auge, während ich mich auf das Lager streckte. Und als ich ihm zurief: »Also ins Bett!« nickte er mir lächelnd zu. Ich fühlte sein Auge weiter auf mir ruhen, als ich zu schlummern begann.

Eine warme Luft strömte jetzt von draußen ins Zimmer, einer von den Leuchtern verlöschte, die andern flackerten weiter, mit unruhigem Schein, ich sah das alles im Halbtraum, dann schlief ich vollends ein...

Es dämmerte, als ich aufwachte, Ypsilon war nicht mehr im Zimmer.

Noch dachte ich an nichts und erhob mich, um zu dem Tische zu gehen, wo ich im Dämmerlichte einen zusammengefalteten Zettel liegen sah.

Bevor ich ihn öffnete, trat ich zu dem Bette meines Freundes. Es war nicht berührt worden.

Ich schauderte und sah vor allem, wie schon so die Verwirrung in solchen Augenblicken mit uns ihr Spiel treibt, nach den Kerzen. Sie standen nicht mehr auf dem Tisch, sie lagen samt den Leuchtern in der Ecke neben dem Ofen. Ich sah nach den Blättern, sie lagen zerstreut da, wie früher.

Jetzt erst öffnete ich den Zettel. Darauf stand:

»Türkisa ist tot! Alles ist vorüber!«

Meine Zähne schlugen zusammen. Wo war er, wo war er denn nur?

Ich eilte ins Vorzimmer – leer! Riß die Tür auf, trat ins Stiegenhaus – es war dunkel. Ich ging zurück, entzündete eine von den in der Ecke liegenden Kerzen und trat in den Flur. Dort lag etwas Schwarzes ganz unten! Ich hielt das Licht über das Geländer, um besser zu sehen. Ein roter Wachstropfen fiel hinunter, ich rannte mit dem Lichte die Treppe hinab – da lag sein Leichnam vor mir –

Dann kamen wohl, durch meinen hastigen Lauf über die Stiegen aufgeweckt, noch andere Leute hinzu und erblickten den Körper.

»Was ist's?« fragte man. Einige schrien auch laut auf.

Ich hielt mich zu einer Erklärung verpflichtet: »Er war wahnsinnig«, sagte ich.

Einer nahm mir das Licht aus der Hand; es muß gezittert haben.

Ich habe die letzte Erzählung meines Freundes Y. gelesen; sie ist ganz mißlungen, und es steckt kaum etwas Talent darin.

Sicher ist das ein trübseliger Abschluß meiner Geschichte; er gehört jedoch zur Vollständigkeit meines Berichtes.

Nichtsdestoweniger war Y. ein wahrer Dichter, ja, ein großer Dichter! Denn welch eine Phantasie muß es sein, die ein Wesen hervorzuzaubern vermag, in das sich der Phantast selbst bis zum Wahnsinn verliebt. So sehr verliebt, daß er nicht weiterleben kann, wenn die eingebildete Gestalt wieder durch andere Spiele der Phantasie ins Nichts herniedertaucht.

Die Muse hat zuweilen Launen... Das Werkzeug einer solchen war mein Freund Y. Er ist verrückt geworden und gestorben.

Nun, es haben ihn wenige bei Lebzeiten gekannt... seine Werke werden ihm die Unsterblichkeit nicht verleihen. Sein Wahnsinn jedoch wird ihn manchem liebenswert erscheinen lassen, dessen Interesse von den traurigen Scherzen angeregt wird, an denen die Natur zuweilen Gefallen findet.

Launische, goldene Phantasie! Dem einen nahst du schmeichelnd in duftender Freundschaft und bildest ihn zum glücklichsten aller Narren, zum Dichter; wie einen Feind überfällst du den andern und machst ihn zum Bedauernswertesten der Poeten: zum Narren!

Der Fürst ist im Hause

Florian Wendelmayer saß auf seinem Platze im Orchester, die Flöte an den Lippen, und sah aufmerksam auf den Kapellmeister hin, der eben zweimal mit dem Taktstocke auf sein Pult geklopft hatte. Im ganzen Hause war es still geworden. Die Ouvertüre begann. Florian Wendelmayer blies die Flöte, wie alle Tage seit siebzehn Jahren. Er sah nicht mehr auf das Notenblatt; hundertmal hatten sie ja schon dasselbe Stück gespielt, er kannte es auswendig. Ganz mechanisch blies er seinen Part. Er hörte eigentlich nicht einmal zu. Seit siebzehn Jahren saß er da, auf demselben Stuhle, vor demselben Pulte. Drei Kollegen hatten schon neben ihm gesessen und geblasen. Einer war gestorben, zwei hatten an andern Theatern Stellungen erhalten. Jetzt saß ein junger Mann neben ihm, der nebenbei auch Privatstunden gab. Florian hatte die seinen verloren, daran dachte er während der Ouvertüre, und er überlegte, ob er wieder ein Inserat ins Wochenblatt geben sollte, um vielleicht eine neue Lektion zu bekommen...

Und jetzt kam eine große Pause für die Flöte. Zweiundvierzig Takte mußte sie schweigen, und Florian guckte über die Orchesterrampe hinüber in das schöne, helle, gefüllte Haus. Die meisten Leute kannte er. Die Stadt war nicht groß, und es waren immer dieselben, die ins Theater kamen. Jetzt ging eine leichte Bewegung durch das Haus, und man wandte die Augen zur Hofloge, wo eben der Fürst an der Seite seines Adjutanten erschienen war. Der Fürst rückte den Sessel zurecht, und zwar ganz leise, fast unhörbar, er war immer sehr rücksichtsvoll.

Die zweiundvierzig Takte waren um, und die Flöten setzten wieder ein. Es kam der Schluß der Ouvertüre. Sehr laut, lärmend, alle Instrumente spielten mit. Endlich drei breite, von Trommelschlägen begleitete Akkorde, und der Vorhang ging in die Höhe. Ein altes Lustspiel wurde aufgeführt, dessen erste

Aufführung Florian vor zehn Jahren mit angesehen hatte. Die meisten Musiker eilten ins Freie. Es war ein warmer Frühlingsabend, und da pflegten sie hinter dem Theater hin und her zu spazieren oder sich auf die grün angestrichene Bank zu setzen, die draußen stand. Sie plauderten und rauchten Zigaretten.

Florian blieb aber im Theater auf seinem Platz sitzen. Was sollte er draußen tun? Wegen der paar Minuten! Es war langweilig und überflüssig. Er legte die Flöte vor sich hin auf das Pult und sah auf die Bühne. Ach ja, das alte Stück! Es kam ihm sonderbar vor, wenn die Leute lachten. Immer wieder dieselben Späße, und immer wieder klatschte man Beifall, lachte, unterhielt sich. Florian wollte, es wäre schon aus. Dann könnte er hinüber ins Wirtshaus gehen, sein Glas Bier trinken und dann nach Hause ins Bett. Er war so abgespannt, er fühlte sich alt.

Wie lange, wie viele Jahre saß er nun schon da; er erinnerte sich kaum, daß es je anders war. Und doch, was war er einmal für ein Mensch gewesen. Er hatte komponiert, Lieder, Symphonien; seine Lieder waren sogar in manchem Konzert gesungen worden vor fünfzehn, zwanzig Jahren. Nun gab es für ihn keine Melodien mehr! Seine Liebe für die Musik war nach und nach erstorben. Es war ihm alles nur Geräusch und Lärm, unausstehlich all das Geigen- und Flötenspiel, das die Leute entzückte. Aber es mußte weiter geflötet werden, er lebte davon. Ach, wie liebte er früher seine Kunst! Er hatte seine Schulen nicht beendet, hatte nichts studiert. Stundenlang war er durch den Wald gewandert, Melodien rauschten in ihm, er hörte nur zu. Nur wenig schrieb er auf. Es war nicht möglich, all diesen Überfluß festzuhalten. Das Wehen der Luft, das Säuseln der Bäume, seine knisternden Schritte wurden zu Musik.

All das war lange vorüber, auch der Schmerz, daß es entschwunden war, lang vorüber. Nun spielte er seine Flöte und tat seine Pflicht, ruhig und dürftig floß sein Leben hin.

Das ganze Haus lachte. Auch Florian lächelte – er lächelte zum hundertsten Mal über dieselben dummen Späße. Der Aktschluß war nahe. Die niedere Orchestertür öffnete sich, und die Musiker erschienen wieder. Alle bückten sich, nicht an den Türpfosten anzustoßen, außer dem kleinen Kontrabassisten, der hocherhobenen Hauptes seinem Platze zuschritt. Auch der Kapellmeister trat ein, setzte sich auf seinen erhöhten Stuhl und nahm den Taktstock zur Hand, um sofort beim Fallen des Vorhangs das Zeichen zum Beginn der Musik zu geben. Der Vorhang senkte sich unter lebhaftem Applaus. Und schon fiel das Orchester ein; das Lachen und Plaudern im Zuschauerraum mischte sich drein. Es war ganz seltsam lärmend heute, so schien es wenigstens dem Florian Wendelmayer. Es war auch heißer als sonst, und als er einen Ton auf der Flöte ziemlich lang aushalten mußte, schwindelte ihm ein wenig. Er setzte wieder ein... wie merkwürdig, die Hände wurden ihm so schwer. Er blies weiter. Wieder überkam ihn ein Schwindel. Es wurde dunkler im Hause... es schwankte... die Lichter verlöschten. Die Flöte entfiel Florians Händen. Welch ein Lärm. Das Haus stürzt ein! Und Florian wollte aufstehen, sich retten, – er sah nichts mehr. Die Füße waren ihm schwer. Er konnte sich nicht rühren. Und da stürzte er vom Sessel herunter vor das Pult hin, und der Sessel fiel nach rückwärts. Es klang dumpf. Die Musikanten wandten sich hin. Der Nachbar Florians sprang erschrocken auf. Im Publikum merkte man die Unruhe, erhob sich von den Sitzen. Der Fürst in seiner Loge beugte sich über die Logenbrüstung, aber der Kapellmeister, dem der Schweiß auf der Stirne stand, hob und senkte den Taktstock und sagte ziemlich vernehmlich: »Weiterspielen!« – »Was ist's, was ist's?« fragten die Leute, und die Direktorin stürzte von der Bühne zur Türe des Orchesters heraus. Man wußte es schon. Einem Flötisten war unwohl geworden. Der Kapellmeister schlug noch immer Takt, aber man spielte nicht mehr. Aller Augen richteten sich nach der Türe des Orchesters. Zwei Theaterdiener waren dort zu sehen, und zwischen Trommler und Posaunisten schritten sie zu dem Platze hin, wo Florian Wendelmayer lag. Sie hoben ihn auf, er hatte die Augen halb offen, seine Unterlippe hing schlaff herab. Sie nahmen ihn bei den Armen, legten ihn auf ihre Schultern, faßten ihn um den Rücken und schleppten ihn so hinaus. Man konnte im Zuschauerraum glauben, er ginge selbst. »Was ist's, was gibt's?« flüsterte man im Publikum. »Es ist nichts, nein, nein, wirklich nichts, ein Musikant ist unwohl, er kann ja selbst gehen.« Und kaum hatte sich die Orchestertüre geschlossen, so tat der Kapellmeister zwei Schläge auf das Pult, und die Musik begann zu spielen. Der andere Flötist hob Florians Stuhl auf und legte die Flöte des Kollegen darauf. Die Zuschauer aber wollten sich noch nicht beruhigen. Hinter der Orchestertüre stand die Direktorin. »Gerade heute«, rief sie aus, »gerade heute der Lärm, wenn Seine Durchlaucht zugegen ist! Hat er denn nicht selber gehen können?«

Die zwei Männer legten den Flötenspieler in dem schmalen Gange, der zur Straße führte, auf den Boden und blieben ruhig stehen. »Der Schlag hat ihn getroffen«, sagte der eine. Die Frau Direktorin betrachtete den Sterbenden. Bis hierher hörte man das Murmeln des Publikums. Jetzt kamen auch einige Herren herzu, fragten, erkundigten sich sehr besorgt. »Ach«, meinte die Frau Direktorin, »es ist nichts, ich bitte recht sehr, sich nicht weiter zu bemühen, es ist wirklich nichts. Er schlägt schon die Augen auf. Das Nötige ist schon veranlaßt. Ist der Doktor verständigt?«

»Der Müller ist um ihn gegangen«, erwiderte ein Arbeiter.

Nun kamen auch Leute von der Straße herein. Die Direktorin war verzweifelt. »Ich bitte recht sehr, kein Aufsehen zu machen, es ist ja nichts geschehen. Ich bitte die Herrschaften, sich zu entfernen. Wo nur der Doktor bleibt?«

Eben kam er. Man machte ihm Platz. »Aber was ist denn das«, sagte er, »man legt doch einen Kranken nicht auf den Fußboden, das ist ja unglaublich. Trage holen, rasch.«

»Trage holen«, wiederholte die Direktorin.

Der Doktor beugte sich zu dem Flötisten nieder und fühlte ihm den Puls. Es war ganz still in dem Raum, und vom Zuschauerraum drang ein dumpfes Gemurmel her.

»Ich bitte um Licht«, sagte der Doktor, »ich sehe nichts.«

Ein Herr nahm das Öllämpchen von der Wand. Ein schwacher Schein fiel auf das Antlitz Florian Wendelmayers. Der Doktor betrachtete es aufmerksam, indem er noch immer den Puls hielt. »Der Mann ist ja tot«, rief er aus. Während alle erschrokken dastanden, trat ein Lakai ein. »Seine Durchlaucht geruhen sich zu erkundigen«, sagte er, »wie sich der erkrankte Musiker befindet.«

»Bitte sehr, Seiner Durchlaucht ehrfurchtsvollen Dank zu melden«, entgegnete die Direktorin mit etwas gepreßter Stimme, »dem Musikanten geht es schon besser.« Der Lakai ging ab. Und nun dankte sie für die freundliche Teilnahme und bat höflichst, sich aus dem engen Gang, wo es ja ohnehin so unbequem sei, zu entfernen. Die Herren aus dem Publikum waren bewegt. Es war so seltsam, daß sie nun wieder ins Theater zurück sollten zu einem lustigen Stück, und sie fanden darin wieder einmal einen Beweis dafür, was das Leben für ein seltsames und widerspruchsvolles Ding wäre. Und langsam gingen sie. Die Türe gegen die Straße zu war weit offen. Spaziergänger, die die Unruhe und Bewegung in dem Gange bemerkt hatten, blieben davor stehen. Die weiche Luft des Frühlingsabends zog herein. Die Direktorin wandte sich an die Umstehenden aus dem Publikum. »Man braucht es im Hause nicht zu erfahren, nicht wahr?« meinte sie.

Nein, nein, sie würden nichts sagen.

»Hat er Familie?« fragte der Doktor.

»Nein«, erwiderte die Direktorin, »es ist ja der Wendelmayer.«

»Ach, richtig, der Wendelmayer«, sagte der Doktor mit einem ganz beruhigten Ausdrucke, als wenn er hätte sagen wollen, »die Wendelmayers mögen nur ruhig sterben, das tut nichts«. Und er stand auf und hing die Öllampe wieder an die Wand. Zwei Arbeiter waren gekommen, draußen stand die Bahre bereit, und sie hoben den Toten auf, um ihn darauf zu legen.

Im Theater war es ruhiger geworden. Die Musik spielte. Man erwartete den Anfang des zweiten Aktes. Die Herren, welche den Toten gesehen hatten, waren gefaßt und würdig, und wenn man sie nach dem Befinden des Musikanten fragte, so antworteten sie ernst und beruhigend. Eben ging der Vorhang auf, als die

Türe der fürstlichen Loge geöffnet wurde und man einen Lakaien eintreten sah. Der Fürst wandte sich zu ihm um. »Der Musikant befindet sich wohl, Hoheit«, sagte der Bediente.

Der Fürst sah wieder hinunter ins Publikum, aus dem einige Köpfe sich zu ihm wandten. Er glaubte eine Frage darin zu lesen und nickte freundlich Antwort. Er teilte seinem getreuen Volke durch ein beruhigendes Lächeln mit, daß sich der Flötenspieler Florian Wendelmayer vollkommen wohl befinde.

Der Andere

Aus dem Tagebuch eines Hinterbliebenen

Allein! – Ganz allein...

Vor meinem Schreibpulte sitze ich; die Leuchter brennen... die Tür zu dem Zimmer, das einst das ihre war, steht weit offen, und wie ich meinen Blick erhebe, versinkt er in den dunklen Raum. Glitzernd von den Häusern drüben spielen Lichtreflexe an meine Fensterscheiben... Wie neu, wie brutal das ist... Sie hat die Vorhänge in meinem Arbeitszimmer immer niedergelassen, wenn der Abend kam, kein Lärm der Straße, kein Licht des Gegenüber durfte zu uns herein...

Und die Stunden gingen hin. Ich bin auf und ab spaziert in meinem Zimmer; auch in dem ihren. Auf ihrem Diwan hab' ich mich hingestreckt, bin da lang gelegen und habe in die überflüssige Welt vor den Fenstern hinausgestarrt... Vor ihren Schreibtisch hab' ich mich hingestellt, die Federstiele in den Händen gehalten, an denen noch der Duft ihrer Fingerspitzen haftet... Und vor dem Kamin, dem ausgebrannten, bin ich gestanden, habe mit der Ofengabel in der Asche herumgewühlt... Und das zischelte und knirschte von zerstäubtem Papier und Kohlenstücken.

Morgen für Morgen wandere ich auf den Friedhof hinaus... Es ist heuer ein Spätherbst mit einer kalten und frechen Sonne, und wenn ich die weiße Mauer von weitem sehe, so brennen mir die Augen. Dann wandle ich durch die Gräberreihen und betrachte mir die Leute, die da kommen, zu beten und zu weinen. Ich fange an, einzelne zu kennen... Sonderbar an diesen Gestalten berührt mich das Typische, das immer Wiederkehrende... Das Mädchen, das schluchzend vor jenes Kreuz nahe der Kapelle hinsinkt, immer mit demselben Schluchzen, mit denselben Veilchen, die sie auf die feuchte Erde hinlegt, und wenn sie dann aufsteht, immer der gefestigte Ausdruck im Antlitz, das rasche

Weggehen... Sie beweint einen Jüngling; er starb im vierundzwanzigsten Jahre, gewiß, sie war seine Braut... Immer packt mich der Gedanke: Ja, wie kann sie denn da wieder aufstehen, woher der getröstete Blick, mit dem sie von dannen geht?... Ich möchte ihr nacheilen: Es gibt keinen Trost, Närrin!... Und ich, der ich täglich da bin, was suche ich eigentlich?... Sie ärgern mich manchmal, die Leute da mit dem Flor um den Hut, mit den dunklen Handschuhen... Dabei sehe ich wohl auch so aus wie all die anderen, blaß und verweint... Oh, ich weiß es schon... ich bin eifersüchtig auf den Schmerz der anderen, es geht mir hier, wie es mir mit erhabenen und entzückenden Dingen widerfuhr. Ich konnte den Ausdruck der Begeisterung auf den Zügen anderer nicht vertragen, wenn ich mich an etwas Großem berauscht hatte... Neidisch sah ich meinen Nachbarn an, den ein gleicher Schauer zu durchfließen schien wie mich... Etwas in mir lehnte sich dagegen auf, daß alle diese da zwischen den Gräbern herumirren mit demselben unsäglichen, ewigen Schmerz... Ach, es ist erbärmlich. Dasselbe empfinden sie alle, und dann rollen die Tage weiter... mit neuen Gedanken, frischeren Hoffnungen... am Ende kommt noch trügerisch und weich der Frühling und blüht einem zudringlich ins Gesicht... Die Lüfte wehen, und die Blumen duften, und die Frauen lachen, und wir sind wieder die Genarrten, sind um unsern großen und ewigen Schmerz betrogen...

Ich stehe meist ein paar Schritte weit weg von dem Fleck Erde, unter dem sie ruht... Wenn einmal das steinerne Grabmal aufgerichtet ist, so werde ich mich wohl an die kalten Stufen lehnen können, werde mein Haupt herabbeugen, werde knien; auf die Erde selbst wage ich mich nicht nieder. Mich schauert vor dem Gedanken, daß Stücke von dem Staub unter mir wegbröckeln, daß ich sie auf den Sarg aufschlagen höre... Und doch, manchmal durchrast mich eine schier unbezwingliche Lust, mich niederzuwerfen, mit den Händen in der Erde herumzuwühlen... Meine Trauer hat nichts Mildes... ich bin zornig, ich knirsche mit den Zähnen, ich hasse alles und alle... Vor allem diejenigen, die mit mir leiden... Alle diese Männer, Weiber, Kinder, unter denen ich umherwandle, sie sind mir widerwärtig, ich möchte sie davonjagen... Besonders hat der Gedanke etwas unsäglich Erbitterndes für mich, daß irgend wer gestern zum letzten Male da war. Er hat sein Leid zu Ende gelitten... Er hat gefühlt, daß es immer linder wurde... er ist tagtäglich befreiter von hinnen gegangen. Und eines Morgens erwacht er und kann wieder lächeln... Wie hasse ich die Leute, die wieder lächeln können... Aber eines Morgens werde ich auch wieder lächeln!... Auch ich werde vergessen!... In mir taucht heute die Erinnerung an meine Jünglingszeit auf... wie ich an der Seite der Süßen, Liebsten durch den Wald schritt und so unendlich glücklich hätte sein können... Ich war es ja auch. Es gibt Augenblicke, die alles verschlingen, Vergangenheit, Zukunft, die eben die Ewigkeit selber sind... Aber ich habe nie zu jenen gehört, die geruhig ihres Weges zu seiten der Landstraße wandern, sich ab und zu tiefer in die Wiesen und Wälder verirren und sich ins Grüne legen können, selig den Morgen eintrinkend. Auf die Bäume bin ich gestiegen und habe ins Weite hinausgesehen, dorthin, wo die Landstraße im Grauen verschwindet und der Lenz zu sterben anfängt... Und hier... hier in diesem Zimmer, beim Fenster, war es ja, als mein Weib einmal zärtlich meine Wangen küßte und mich ein so eisiger Schauer durchlief... Die Minuten, Stunden, Tage, Jahre tollten davon, unsere Zeit war um... Alt, beide, das Ende, das Ende!... So habe ich meine Liebe entheiligt, weil ich dachte, daß sie verblassen mußte... Und nun entheilige ich meinen Schmerz, indem ich daran denke, daß ich wieder einmal lächeln werde!...

Wer ist jener Mann mit dem blonden Haar und den klagenden Augen? Um wen weint er? Die Ruhestätte, die er Tag für Tag aufsucht, liegt wenige Schritte von dem Grabe meiner Gattin... Der Mann ist mir aufgefallen, weil ich ihn nicht so sehr hassen kann wie die anderen. Er ist früher da als ich und bleibt noch, wenn ich mich entferne... Vielleicht wäre ich nicht auf ihn aufmerksam geworden, wenn ich nicht einmal seine Blicke mit einem Glanz so tiefen Mitleids auf mir ruhen gefühlt hätte, daß ich fast erbebte. Ich schaute ihn fest an; er wandte sich langsam um und schritt der Friedhofsmauer entlang... Ich muß ihn übrigens kennen... von früher her... Aber woher?... Haben wir uns auf einer Reise getroffen?... Habe ich ihn im Theater gesehen?... Oder nur auf der Straße?... Er muß mein Schicksal ahnen und ein ähnliches erlebt haben wie ich; nur so erkläre ich mir jenen Blick, der mir unvergeßlich bleiben wird... Er ist schön und jung. –

Nun... da ich wieder hier vor meinem Schreibtisch sitze und das Konterfei der Teuren, die mein Weib, mein Alles, mein Glück, meine Welt war, von welken Blumen umrahmt, vor mir steht... kehrt mir die Besinnung langsam wieder. Tage, wie die letzterlebten, rauben doch wahrlich jegliches klare Urteil... Ich habe heute Großes vor... das erste Mal wieder seit einem Monat will ich den Bücherschrank aufsperren, will wieder versuchen zu lesen, zu sichten, zu denken...

Nichts von alledem habe ich getan. Ich mußte wieder hin... am späten Abend... Einsam der Friedhof. Niemand weit und breit... Das erstemal heute bin ich niedergesunken und habe die Erde geküßt, unter der sie ruht. Und habe dann geweint, ja, geweint... Es war so still... die Luft kalt und ruhig. Ich bin dann aufgestanden und durch die Gräberreihen gegangen, der Kirchhofstüre zu. Und es blieb vollkommen einsam; so scharf blickte der Mond über die Kreuze und Denkmäler, daß ich jeden hätte sehen müssen. Eine Frau sah ich auch im Weggehen, mit dem schwarzen flatternden Schleier und dem Taschentuch... ich kenne sie schon so genau, diese Frauen. Und die breite Straße, die der Stadt zuführt, lag weiß im Lichte des Mondes da. Ich hörte immer meine Schritte; niemand kam hinter mir; lange blieb ich ganz einsam da, bis die ersten Vorstadthäuser kamen und die ersten Wirtsstuben. Da gab es auf einmal wieder Menschenstimmen und Tritte und Lärm. Mir aber tat es ganz wohl, und jetzt, da ich nach meiner Abendwanderung zu Hause angelangt bin, habe ich ein seltsames, seit lange nicht gehegtes Verlangen empfunden, mein Fenster aufzumachen, wieder Menschenstimmen und Straßenlärm zu hören. Aber die Nacht ist weitergeschritten, und es wird stille unten... Auch frieren mich die Finger, während ich dieses niederschreibe, weil es kalt zu werden beginnt; und das Licht zittert trotz der unbewegten Luft...

Ich stand da, hart an der Friedhofsmauer, und die hohe Weide verbarg mich seinen Blicken. Frühmorgens war ich gekommen – der allererste. Im Häuschen des Totengräbers brannte sogar noch ein Licht. Bald nach mir aber erschienen andere, Frauen zumeist... Endlich er... Ruhig schritt er dem Platze zu, wo er gewöhnlich weilt... Immer dieselben großen, klagenden Augen... Und er kniete nieder... Ich schaute hin, scharf hin... Er kniete auf dem Grabe meiner Gattin... Ich aber stand da, atemlos, hatte meine Finger in den Weidenästen. Das dauerte minutenlang... Er kniete, er betete nicht... Er weinte auch nicht... Nun erhob er sich wieder... wandelte, wie er's gewöhnlich zu tun pflegt, die Wege kreuz und quer. Nach einiger Zeit kam er wieder in meine Nähe... Ich hatte mich dem Grabe meiner Gattin genähert und stand da, gestützt auf das Gitterwerk eines benachbarten Grabmals... Er schritt an mir vorüber, sah mich gelassen an... Ich wollte ihn anrufen, ich habe es nicht getan... Ich habe gesehen, wie er sich dem Ausgang des Kirchhofes näherte, und bin noch immer dagestanden... Ich weiß nicht, wie mir war... Ich weiß auch nicht, wie mir jetzt ist... Aber es kommt ein Tag, morgen... morgen schon, wo ich ihn wieder sehen, wo ich ihn fragen, wo ich alles wissen werde...

Welch eine Nacht ist das! Ich kann nicht schlafen!... Es ist kaum Mitternacht vorüber... Ich will doch jetzt hin... was soll ich hier, in meiner Wohnung tun... Ein paar Stunden nur, und die Tollheit ist wieder vorüber... Wie klar wird alles sein... Aber bis dahin!... Nun, es sind ja nur Stunden...

Ja, ja! Auf dem Grabe meiner Gattin! Wieder habe ich ihn dort knien gesehen; ich bin nur zehn Schritte von ihm gestanden... Und warum bin ich nicht gleich auf ihn gestürzt? Warum habe ich ihn nicht aufstehen, ein paar Schritte unbehindert weitergehen lassen. Wie? Habe ich das Recht nicht, ihn zu fragen, wer er ist?... Wen kann ich fragen als ihn?... Er hörte aber meine Schritte hinter den seinen, als er dem Tore zuschritt... Und ich irre mich nicht, er hat seinen Gang beschleunigt. Aber ich bin ihm nach... und das merkte er... Wie er aus dem Tore hinausgetreten war, entschwand er mir natürlich für zwei Augenblicke... Ich aber ihm nach... Da raste ein Wagen davon... der einzige rings im Umkreis... Ich dem Wagen nach... Ich konnte ihn nicht erreichen... Ich sah ihn noch minutenlang, denn die Straße ist lang und gerade – endlich war er aus meinen Augen... Und da stand ich... so wie ich jetzt vor diesem Blatt Papier sitze... dem Wahnsinn nahe... Wer ist dieser Mann, der es wagt, auf dem Grabe meiner Gattin zu knien?... Was war er ihr?... Wie erfahre ich's?... Wo finde ich ihn wieder?... Plötzlich verzerrt sich mir die ganze Vergangenheit... Bin ich denn toll?... Hat sie mich denn nicht geliebt?... Ist sie nicht hier hinter meinem Sessel hundertmal gewesen, hat ihre Lippen auf meinen Kopf gepreßt und mit den Händen meinen Hals umschlungen?... Waren wir nicht glücklich?... Wer aber ist dieser blonde, schöne, junge Mann?... Warum ist mir sein Gesicht so bekannt erschienen?... Ist mir's jetzt nicht, als hätte ich ihn zu wiederholten Malen, wenn ich mit ihr im Theater war oder in einem Konzert, uns gegenüber gesehen, den Blick unverwandt auf sie gerichtet? War es nicht er, der einmal, als ich mit ihr spazierenfuhr, dem Wagen so lange nachgeschaut?... Wer war er? Wer? Wer? Ein Schwärmer vielleicht, den sie nicht einmal gekannt... den sie nicht einmal eines Blickes gewürdigt... Auch ich hätte ihn ja kennen müssen... Er hätte doch einmal in irgendeiner Gesellschaft sich uns zu nähern versucht... Nein... er hat mich vielleicht vermieden... Er hat meine Frau gekannt, ohne mich zu kennen... Er hat sie auf der Straße verfolgt... er hat es gewagt, mit ihr zu sprechen... Nein! Sie hätte es mir erzählt!... Erzählt!... Wenn sie ihn liebte?... Ach, sie liebte ja mich... Mich?... Woher weiß ich das? Weil sie mir's gesagt hat?... Sagen sie's nicht alle, und die Falschesten öfter als die Besten?... Oh, ich werde ihn finden... ich werde ihn finden... und fragen... Und er... selbst wenn er von ihr geliebt wurde, was wird er antworten?... Ich bin zu ihrem Grabe hinausgewandert, weil ich sie liebte... sie aber hat nie etwas davon erfahren... Kann ich denn die Wahrheit aus ihm herauszwingen?... Ja... was also soll ich tun?... Weiterleben?... So weiterleben?...

Seit drei Tagen habe ich ihn nicht wiedergesehen. Ich bin all die Zeit draußen gewesen, er erschien nicht mehr. Die Totengräber wissen nicht, wer er ist... Die nächsten Tage will ich straßauf, straßab rennen, ich muß ihn finden... Er ist vielleicht abgereist... Einmal muß er wiederkommen... Er muß wiederkommen?... Und wenn er tot ist...? Wenn er nicht leben kann ohne sie?... Oh, es wird humoristisch! Noch einer, der ohne sie nicht leben kann... Ich hätte nur die eine Sehnsucht, ihm zu sagen... Mein Verehrter! Betrüben Sie sich nicht allzu tief. Sie hat jedenfalls auch mich geliebt... Ja, eifersüchtig möchte ich ihn machen... Ihr Bild habe ich von meinem Schreibtrisch heruntergeschleudert, da liegt es, mitten im Zimmer... Und da, mitten im Zimmer, auch ihre Briefe, die Briefe, die sie in ihren Schränken und Pulten aufbewahrt hat... Denn ich habe alles aufgerissen und durchstöbert... Was habe ich gefunden?... Briefe von mir, Blumen von mir, Bänder, Schleifen... vielleicht auch eine Blume von ihm... wie soll man das der Blume ansehen?... Was habe ich denn finden wollen?... Bewahrt denn eine Frau etwas auf, was sie verraten könnte?... Ich habe auch in ihren Kleidern, die noch dahängen, herumgesucht... ein kleines Briefchen, ein Zettel, den man in die Hand drückt, ist leicht vergessen... Sie aber hat nichts vergessen...

Ich bin nicht mehr auf dem Friedhofe gewesen. Mich schaudert davor, das Grab wiederzusehen... Es kommen ruhigere Minuten... Nachdem die ersten Tage vorübergegangen sind, ohne daß ich wahnsinnig geworden, muß ich mich dareinfinden, nie die Wahrheit erfahren zu können... Wie beneide ich jene Betrogenen, die über ihr Unglück klar geworden sind! Wie beneide ich selbst das Los derjenigen, welche ein Verdacht quält und die weiter wachen, weiter spionieren dürfen, die den glückseligen Augenblick erwarten, in dem die Ungetreue sich durch einen Blick, ein Wort verraten wird... Ich aber bin ein Verdammter für ewige Zeit; denn das Grab gibt keine Antwort... Und manchmal fahre ich des Nachts aus meinen wüsten Träumen auf, von dem Gedanken gequält, daß ich vielleicht das Andenken einer Unschuldigen entweihe... Wie gern möchte ich sie weiter lieben, das Weib, das mich so selig gemacht hat... Wie gern möchte ich sie hassen können, die Erbärmliche, die mich betrogen und beschimpft... Vor mir, hier auf dem Schreibtische, steht wieder ihr Bild, denn ich habe es vom Boden aufgehoben und lasse es an seinem früheren Platze stehen. Wenn ich dich anbeten dürfte, hinstürzen vor dieses Bild, wie vor das einer Heiligen und weinen! Wenn ich dich verachten dürfte, dieses Bild zertreten unter meinen Füßen!...

Abende, Nächte lang starre ich in diese stummen, lächelnden rätselhaften Augen...

Reichtum

I

Frühmorgens, in den Schlummer herein, hörte Weldein die Stimme seiner Frau. Sie stand, zum Fortgehen angekleidet, neben seinem Bette und sagte: »Guten Morgen, Karl, ich muß in die Arbeit.« Sie nähte außer dem Hause. Weldein zog die Decke bis über das Kinn, er erinnerte sich dunkel, daß er sich angekleidet ins Bett geworfen hatte. »Guten Morgen«, erwiderte er. Sie sah ihn an, mitleidig, resigniert. »Der Kleine ist schon in der Schule... und was machst denn du?«

»Hab' heut keine Arbeit. Laß mich schlafen.«

Sie ging. Alles das war ihr nichts Neues. Bei der Türe wandte sie sich um. »Vergiß nicht, heute ist der Zins zu zahlen. Das Geld liegt abgezählt in der Lade.« Und sie sah wieder ihren Mann an, schien sich eines andern zu besinnen. Sie schritt zu dem Wäschekasten, öffnete die Lade und nahm Geld heraus... »Ich will es lieber selber zahlen.«

»Gut, zahl es selber«, lachte er.

Sie ging mit einem letzten traurigen Blicke. Und Karl Weldein lag da, allein, halb wachend, mit offenen Augen. Das Zimmer sah ärmlich, aber wohlgehalten aus. Durch die zwei blanken Fenster blitzten die Morgenstrahlen der Frühlingssonne. Die Wanduhr schlug in einförmigem Tick-Tack...

Plötzlich sprang Weldein aus dem Bette. Er stand da in Frack und mit weißer Krawatte; das Hemd zerknittert, die Schuhe bestaubt, die kurzgeschnittenen Haare wirr, die Augen rotgerändert. Er trat zu dem einfachen Wandspiegel, der über der Kommode hing. Er betrachtete sich und lächelte. »Guten Morgen, Herr Weldein«, sagte er, »guten Morgen.« Dann tänzelte er im Zimmer umher und begann ein Lied zu pfeifen. Dann setzte er sich auf den Bettrand, schlug die Beine übereinander und dachte nach... Er mußte sich allmählich besinnen. Daß es kein Traum gewesen, das stand nun fest; wie wäre er sonst in diesem Anzug ins Bett gekommen? Es war also Leben und Wahrheit.

Und er sah sich wieder in jenem Wirtshaus, wo das Abenteuer begonnen hatte. Er sah sich mit jenen ärmlich gekleideten Leuten an einem Tische sitzen und Karten spielen, wie er es so oft getan. Er empfand sogar wieder den Geruch der qualmenden Lampe, die wie immer auf dem Tische stand, und die rundliche Gestalt des Wirtes erschien vor ihm, die in der Türe gelehnt war, als jene Fremden hereintraten. – Gestern abend war es geschehen...! War es denn möglich?

– Er hatte sein Geld verloren, alles, alles! Und die Fremden, die an dem Spiel ein heiteres und neugieriges Gefallen fanden, hatten ihm Geld gegeben, damit er weiterspielen könnte, und – nun begann das Glück, das unerhörte, rätselhafte Glück.

... Weldein erhob sich vom Bettrande und begann im Zimmer hin und her zu gehen. Seine Augen glühten, wie er nun sein Erlebnis in Gedanken ein zweites Mal durchlebte... Er sah sich mit den beiden Fremden die dumpfe Wirtsstube verlassen, er hatte dort nichts mehr zu suchen; die anderen Spieler, denen er all ihr Geld abgewonnen, waren verdrossen aufgestanden.

Und wie er nun in der engen Vorstadtgasse stand und die beiden Fremden näher betrachtete, die ihm erschienen waren wie die guten Geister im Märchen!... Er mußte ihnen erzählen, wem sie eigentlich geholfen hatten. Ach ja, wem! Einem armen Anstreicher, der einmal Maler hatte werden sollen und dem alles fehlgeschlagen war, was er begonnen... aber wahrhaftig auch alles! Nun hatte er für Weib und Kind zu sorgen, brachte sich auch mühselig und redlich durch die Welt. Nur zuweilen kam es wie ein böses Verhängnis über ihn; das war in jenen Wochen, in denen er spielen und trinken mußte, ja, mußte! ob er wollte oder nicht. Und auch im Spiel immer das alte Unglück! Heute wieder, wie jedesmal!

Wer aber waren die Fremden? Er hatte sie einfach darum gefragt, und sie nannten sich vor ihm: der eine Graf Spaun, der andere Freiherr von Reutern, was ihm weiter nicht sonderbar vorkam; denn daß es junge Leute von Adel waren, das hatte er ihnen auf den ersten Blick angesehen.

... Und jetzt, während sie durch die abendlich stillen Gassen der Vorstadt schritten, entschied sich Weldeins Los! – Denn die beiden Männer an seiner Seite waren erfindungsreich, lustig und kühn. Wäre ihnen sonst ein so seltsamer Plan durch den Kopf geflogen? Hätten sie sonst den Streich ausgedacht, den sie mit ihm vollführten?

Und nun zogen, der Reihe nach, die seltsamen Bilder der heutigen Nacht vor ihm vorüber. Er erblickte sich im Laden des Friseurs, wo sein wirres Haupt- und Barthaar sorglich hergerichtet wurde; er sah sich in dem Ankleidezimmer des Grafen, wo man ihn mit dem eleganten Gesellschaftsanzug versah, den er jetzt noch am Leibe trug. Und dann – dann sah er sich mitten unter all jenen reichen und vornehmen Herren am grünen Tische sitzen, in dem großen, prächtigen Spielsaal des Klubs mit den vielen glänzenden Spiegeln, und er erinnerte sich, wie er, der Verabredung getreu, einen schweigsamen Amerikaner vorstellen mußte, den der Zufall der Reisen einmal auch hierher gebracht, die alten Freunde aufzusuchen, die er kennengelernt... wo nur?... in Moskau... oder Paris. Die zwei Herren, die ihn heraufgebracht, hatten wohl nicht gedacht, wie ihr Karnevalsscherz enden würde... Mit brennender Deutlichkeit sah Weldein alles wieder vor sich; ihm war, als fühlte er die glatten Karten in seiner Hand; er erblickte die Goldstücke, die Banknoten, die sich vor ihm häuften; er erinnerte sich, wie auf dem Stuhl neben ihm ein eisgefüllter Kübel mit einer Flasche Champagner stand, und wie er Glas auf Glas von dem berauschenden Getränke hinunterstürzte. Auch des eigentümlichen Ausdrukkes in den Gesichtern der anderen Spieler entsann er sich völlig genau: wie sie zuerst erstaunt waren über sein nie versagendes Glück, und wie dann das Erstaunen in Bestürzung überging, als er mit jeder Karte gewann... und endlich aufstand, leuchtenden Auges, aber wortlos starr ob seines Abenteuers – ein reicher Mann!

Und nun hatte der Graf ihn über die breite mit Teppichen bedeckte Treppe hinabgeleitet, ohne ein Wort mit ihm zu sprechen. Sie standen unten beim offenen Tore. Die Straße vor ihnen war menschenleer. Die Laternen brannten hell, eine wunderbar milde Luft wehte durch die Nacht. »Gehen Sie... Herr Weldein... gehen Sie nach Hause...« sagte der Graf. Und Weldein stand auf der Straße, allein – mit einem Vermögen in der Tasche. Er wandte sich um, sein hochgeborener Freund verschwand eben im Stiegenhause, ohne sich noch einmal umzusehen... Die Flammen in den Straßenlaternen tanzten, und Weldein schwankte davon...

Und wie er nun überdenken wollte, was in dieser Nacht weiter mit ihm geschehen, stauten sich seine Gedanken. Er besann sich kaum, wie er nach Hause gekommen. Aber alles hatte er erlebt, wahrhaftig erlebt, und er war reich, daran gab es keinen Zweifel mehr... Und während er im Zimmer auf und ab ging, murmelte er vor sich hin:

»Was nun? – Die heutige Nacht bleibt mein Geheimnis... denn diese Nacht ist nur der Anfang eines neuen Lebens... In einigen Tagen verschwind' ich aus der Stadt, jawohl, ich verschwinde aus der Stadt... Meine Frau mag ohne Sorge sein, ich werde ihr schreiben, wohin sie mir nachzukommen habe. Nach dem Süden – – nach Monte Carlo... wo ich nicht der Anstreicher Weldein bin, wo mich niemand kennt!...« Er versank in Sinnen.

»Gut, sehr gut...« Er warf den Frack ab, tat ihn samt dem übrigen Zubehör seiner eleganten Person von gestern in ein Bündel. Bald stand er im Arbeitsgewande vor dem Spiegel. Er lachte wieder... »Guten Morgen, Herr Weldein«, rief er laut, jubelnd beinahe. Er trat zum Fenster, schaute auf die Straße. Ein sonniger Frühlingstag! Er öffnete beide Flügel. Lind wehte der Morgen um seine Stirn. Er tat einen tiefen Atemzug, mit einem stolzen erobernden Blicke schaute er in die Höhe... Drüben im Nachbarhause war alles wie sonst; bei einigen Fenstern noch die Vorhänge herabgelassen; bei anderen sah man Frauen im Morgenkleid putzen und abstauben, dann wieder ganz im Hintergrunde der Zimmer verschwinden. Unten bei der geöffneten Ladentür hämmerte der Schuster... Alle waren fleißig, waren bei der Arbeit.

Karl Weldein trat vom Fenster zurück, zündete sich eine Zigarre an und legte sich der Länge nach aufs Bett. Er war reich, er war glücklich. Er ruhte vielleicht eine Stunde lang, die Zigarre lag neben dem Bette ausgebrannt auf dem Boden, als er erwachte. Mit einem dumpfen Gefühl im Kopfe erhob er sich... Es war ihm etwas Wichtiges eingefallen. Wo war sein Geld? – Er hatte irgend etwas damit getan. Aber was? Ach ja, freilich... wie er von jenem Tore aus durch die Straßen taumelte, da war es ihm ja plötzlich durch den Sinn gefahren, daß er das Geld nicht mit sich nach Hause nehmen konnte... es war zuviel!... Da war ihm nun der tolle Gedanke gekommen, seinen Reichtum zu verstecken...

In der Nacht war es ihm so ganz natürlich erschienen – in jenen Augenblicken, da ihm der Kopf von dem glühenden Weine wirbelte und heiß war –, daß er das Geld vor der Frau, vor den Nachbarn, vor allen Menschen überhaupt verstecken müßte!... Er hatte eine seltsame Empfindung von Angst, beinahe von Schuld gehabt, als er in der Nacht durch die Straßen schwankte, die ihm jetzt fast sonderbarer vorkam als sein ganzes Abenteuer...

...Aber was tat er weiter? – Am Ende hätte auch wahrhaftig seine Frau das Geld vorzeitig gefunden... und da... hätte es dann im Kasten liegen und einrosten können... Nun, es war jetzt geschehen... er hatte seinen Reichtum versteckt – und er hatte einfach nichts anderes zu tun, als ihn wieder zu holen. Freilich nicht jetzt... erst in der Nacht. In der Nacht mußte er hingehen... hingehen... hingehen... Er griff sich an die Stirn... Wohin gehen?... Nun ja... von dem Gebäude des Klubs aus durch jene lange Straße... und dann... ja, wohin dann... ja, links... und dann... Ja, wohin? Wohin war er gegangen?... Links... links... links... Und Weldein suchte in seinem Gedächtnisse. Er fuhr sich mit beiden Händen durchs Haar. Er stampfte auf den Boden. Er murmelte... Wohin... Er schrie... Wohin? Er ging mit gesenktem Haupte im Zimmer hin und her, im Kreise. Er fing an, in singendem Tone vor sich hinzusagen: Wohin... wohin... wohin?

Nun stand er wieder beim offenen Fenster. Wagen rasselten

vorbei. Er schlug die Flügel wieder zu. – Wagenrasseln. Das hatte er auch heute nacht gehört, kurz vorher... »Nun, nur Ruhe«, sagte er sich. »Also... die Wagen rasselten in der Straße... gut... und dann ging ich links.« Er stand still da, die Stirn am Fensterkreuz, und grübelte. Er erinnerte sich genau an die dunkle lange Straße... dann kam eine Kreuzung – er war zur linken Hand weitergegangen – und von da an... wohin?...

Er stand da, minutenlang, totenblaß, den Schweiß auf der Stirn. Es war, um toll zu werden! Er nahm seinen Hut, der auf dem Tische lag und setzte ihn auf. Er stürzte die Tür hinaus, die Treppe hinunter und fort, fort – dorthin!

II

Da lag sie vor ihm, die lange, lange Straße im hellen Sonnenschein des Morgens, und er eilte den Häusern entlang weiter. Da kam die Kreuzung, endlich – und da... da war er links gegangen, wieder durch eine schöne, aber viel weitere Straße! Er kannte sie natürlich, aber er erinnerte sich nicht, nachts hier gewesen zu sein. Nun freilich, es war ja ganz dunkel gewesen. Und nun entsann er sich eines wichtigen Moments... er hatte sich gebückt. Er wußte es ganz deutlich... aber wann hatte er sich gebückt? Wie weit war er gegangen? Minutenlang? Eine Stunde lang?... Ruhe, Ruhe, sagte er sich wieder, indem er stehenblieb. Er stand da und ließ das Leben der Stadt um sich fluten... Sommerlich angetan spazierten sie daher, jung und alt, alle freuten sich des neuen schönen Tages. Niemand kümmerte sich um ihn... Er versuchte zu pfeifen, irgendein Ding, das ihm just über die Lippen kam. Er konnte nicht, die Kehle war ihm zugeschnürt. »Warum bist du so aufgeregt« – sagte er sich dann... »du bist links gegangen – eine gute Weile... und hast dich dann gebückt. Also unten, irgendwo unten muß es liegen... das ist ja schon sehr viel... so viel zu wissen... denn gestern um die Zeit warst du noch ein armer Schlucker... Aber... wozu bückt man sich... Um etwas zu vergraben... Ich habe es also vergraben...

oh... ich weiß ja noch mehr... es rauschte durch die Bäume... In einem Garten also hab' ich's vergraben... Nein... es war kein Garten... es hallte wider... es war ein Brunnen... ja, ein Brunnen, und darum rauschte es... und ich stieg hinunter, und darum hallte es wider.« Er ging immer dieselbe Straße auf und ab und sagte wohl hundert Mal' vor sich her... »Es rauschte... und es hallte wider...« Nach einer Weile hielt er inne... »Und wenn es ein Brunnen war... wo... wo? – Aber nein, es ist zum Lachen, es war kein Brunnen... gewiß nicht! Und wie gut, daß es kein Brunnen war, denn ich könnte ihn doch nicht finden, das ist gut...« Er lachte. – Die Zähne klapperten ihm, er glaubte toll zu werden. Dann fing er wieder an: »Es rauschte und hallte wider...« Er stand vor einer Branntweinschänke... Er ging hinein und ließ sich ein Gläschen füllen... Durch die Fenster sah er wieder auf die Straße, wo die Menschen teilnahmslos und fröhlich vorüberzogen... Er trank und trank... »Nun muß es mir ja einfallen... denn im Rausch sieht der Mensch klarer... Gewiß... heute nacht fand ich den Weg ja im Dunkeln... nur weil ich betrunken war... ich werde ihn jetzt wiederfinden.« Als er hinaustrat, schwankte er ein wenig, aber sein Herz war leichter... »Nun bin ich ja lustig«, murmelte er... »Lala, tralala... lustig... Und warum bin ich lustig?... Weil ich fühle, wie mir die Erinnerung zurückkommt... Links... ja links! Da bin ich... und ich ging... irgendwohin, wo es rauschte und widerhallte... Nur lustig... Du wirst schon finden, Weldein!«

Er war an das Ende der Straße gelangt und befand sich am Eingang eines großen Parkes; ein leichter Wind zog durch die Blätter...

»Siehst du, Weldein... es rauscht schon...« Er taumelte vorwärts... über einen breiten Kiesweg, zu dessen Seiten hohe Bäume im Blätterschmuck prangten. Auf den grünen Bänken saßen Kindsmägde und junge Mütter; alte Herren, Studenten schritten vorbei; Kinder spielen mit Reifen und Steinen. Weldein nahm einen Seitenweg; er kam bald auf einen freien Wiesenplan, auf den die Sonne glühte... Der Rasen war nicht eingezäunt; im Abendschatten pflegten hier die Kinder zu spielen;

jetzt lagen da einige junge Burschen, die schliefen. Über diese Wiese schwankte Weldein weiter. Das Gezweig bewegte sich leicht; ganz leise säuselte es in den Blättern... »Es rauscht, es rauscht...« lallte Weldein. Dann sank er hin auf den heißen Rasen, und ein dumpfer Schlummer befiel ihn. Nach kurzer Zeit schon setzte er sich auf und starrte vor sich hin... Sein Kopf war freier, und er begann von neuem nachzusinnen. »Es ist wohl Mittag vorbei, und gestern war ich ein armer Schlucker... Es kommt darauf an, nun ja, natürlich, darauf kommt es an, daß ich ruhig genug werde, um mich an alles zu erinnern. Unsinn! Erinnern muß ich mich am Ende... Jetzt ist's zu heiß... man kann nicht nachdenken, wenn einem die Mittagssonne auf den Schädel brennt... Also Ruhe... und warten, bis es kühler wird.« Er stand auf und spazierte mit gemächlichem Gange durch die Alleen des Parkes. Manchmal war es ihm, als ob er sich auf die Erde werfen, mit den Nägeln im Sande wühlen müßte. Er knirschte mit den Zähnen; er biß sich in die Lippen. Einigemal setzte er sich auch auf eine Bank; doch hielt es ihn nicht lange. Es war ihm, als müßte er schreien und fluchen. Plötzlich stürzte er davon – weg aus diesem Park, wo die Bäume unaufhörlich rauschten. Er begriff nicht, was er so lange darin gemacht hatte... Er wanderte durch die Gäßchen und Gassen; bald langsam, bald schnell; er dachte nicht daran, daß er noch keinen Bissen gegessen hatte... Die halbe Stadt durcheilte er kreuz und quer, Tränen der Wut im Auge, und als der Abend kam, stand er wieder in jener langen Straße vor dem Branntweinladen, todmüde. Und wieder ging er hinein, setzte sich zu einem kleinen Tischchen und ließ sich ein Glas vom allerstärksten geben. Und wie er es vor sich stehen hatte und an die Lippen führen wollte, da konnte er nicht trinken; die Tränen flossen ihm über die Wangen, und das Gesicht in den Händen, schluchzte und weinte er wie ein Mann, der sein Liebstes verlor! Anfangs schaute man ihn wohl an; das hübsche Mädchen, das beim Schanktische stand, und auch die Leute, die sich in dem Laden neue Kräfte oder einen neuen Rausch holten; aber ernstlich kümmerte es ja keinen, und sie ließen den guten Mann da ruhig weinen, wie es ihm beliebte.

Nach einer geraumen Weile wischte sich Weldein die Tränen aus dem Gesicht und trank seinen Branntwein aus... Er ließ sich einen frischen geben, und dann wieder einen; er trank wohl eine Stunde lang. Auf der Straße brannten die Laternen; die Nacht brach herein. Ein dünner, warmer Regen fiel nieder. Das Wagengerassel wurde schwächer, der Menschenstrom spärlicher. Und Weldein trat wieder hinaus, er nahm den Hut vom Kopfe, ließ den Regen über seine Haare rieseln. Die Abendluft kühlte ihm die Stirne... Langsam schritt er weiter... so ruhig hatte er sich seit dem Morgen nicht gefühlt... »Nun, an die Arbeit«, sagte er sich... »Nun wirst du's finden.« Und zum hundertsten Mal wiederholte er sich... »links – und es rauschte und hallte wider...« Er schüttelte den Kopf... »Das ist nicht alles... das ist zu wenig.« Er schaute vor sich hin... und plötzlich glitt ein Schein von Hoffnung über sein Gesicht... »Vom Gebäude des Klubs aus bin ich hingegangen... warten wir noch eine Weile, und dann machen wir's ebenso wie gestern. Ja, ja, so muß es gehen, und nun ruhig... ruhig.« Und wieder spazierte er hin und her; nahm seine kurze Pfeife aus dem Sack, stopfte sie und zündete sie an... Die Zeit wird schon vergehen... Und Weldein durchkreuzte wieder die Stadt. »Sollte wohl einen Augenblick nach Hause schauen... Ach, lassen wir's lieber... Hm... aber essen... Im Gasthaus, wo mich gestern die Herren trafen? Nein, nein, später, wenn der Hunger kommt...«

Die Minuten und Viertelstunden schlichen hin... endlos dehnte sich die Zeit. Ab und zu hatte Weldein auf einer Bank für eine kurze Weile geruht; dann war er wieder aufgestanden; die Mitternacht wollte nicht kommen. In den Straßen wurde es menschenleer... Der Regen fiel heftiger als früher... Dann wurde es wieder lebhaft in der Stadt; die Wagen fuhren zahlreicher, man begegnete auch mehr Fußgängern; die Theater waren aus. Also zehn Uhr vorbei... Noch zwei Stunden bis dahin... Und was tun bis zwölf Uhr... Es zog ihn wieder unwiderstehlich in jene lange Straße. Essen? Nein, er konnte nicht. Aber trinken! ja... Das beruhigt doch wieder ein wenig. Also wieder in die Schänke! Doch nein, nicht in die, wo man ihn schon kannte... Lieber in irgendein Wirtshaus, um irgendeine Kleinigkeit zu essen. Es trinkt sich besser dabei... So... hier. Und er ging in ein kleines Wirtshaus, ließ sich eine Speise auftragen und trank Wein dazu. Er aß langsam; er wartete von Bissen zu Bissen. Über der Eingangstür war eine Uhr... sie war wohl stehengeblieben... Nein, nein, die Zeiger rückten nur so langsam. Draußen hörte er eine Turmuhr schlagen. Er zählte... neun... zehn... elf... Oh..., elf Uhr! und da ist eben dreiviertel vorüber... Dieser Wirt! Natürlich. Damit man länger sitzt und mehr verzehrt. Er ließ sich eine Zeitung geben, las sie vom Anfang bis zu Ende durch, mit brennenden Augen, mit dem festen Willen, nur an das zu denken, was er las, aber er faßte kein Wort auf... Er zahlte und ging. Die Uhr zeigte ein Viertel nach elf – es war also halb zwölf... Einsam, tot die Straße. Langsam begab er sich nach dem Klubhaus... Da war es – da lag es vor ihm; das Tor weit offen, die Fenster erleuchtet, glänzend inmitten der von matten flackernden Laternenlichtern erhellten Straße... Das Herz klopfte ihm, als er, auf der gegenüberliegenden Seite stehend, das Gebäude betrachtete. Es kam ihm wie etwas Riesiges vor, wie eine steinerne Macht. Es schaute ihn an, wie er es anschaute... Die strahlenden Fenster waren hundert glühende Augen, die ihn verschlangen. Und der Augenblick trat ihm wieder ins Gedächtnis... Der große Augenblick, in dem er die Bank sprengte und ein Gleichberechtigter war unter all den vornehmen Herren, die mit ihm am selben Tische saßen... Da oben, ja... Das waren die Fenster. Und jetzt fort... noch einmal, noch einmal das Geld gewinnen!

Er ging bedächtig... er bog um die Ecke... die lange, lange Straße... weiter, noch weiter... links... er versuchte an nichts zu denken... so... gut. Da muß es gewesen sein... und jetzt wieder eine andere Straße... gut... hier war es... denn hier zog es ihn weiter... so... und nun... ja... dort... es rauschte... es rauscht... wahrhaftig... was ist das... ah, der Fluß... war es hier vielleicht... gewiß... nein... ja! Da stand er... Vor ihm, leise schäumend, glitzernd von den Laternen, die an seinen Ufern stehen, der Strom, der die Stadt durchschneidet. Und drüben wieder Häuserreihen... und darüber der wolkenbedeckte Nachthimmel, von dem unaufhörlich der warme Regen niedertropfte. Seltsam mischte sich das Geräusch der fallenden Tropfen mit dem schläfrigen Brausen der Wellen. Also da?... Und er schritt dem Ufer entlang; links... dann kehrte er um... rechts... und dann hielt er inne an einem mächtigen steinernen Löwen, der ein Standbild am Ende einer Brücke vorstellte. Er betrat die Brücke, über die eben ein schwerer Wagen rollte...

Das Geräusch verlor sich. Stille ringsum, nur der Regen und die Wogen da unten. Und am Geländer lehnend schaute er hinab; ratlos, bebend... »Was hat mich hierher geführt... Mußte ich nicht hierher? Und jetzt?« Immer blickte er hinab... es schwindelte ihn. Plötzlich ein schauerlicher Gedanke, daß er zusammenzuckte. »Vielleicht... hab' ich's ins Wasser geworfen!« Und er begann wie ein Kind zu wimmern. »Ins Wasser geworfen... weil ich betrunken war... Betrunken hab' ich mich! Und warum denn? Da oben! Und warum hab' ich's denn verstecken wollen? Vor meiner Frau? Vor dem Kind? Hätten sie mir's denn gestohlen? War ich denn verrückt! Was hab' ich denn getan?... Was hab' ich denn getan?... Ich weiß doch, daß mich das Trinken verwirrt macht... Da drinnen, da unten das Geld! Spring nach, Weldein, du Dummkopf, du Trunkenbold, du Schuft!«

Und er hielt sich am Geländer fest, während er schrie und raste... »Verstecken! ich hab' es verstecken müssen... Im Strom... Auf dem Grund?... Nein! Ich kann es nicht hineingeworfen haben! So närrisch ist der ärgste Narr nicht!... Aber wo ist es?... Wo? Wo? Wo? ...«

Der Regen ließ nach... am Himmel zeigten sich dunkelblaue Streifen, und einige Sterne blickten nieder. In tiefem Schlummer lag die nächtliche Stadt; ab und zu ein Ton aus der Ferne, der kaum zu deuten war; einmal ein verklingender Gesang von heimkehrenden Zechern... dann wieder alles ruhig; und unter ihm, von ihm weg, den verhüllten Bergen zuströmend, die gleichmäßig rauschenden Wogen... Lange, sehr lange lehnte er noch da; die Augen waren ihm wieder trocken; er selbst war ruhig geworden... Und wieder ein Hauch von Leben. Von der anderen Seite der Brücke kam es... Karren, von feisten Gäulen gezogen; zuerst einer, dann zwei oder drei zu gleicher Zeit; die Bauern kamen vom Land zu Markte... Eine nahe Turmuhr schlug... eins... zwei... Und wieder tiefer, großer Frieden. Weldein verließ die Brücke, und das Rauschen verklang allmählich hinter ihm... Als er es gar nicht mehr hören konnte, wollte er wieder dahin zurück... Aber er schüttelte den Kopf und ging seines Weges weiter gedankenlos vorwärts... Er sah auf die Pflastersteine zu seinen Füßen... er begann seine Schritte zu zählen... Er zählte immer weiter, kam bis hundert – dreihundert – sechshundert. Dann hörte er auf. Es kam wieder über ihn; er mußte wieder daran denken... »Und kann man denn so weiterleben?« fragte er sich. »Und was ist's jetzt mit mir? Bin ich reich? Bin ich arm? Werde ich es finden? Muß ich's nicht einmal finden? Natürlich, ich muß ja... Es wird die Stunde kommen, wo ich's wieder weiß. Wenn ich im Bett liege... oder morgen... in einigen Tagen... wenn ich wieder ruhig bin...«

Und vorwärts... der heimischen Vorstadt zu. Ein grauer Morgenschimmer im Ost... Bald erwacht alles wieder zum neuen Tage, zur neuen Arbeit. »Und ich?« dachte Weldein. »Auch ich wieder zur Arbeit –? Ich, der Millionär?... Wieder auf die Leiter steigen und anstreichen?... Und heute früh noch hat mir die ganze Welt gehört?...« Da vor ihm lag das Haus, in dem er wohnte... Er erschrak, da er es mit einem Mal sah... dort oben sein Fenster offen, nur die Vorhänge heruntergelassen, die sich leicht bewegten. – Und Weldein lehnte sich eine Weile ans Haustor, dann nahm er seinen Schlüssel und sperrte die Türe auf. Schauerlich klang es ihm, als sie ins Schloß fiel. Hinter ihm alle Hoffnung, alles Glück! Langsam stieg er die Treppe hinauf... zurück ins alte Elend.

III

Und die Jahre zogen dahin. Karl Weldein strich die Zimmerdekken und Wände an, betrank sich zuweilen und spielte nicht mehr. Er, der reiche Mann, um lumpige Groschen! Und manchmal, wenn ihm der Branntwein zu Kopfe gestiegen war, da durchzuckte es ihn, als hätte er's gefunden. Und mit einem Male alles wieder dunkel. Manchmal kam es wie ein gewaltiges Staunen über ihn, daß er damals nicht verzweifelt war. Aber als nur die ersten Tage überwunden waren, ging es schon besser. Anfangs machte er allabendlich den Weg jener Nacht... immer ruhiger aber, und machmal nur mit dem Gedanken: ein recht schöner Spaziergang. Andere Abende jedoch und ganze Tage und Nächte kamen, wo ihm der Wahnsinn nahe schien. Dann... der Schnaps! Auf ein paar Augenblicke Hoffnung, ein Schein des Glücks. Zuweilen, wenn er mit dem großen Pinsel in der Hand auf der Leiter stand und die Farben auf die Zimmerdecke hinwarf, wünschte er sich, herunterzufallen, damit endlich einmal dieses dumme Leben zu Ende sei! War denn das ein Leben! Die kränkliche Frau zu Hause, die mit ihrer Näharbeit gar wenig verdiente und dabei immer blasser und magerer wurde. Der Bub mit den geflickten Kleidern, der wild aus der Schule gestürmt kam und immer Hunger hatte. Und dann das kärgliche Mittagmahl in der ärmlichen Stube, ohne daß was Rechtes dabei gesprochen wurde. Im Wirtshaus die Kameraden, die alle doch nur an sich selber dachten. Und draußen in der Welt das viele Glück und all das Schöne, an dem er vorüber mußte – er, der reiche Mann!... Und all den Kummer mußte er in sich verschließen. Wenn er's in die Welt hineingerufen hätte: »Ich bin sehr reich... unendlich reich... ich weiß nur nicht, wo ich mein Geld habe!« – wie hätte man da gelacht! Gelacht? Ins Narrenhaus hätte man ihn gesteckt!

Eines Tages las er in der Zeitung den Tod des Freiherrn von Reutern angekündigt. Das war ein Trost für ihn. Ja, man stirbt schließlich doch. Es kam ihm vor, als wenn er an diese angenehme Lösung ganz vergessen hätte. Nun gab es nur einen mehr, der die Geschichte jenes Abends kannte, den Grafen Spaun. Weldein haßte ihn. Einmal bestürzte ihn der folgende Gedanke: wie, wenn Graf Spaun, plötzlich verarmt, sich an ihn erinnerte und zu ihm käme mit den Worten: Mein lieber Weldein, ich hab' dich reich gemacht, gib mir einen Teil von deinem Reichtum... Der Gedanke ließ ihn nicht mehr los. Er zitterte vor dem Grafen Spaun. Und wie, wenn dieser es einmal in einer lustigen Stunde seinen Freunden erzählte! Und die kämen zu ihm – alle – lustig, höhnend! Heda, Herr Anstreicher, nicht so karg! Man läßt sein Weib und seine Kinder nicht hungern, wenn man Geld im Kasten hat! Und er, was könnte er sagen? Ich hab' es nicht im Kasten, – ich hab's – ich weiß nicht wo. Wer glaubt solchen Unsinn! Dann überlegte er wieder: das Beste wäre, er suchte den Grafen auf und teilte ihm sein Mißgeschick mit!... Sein Mißgeschick! Mehr als das! Das tollste Unglück, das je einem Menschen widerfahren war.

Aber was kümmerte sich die Welt, die Zeit um ihn! Er stand auf seiner Leiter und strich an. Die Haare an seinen Schläfen wurden grau; er wurde dick, begann an schwerem Atem zu leiden und hustete. Die Trinker werden früh alt.

Als sein Sohn zwölf Jahre alt war, starb die Mutter. Sie war nicht lange im Bett dahingesiecht; sie legte sich erst hin, als sie bald sterben mußte. Sie war mild und gut die letzten Tage; sie küßte die Hand ihres Mannes, der neben ihrem Bette saß; sie streichelte die Haare ihres Buben.

»Geh, Karl«, sagte sie noch an ihrem letzten Lebenstag... »laß den Buben doch werden, was ihm Freud' macht... er wird schon mehr Glück haben als du und ich.«... Beide weinten still an ihrem Bette, der Junge kniete, und der Mann saß auf einem wackeligen Stuhl, der manchmal knackte. Und der Abend kam, ein Frühlingsabend, so mild, so maienduftig wie jener verhängnisvolle Abend vor sechs Jahren. Weldein dachte daran... er sah sich wieder auf jener Brücke stehen und hörte die Wellen rauschen, den Regen herabtropfen. Er hatte schon zwei Nächte gewacht... nun schlief er ein... Ganz dunkel war es, als er aufwachte; der Junge hatte ihn leise und ängstlich gerüttelt. »Was gibt's?« fragte Weldein... Kein Atemzug mehr vom Kopfpolster her... »Ein Licht zünd an«, rief er mit verhaltener Stimme, aufspringend und sich zu seinem Weib herniederbeugend. Er rief: »Du... du, du... du... hör doch!« Der Knabe kam mit dem Licht. Er traute sich nicht ganz heran. Der Vater nahm ihm das Licht aus der Hand und hielt es zum Kopfende des Bettes hin. Eine Minute vielleicht starrte er auf das blasse Gesicht, das auf dem weißen Polster lag. Hinter ihm der Bub weinte... Weldein stellte das Licht auf das Nachtkästchen, wandte sich um zu ihm, und leise sagte er: »Hast recht, Franz, daß du weinst; die Mutter ist tot.«

IV

Der junge Weldein wollte Maler werden, und sein Vater war stolz darauf. Er mag erreichen, was mir nicht geglückt ist, dachte er. Aber die erste Zeit war schlimm genug! Die Künstlerschaft fing damit an, daß man den Jungen aus der Schule jagte. Er taugte nichts; er zeichnete während der Schulstunden und kümmerte sich nicht um die Dinge, die man von ihm verlangte. Und zu Hause! Da saß er zuweilen vor einem Blatt Papier und übte sein Talent; meist aber stand er müßig beim Fenster und starrte in die Luft. Dann ging er auch hinunter in den Hof, tollte herum mit den Buben und Mädeln. Spät abends erst kam der Vater; – nach der Arbeit das Wirtshaus, dann die Familie. – Und manchen Abend, wenn das Geld für die Schänke nicht mehr reichte, dann nahm er wohl den Jungen mit sich und spazierte durch die Straßen der Stadt. Und beinahe jeden Tag denselben Weg... vor dem Klub vorbei, durch die lange Straße... links... links... und zum Flusse hin. Und er dachte: »Was hätte aus ihm werden können, wenn ich das Geld hätte! Und jetzt wird er sich plagen müssen, bis man überhaupt bemerkt, daß er da ist... er wird verhungern, bevor er etwas Großes geworden.« Und sie wanderten zusammen am Ufer des Flusses hin und her, arm beide, der alternde Vater mit den halberloschenen Augen in dem aufgedunsenen Gesicht und der Jüngling an seiner Seite mit dem sehnsüchtigen Blick... Und manchmal sah ihn der Vater an und dachte, wie er selbst einmal so Herrliches gewollt und wie die Welt vor ihm schön und weit dagelegen. Und noch einmal, später, an jenem Abend, wo er reich geworden, ja noch einmal so schön und weit. Und von neuem ergriff ihn eine stille Verzweiflung... wollte es den nicht enden? Und dabei zog es ihn immer denselben Weg zur selben Brücke. Oh, es war besser, sich betrinken, als immer daran denken müssen!... Der Franz zeichnete und malte weiter, Köpfe zumeist, in denen ein gewisser leidenschaftlicher Ausdruck steckte; der Vater glaubte Talent darin zu sehen; ja, er sagte ihm einige Male... »Geh hin, zeige sie in der Akademie, vielleicht nehmen sie dich auf!...« Aber der Junge entschloß sich nicht dazu; die Blätter wurden verstreut, und er selbst tat wochen- und monatelang nichts, gar nichts... Dann kam es dazu, daß er dem Vater manchmal bei der Arbeit aushalf. Und es geschah auch, daß er mitten in der erbärmlichen Anstreicherei seinen wahren Genius erwachen fühlte, den groben Pinsel, die Farben, den ganzen Taglohn hinwarf, nach Hause eilte und sich ins Zimmer verschloß, um zu zeichnen oder zu malen. Da saß er stundenlang, und es war ihm, als müßte er etwas Großes, Herrliches vollenden. Und wenn es zu Ende war, war's wieder mißlungen. Er warf das Zeug in eine Ecke, und es begann wieder eine Zeit des Nichtstuns, in der er sein Geld in Gesellschaft leichtsinniger Kameraden vertrank und verspielte.

So vergingen die Monate und Jahre, und der Hausstand von Weldein Vater und Sohn fristete ein armseliges Dasein von Tag zu Tag. Und einmal, Franz stand damals im zwanzigsten Lebensjahre, kam er frühmorgens nach Hause, als die Sonne schon in die Stube hereinblickte. Der Vater lag nicht im Bette; er lag auf der Erde, atmete schwer, das Gesicht war rot; die grauen Haare, verwirrt, hingen in die Stirne herein. Franz schaute ihn lange an. Ihn schmerzte der Kopf; auch er war von einer durchschwärmten Nacht heimgekehrt; hatte seine letzten paar Groschen verspielt, wie sie sein Vater vertrunken hatte... Ein leichter Schauer durchfuhr den jungen Mann. Welch ein Leben lag vor ihm! Welch ein leeres, elendes Leben! Und nach einer Weile rückte er sich den Tisch zum Fenster hin, und auf ein Blatt Papier begann er eine Skizze hinzuwerfen... Anfangs ging die Arbeit nicht recht von der Hand; als die Stunden weiterrückten, ward es besser. Er empfand es, das mußte was Rechtes werden. Und immer weltvergessener arbeitete er fort, als wäre nichts um ihn, was ihn kümmern könnte. – Das Blatt Papier war zu klein... er zerriß es, nahm ein größeres und begann von neuem. Und die Begeisterung mit all ihren Wundern kam über ihn... Die Arbeit ward ihm so leicht, es war gar keine Mühe mehr. Und die Stunden verrannen, der späte Nachmittag war da... Die Skizze war vollendet... Ein kleiner Wirtshaustisch, um ihn herum ein paar Trinker und Spieler, das war alles. Und am besten, wie gewöhnlich, war ihm der Ausdruck der Leidenschaften in den Gesichtern gelungen. Er betrachtete sein Werk mit glühenden Augen. Das war wenigstens ein Stück von dem, was er gewollt. Er wandte sich um, sein Vater stand hinter ihm. »Guten Morgen... Franz«, lallte er.

»Guten Abend«... erwiderte Franz. –

»Ah – schon Abend... das war ein gesunder Schlaf.« Er lachte. »Es war lustig gestern... ja... Und du hast wieder einmal was gemacht? Laß schauen... So...« Er sah die Skizze aufmerksam an... »So...« Er wurde ernst... ein Gefühl von Vaterstolz erwachte in ihm... »Du, das ist schön, sehr schön... So was... Franz...« Er hielt inne.

»Was meinst du, Vater?«

»So was hab' ich nie getroffen... auch in besseren Zeiten nicht!«

Und beide, Vater und Sohn, ließen ihre Blicke auf der Skizze weilen.

Nach einer Weile hob der Vater das Bild vom Tisch auf, und es dem Sohne reichend, sagte er: »Du, das aber trag hin... jedenfalls. Trag's hin in die Akademie.«

V

Ein paar Jahre darauf hing ein kleines Bild des jungen Weldein in der Ausstellung. Man begann von seinem eigenartigen und bedeutenden Talent zu sprechen. Eines befremdete jedoch an ihm: es schien, als könnte er nur Spieler und Trinker malen. Es war wie ein Verhängnis. Er versuchte wohl seine Kunst an anderen Themen; doch keines wollte ihm so recht gelingen. Wie verzweifelt saß er manchmal vor seiner Staffelei, wenn er ein Bild der Liebe, der Seligkeit hinzaubern wollte... lächerliche Fratzen starrten ihm entgegen, nicht Engelsangesichter. Er mußte sich endlich fügen, ein unsagbarer Zwang waltete über ihm. »Bin ich wahnsinnig«, fragte er sich manchmal, »oder kommt es daher, weil ich selbst jenem Laster verfallen scheine?«... Und er versuchte seiner selbst Herr zu werden, er wollte dem Wein, den Karten entrinnen. Es war nicht möglich... ja, sobald er einige Tage sich aus dem Kreise der Freunde zurückgezogen, wo das Spiel und der Trunk winkte, war er wie gebrochen und todesmatt. Es fehlte ihm jedweder Trieb zum Schaffen. Und dann eilte er wieder an den Spieltisch, zu der Flasche... Und wenn er dann am hellichten Morgen, wie damals, da er seinen Vater auf dem Boden liegend gefunden, nach Hause kam, da war er wieder der große Künstler, der die wahre Lust und das wahre Können empfindet. Er mußte sich drein ergeben. Sein Vater war ein alter, kranker Mann geworden. Er blieb in seiner alten Wohnung, während der Sohn sich in derselben Vorstadt ein kleines, lichtes Zimmer im vierten Stock, nahe dem Himmel und dem Licht, gemietet hatte. Zuweilen besuchte ihn der alte Weldein, und müde vom Treppensteigen setzte er sich zum Fenster hin, blieb still da sitzen, während Franz malte oder auf dem Sofa lag und rauchte. Manchmal sprachen sie und klagten... Der Alte verdiente nur wenig, und bei dem Jungen ging es mit dem Ruhme und dem Reichtum auch nicht rasch genug vorwärts...

Einige Male sagte der Vater: »Daß du nur solche Dinge malen kannst, daran bin ich schuld. Mein ganzes Blut ist vergiftet, ja, vergiftet.« Der Sohn erwiderte nichts und malte weiter.

Und in der Stille des Gemaches, wenn Weldein so stundenlang dasaß, überwältigte ihn der Gedanke seines Alters schmerzlich und tief. Da vor sich sah er einen, dem auch nichts Besseres beschieden war... Und das, womit beide hätten glücklich werden können, wo war es? Wie ein Traum zog ihm manchmal jene Nacht durch den Sinn.

Und dann unterbrach der Junge sein Sinnen und erzählte, was er malte... Jetzt... eine Spielergesellschaft in einem verrufenen Hause... ein paar Weiber, die zwischen den Spieltischen stehen, die Champagnergläser in der Hand. Das war bald vollendet. Dann ein kleines Bild... Am Kamin... Er und sie... Sie spielen Bésigue; über die Karten weg lächeln sie sich an... Ein anderes, das halbvollendet in der Ecke stand... aus dem Mittelalter... Landsknechte, die Würfel spielen... Es wollte nicht geraten, es war nicht modern genug... Der Alte hörte zu, und dabei begann die Nacht hereinzudämmern. Und auch der junge Maler stellte sich zum Fenster, das er weit öffnete, um die Abendluft hereinströmen zu lassen.

Es war ein Sommerabend, schwül und traurig. Verhallend drang der Lärm der Straße herauf; gleichmäßig rollte das dumme Leben weiter. Stets dasselbe eintönige Geräusch. Was immer sie da unten treiben, immer dasselbe schwerfällige Summen dringt herauf... Und die letzten Sonnenstrahlen glitten sachte die Dachzinnen hinauf, um da oben allmählich zu verglänzen, Schatten breiteten sich aus, zerflatterte Wolken erschienen am Himmel, lässig hingeworfen; weiße Streifen zeichneten sich ab... Lange währte die Dämmerung. Der alte Weldein blickte zum Himmel, wo wieder einer seiner öden Tage zur Neige ging.

Öfter als früher kam ihm jetzt der Gedanke: wird es bald vorbei sein? Und er fühlte manche Zeichen des Alters, das ihm vor der Zeit genaht war. Sie hatten nun eine Weile in den Abend hinausgestarrt, der Vater unterbrach das Schweigen.

»Hast du eine neue Idee?«

»Eine neue?«

»Ja, für ein großes Bild, mein' ich.«

»In den Umrissen – ja.«

»So? Und was soll's denn werden?«

»Ich will den Klub malen.«

»Den Klub?«

»Ja, den Spielsaal des adeligen Klubs.«

Der alte Weldein stand plötzlich auf. »Das wolltest du?...«

»Hältst du es für zu schwer?...«

»O nein! Aber woher nimmst du die Gestalten?«

»Nun, ganz einfach aus dem Klub –«

»Du warst doch niemals dort?«

»O ja, schon zweimal.«

»Dort?... Im Spielsaal?... Wie war dies möglich?«

»Ein Mitglied führte mich ein. Es ist derselbe Herr, der mein letztes Bild gekauft hat...«

»Die schwarze Kugel?«

»Ja... Er kam neulich in der Ausstellung selbst auf mich zu und sagte, er interessiere sich für mein Talent... dann war er hier oben und betrachtete sich meine Skizzen. Bei dieser Gelegenheit bat ich ihn um die Gefälligkeit, mir Eintritt in den Klub zu verschaffen, um dort für mein neues großes Gemälde Beobachtungen sammeln zu können.«

»– So... Wie wurde er denn auf dich aufmerksam?«

»Nun, offenbar durch mein Bild in der Ausstellung...«

»Wie heißt der Mann?«

»Graf Spaun.« –

Weldein zuckte zusammen und ließ sich auf den Sessel fallen. Da es volle Nacht geworden, entging dem Sohne die Bewegung im Antlitz des Vaters.

»Spaun... sagst du...«

»Ja, ein Mann nah den Fünzigen, sehr kunstverständig und nicht ohne Phantasie.«

»Phantasie... jedenfalls... hat er nach mir gefragt?...«

»Nach dir, Vater?« wiederholte der Sohn lächelnd.

»Nun, ich meine, nach deiner Familie.«

»Ja, so beiläufig. Ob die Eltern noch leben, ob ich aus reichem Hause sei...«

»Und du hast geantwortet?«

»Wie merkwürdig du mich frägst! Ich habe die Wahrheit gesagt.«

»Er war wohl sehr erstaunt, der Graf.«

»Erstaunt? – Warum?«

»Nun, daß es ein junger Mensch aus so armem Hause so weit gebracht hat.«

»So weit! Glaubst du das wirklich, Vater?«

»Nun ja! Man kennt doch deinen Namen. Man sagt doch: der Maler Weldein.«

Der junge Mann lächelte wieder. Mit gelinder Wehmut erfüllte ihn, was er für väterliche Eitelkeit hielt... Er trat vom Fenster weg, und das Gespräch kurz abbrechend, sagte er: »Ich will nun Licht machen.«

»So? Du bleibst daheim?«

»Ich warte noch ein wenig.«

»Auf wen?«

»Nun, auf den Grafen.«

Der alte Weldein erhob sich. »Er kommt? Graf Spaun?« Es klang wie ein Angstruf.

»Was hast du, Vater?«

»Nichts... Aber ich... kann mit solchen Herren doch nicht umgehen... Nein, nein, laß mich... Ich freue mich sehr... er wird dir viel nützen. Leb wohl, Franz.«

»Was ist dir?« Und er schaute den Alten, auf den von dem Kerzenlicht ein schwacher Schein fiel, befremdet an.

»Aber nichts... Franz... Du bist komisch, was soll denn sein? Ich gehe, wie immer am Abend, bin ich denn je so lange geblieben? – Meine Freunde im Wirtshaus warten schon! Du gehst wohl...«

»Ich gehe mit dem Grafen in den Klub.« Und lachend setzte er hinzu: »Es ist da auch das Gute, daß ich nicht mitspielen kann... Da geht's hoch, Vater... das anzusehen... Aber du hast ja nie gespielt?«

»Nein, nie...«

Und beide schauten dem Fenster zu, ins Dunkle, Leere. Und

vor beiden erschien dasselbe Bild. Ein jubelnder Lichterglanz... Mitten darin der große grüne Tisch; und die Karten fallen, und Vermögen rollen hin und her... Ein Rausch überkam sie... der Rausch der Spieler, die sich erinnern. Der Rausch der Menschen, die daran denken, daß es nur eine Laune des Zufalls braucht, um sie reich und hochbeglückt zu machen. Ein Luftzug strich herein, das Kerzenlicht flakkerte... Der grüne Tisch versank, der Glanz der Lichter löschte jäh aus...

Der Alte nahm seinen Hut und ging. »Guten Abend, mein Sohn«, sagte er noch bei der Tür. Und so rasch er konnte, eilte er die Treppe hinunter. Es war an der Zeit gewesen. Kaum war er aus dem Tor getreten, so nahte von der anderen Seite die Gestalt des Mannes, die er seit jenem Abend wohl nicht mehr gesehen, aber nicht vergessen hatte. Mit weit offenen Augen blieb Weldein stehen... und ins Tor sah er ihn hineintreten, sah ihn die ersten Stufen hinaufsteigen und verschwinden – wie damals auf der Stiege des Klubs, als er von ihm mit seinem Reichtum spät nachts mitten auf der Straße verlassen worden. Und Weldein trat weiter weg vom Tore; er schaute hinauf zum Fenster seines Sohnes und wartete. An der gegenüberliegenden Wand erschienen Schatten, die sich bewegten... Sein Sohn und Graf Spaun... Ihn schauerte... Warum nur? Ein Gedanke kam ihm plötzlich... Er wird ihm Unglück bringen! Und er wollte wieder zurück, hinauf, seinen Franz retten... Der helle Lichtschein im Flur brachte ihm die Besinnung zurück... Er blieb stehen... »Narr«, murmelte er vor sich hin. Und er ging in die Schänke.

VI

Früh morgens kam Franz Weldein nach Hause; voll von Eindrücken, ja mit einem Hauch von Begeisterung setzte er sich hin, um einige Skizzen hinzuwerfen. Und doch... irgend etwas war, was ihn störte. »Ich weiß, was es ist«, sagte er vor sich hin. »Ich weiß, was mir fehlt... Ja, wenn ich mich hinsetzen könnte mitten unter die Leute und mitempfinden, was sie empfinden; das wär' was andres! Dann könnt' es ein Bild geben! Ja dann! –«

Und er skizzierte weiter. Nach einer Stunde wurde er müde. »Ich will ein wenig ruhen«, dachte er... »mich nicht zu Bette legen... ich will nur darüber sinnen...« Und er streckte sich auf das Sofa... Er schloß die Augen, und das Bild entwickelte sich vor ihm. Da ist der Saal in seiner stolzen Einfachheit. Die vier großen Spiegel in goldenen Rahmen... Eigentümliche Reflexe, die von einem zum andern fallen. Ein großer Herr mit blondem Schnurrbart in der Türe stehend, eine Gardenia im Knopfloch... Eine Gruppe Teilnahmsloser, an einem der großen Fenster stehend, plaudernd, Zigaretten rauchend... Und dann die Spieler um den Tisch... Der Herr mit dem schwarzen Vollbart. Doch nein... sie durften nicht zu erkennen sein... Nur irgendein Schimmer von jedem... Bei jedem findet die Leidenschaft des Spieles irgendeinen Ausdruck, der gerade ihm eigentümlich ist. Fast alle scheinen ruhig, doch er, der Künstler, sieht, was den anderen verborgen... Um die Lippen des einen, um die Augenwinkel des anderen, auf der Stirne eines dritten gewahrt er den Abglanz desselben Feuers.

Und Franz Weldein lag mit geschlossenen Augen da, er fühlte, wie er dem Wahren näherkam. Ein Geräusch von schweren Schritten schreckte ihn auf. Jemand war hereingetreten. Der Maler schlug die Augen auf. »Wer ist da?« Es war ein unbekannter Bursche. Weldein erhob sich rasch.

Der Bursch sprach hastig, den Hut in der Hand. »Ich bitte... Herr Weldein, Ihr Vater ist... ich bin vom Haus... er ist krank worden... Sie möchten hinkommen.«

»Krank? Wie... Was ist denn geschehen?«

»In der Nacht, wie der Herr Vater nach Hause gekommen ist...«

»Nun, was denn?«

»Geschrien und gesungen hat er die ganze Nacht, und jetzt liegt er im Fieber...«

»Im Fieber? Ist schon der Arzt dort?«

»Nein, im Haus hat man gesagt, ich soll zuerst zu Ihnen...«

»Kommen Sie.«

Und beide eilten hinunter. Auf der Treppe sagte Franz Weldein:

»Im Hause nebenan wohnt ein Doktor... Sie bringen ihn mit, verstehen Sie?«

»Jawohl.«

Und der junge Künstler lief dem Hause seines Vaters zu, das kaum hundert Schritte entfernt war. Nach wenigen Minuten stand er an dem Bette des Kranken. Eine Nachbarin hatte unterdessen bei diesem gewacht.

Der Alte lag stöhnend mit halbgeschlossenen Augen auf dem Bette ausgestreckt. Sein Gesicht war hochgerötet... Er erkannte seinen Sohn nicht. Dieser rief ihn an: »Vater, Vater!« Die Nachbarin, eine gute, alte Frau, wollte den jungen Mann trösten. »Jetzt ist er schon ruhiger«, meinte sie. – »So, so...« sagte Franz. Beide standen eine Weile da, ratlos den Alten betrachtend. »Da ist der Herr Doktor«, sagte die Nachbarin.

»Oh, endlich!« rief Franz aus und trat dem eintretenden Arzt, einem noch jungen Manne, den er selbst zuweilen zu Rate gezogen hatte, entgegen. »Nun, was gibt's denn?« fragte der Arzt. »Ihr Herr Vater, wie ich höre.«

»Jawohl, Herr Doktor, mein Vater«... und zur Frau gewendet... »Ich danke Ihnen sehr. Sie werden vielleicht später wieder so gut sein!« – Die Frau ging.

Der Arzt war zum Bett getreten und betrachtete den alten Weldein prüfend und ernst. Angstvoll stand der Sohn dabei... Er sah zu, wie der Arzt das Ohr an die Brust des Kranken legte, horchte, wie er den Puls griff, die Atemzüge zählte. Nach einigen Minuten schien die Untersuchung zu Ende zu sein...

»Gefährlich?« fragte der Sohn.

»Ihr Vater hat eine Lungenentzündung.«

»Lungenentzündung... da kann man ja davonkommen...«

»Gewiß kann man. Aber es scheint... Ihr Vater war ein Liebhaber von geistigen Getränken... nicht wahr?«

»Allerdings. Hat das einen Einfluß?«

»Leider ja, Herr Weldein. Im übrigen ist noch kein Grund da, zu verzagen. Nun... wir werden weiter sehen...«

»Also gefährlich«, flüsterte Franz.

Der Arzt antwortete hierauf nicht weiter, gab dann Anordnungen und Ratschläge. Aufmerksam und traurig hörte der junge Mann zu. Mit herzlichen Worten nahm der Arzt Abschied, und Franz blieb allein bei dem Kranken zurück. Es war ein Augenblick gekommen, wo dem Alten das Bewußtsein teilweise wiederzukehren schien, und er nahm wie im Traum die dargebotene Hand seines Sohnes in die seine. »Willst du etwas?... Vater... Willst du etwas?« Dieser bewegte die Lippen... Der Sohn beugte sich hernieder, um etwas von den Lippen herablesen zu können. Aber ganz vernehmlich, nur heiser stieß der alte Weldein jetzt das Wort hervor: »Trinken!«... Dann begann er zu husten, lange und qualvoll...

VII

Die ersten Tage war es noch leidlich gegangen; in der dritten Nacht aber vermehrte sich der Husten, das Stöhnen wurde angstvoll, der Ausdruck des Gesichts verfallen. Dabei sprach der Kranke im Schlaf, wollte aus dem Bett springen. Nicht einmal, zehnmal vielleicht; erst gegen Morgen wurde es besser. Auch der nächste Tag war schlecht. Am Abend des fünften sagte der Arzt zum Sohne: »Mein lieber Herr Weldein, es steht ernst. Sie müssen sich gefaßt machen; es ist meine Pflicht, Ihnen das zu sagen.« – »Gefaßt...« wiederholte Franz tief bestürzt... »gefaßt.« – »Nur Ruhe, lieber Freund... Sie sind ja ein Mann.« Damit ging er... Der junge Weldein stand da, festgebannt, ihm nachstarrend... minutenlang. Das Licht zu Häupten des Kranken flackerte, in der Mitte des Zimmers auf dem Tisch stand eine schlecht brennende Öllampe.

Franz ging ein paar Mal im Zimmer hin und her, als hätte er was zu suchen, dann stellte er sich ans Fußende des Bettes, die Arme auf die Lehne desselben stützend; er war todesmatt, manchmal dem Einschlummern nahe, ... da ward sein Arm müde, und das Bettgestell knackte... Er schrak zusammen und entfernte sich wieder. Auf eine Weile ging er in den Gang, wo durch das offene Fenster frische Luft hereinströmte. Der volle Mondschein glänzte auf den Steinflies. Etwas Schmeichelndes, Tröstendes lag in dem weichen süßen Glanze. Da kam dem jungen Manne der Einfall, im Zimmer des Kranken dieses Licht sich verbreiten zu lassen, und so begab er sich wieder in die Stube und ließ die niedergelassenen Fenstervorhänge hinauf... Und es flutete herein, über das Fensterbrett, über den Fußboden, über das Bett, und die weißen Linnen schimmerten blau. Daraus hervor glänzte das abgezehrte Gesicht des Alten ganz blaß – so blaß... Und die Lippen ganz weiß... Und auf dem Kasten die leeren Medizinphiolen schillerten... Der junge Weldein blieb beim Fenster stehen, müd, traurig, ohne Macht. Und jetzt, gerade jetzt, das erste Mal seit der Krankheit seines Vaters, dachte er an etwas anderes als an den Kranken selbst. – Das Bild erschien wieder vor ihm, und er sah sich selbst vor der Staffelei sitzend... malen. Und Strich für Strich entwarf er es im Geist... Und er vergaß auf einige Augenblicke alles andere ringsum... Plötzlich hörte er die Stimme seines Vaters. Er war aufgewacht! – Er sprach! War's möglich? Und noch einmal: »Franz! – Mein Sohn!« – »Du rufst, Vater? Vater!« Und schon stand er beim Bett, die Hand des Kranken ergreifend, der ihn mit großen Augen ansah, aber nichts mehr redete. »Du willst etwas, Vater?«

Der alte Weldein neigte den Kopf. »Wie? Was meinst du?« fragte Franz. Und er setzte sich auf die Bettstatt, mit fragendem Blicke den Kranken betrachtend. »Ein Wunder, mein Sohn, ein Wunder« – sagte dieser.

»Wie? Du fühlst dich wieder wohl – gesund?«

»Nein... o nein – ich werde sterben... aber... oh... wenn ich's nur sagen kann.« Und er schloß die Augen, holte tief Atem; mit aller Macht schien er das entweichende Leben festhalten zu wollen.

»Mein Sohn... komm näher heran... näher zu meinem

Mund... ein Wunder... zwanzig Jahre hatte ich's vergessen, in dieser Stunde kommt mir die Erinnerung. Höre...«

»Ich höre...«

»Franz, du bist reich... Ein Schatz für dich liegt vergraben.«

Mitleidig und erschrocken blickte der Sohn auf den Kranken... nun war es klar: der Alte sprach im Fieber. Aber der merkte den Ausdruck im Antlitz seines Sohnes und sagte: »Ich spreche die Wahrheit... ein Schatz... bei der Brücke... Löwenbrücke... Ich habe Geld gewonnen... hab' es vergraben; im Klub hab' ich's gewonnen und dann versteckt.«

»Im Klub? Du, Geld?«

»Ja, Graf Spaun... Du wirst ihn fragen... er wird es dir erzählen, wie er mich mitnahm eines Abends und ich soviel gewann... Und getrunken hab' ich – viel – sehr viel... Und das Geld dann versteckt. Ich habe vergessen, wo... es war ein Elend... Du weißt, was für ein Elend es war. Dieses ganze Leben lang... Und jetzt – jetzt...«

Er hatte sich im Bett aufgerichtet; seine Stimme war kräftiger geworden; kräftig selbst der Druck seiner Hand, mit dem er die seines Sohnes umklammert hatte, der atemlos lauschte.

»Jetzt – plötzlich – wie ich so dalag, ist es wieder in mir aufgewacht. Diese ganze Nacht! Die Brücke, ja! Die Brücke... Es war dort, ich wußte es ja! Unter der Brücke... unter den Steinen... ein Hammer lag daneben... ich riß das Erdreich auf... ich vergrub das Geld, und mit dem Hammer schlug ich darauf... darum rauschte es und hallte wider.«

»Vater! Wo ist das? Ich verstehe dich nicht! Ein Schatz... unter der Brücke, wo?«

»Die Löwenbrücke... der Weg diesseits unter der Brücke, knapp am Flusse... zu dieser Jahreszeit zwei Schuhe breit vom Wasser weg. Da geht ein schmaler Weg zur Landungsstelle... gepflastert. Damals wurde eben gearbeitet, es war kaum vollendet. Mit einem Hammer schlug ich das Pflaster auf... Dort liegt das Geld!«

»Aber...!«

»Du glaubst es nicht. Es ist so...«

»Unter der Löwenbrücke?«

»Unter dem gepflasterten Weg... gewiß wird es dort sein!... Ich sehe es. Ich sehe auch, wie ich es unter die Steine legte. Man kann es von dort nicht weggetragen haben, nein... du wirst es finden, du wirst reich und glücklich sein.«

»Vater!... Du träumst noch.«

»Nein! Ich träume nicht! Ich weiß es.«

»Nun ja, aber der Weg ist lang unter der Brücke.«

»O nein, nicht lang... beim zweiten Pfeiler auf den ersten Schlag mit dem Hammer mußt du's finden.«

Franz griff sich an den Kopf; er verstand das Ganze noch nicht recht.

»Mein Sohn... rasch... geh hin!«

»Jetzt?«

»Ja, jetzt, weil es Nacht ist. Meinen Arbeitskittel nimm... und den Hammer, der draußen liegt... neben dem Ofen... ja... geh gleich... ich will es noch sehen... in ein Tuch ist es eingebunden, Papier und Gold. Geh... geh!«

Der Sohn stand auf, seiner Sinne nicht mächtig, er eilte hinaus. Im Vorzimmer nahm er den weißen Arbeitskittel des Vaters vom Haken und den Hammer, der dalag, und verbarg ihn unter dem Rock. Er dachte in diesem Momente an nichts anderes als an den Schatz... kein Gedanke mehr an den Sterbenden... vor ihm tanzte und drehte sich das Geld, das Geld... lichtes, tanzendes Gold! Und er eilte davon. – Die Straßen waren leer, er lief durch sie... da kam er in jene lange Straße, durch die vor vielen Jahren der alte Weldein das gewonnene Geld getragen... und bald zur Brücke, auf der er einen Tag später gestanden, verzweifelt und jammernd, während unter seinen Füßen all der Reichtum lag, der ihn selig gemacht hätte. Da also... und schon stand er am zweiten Pfeiler... Über ihm wölbten sich die Bogen der Brücke, neben ihm rauschte der Strom hin, die Strahlen des Mondes auf seinen Wellen weitertragend.

Und Franz Weldein begann sein Werk. Nach wenigen Minuten waren zwei Lagen von Steinen ausgesprengt. Nichts... nichts. Jetzt rollte ein Wagen oben über die Brücke... dumpf...

schwer... Franz begann von neuem... Und hier... ja... etwas, das aussah wie ein Tuchende... und jetzt... noch ein Stein... Es rauschte und hallte wider... und das? das! Es war dunkel unter der Brücke, mit beiden Händen griff Franz nach etwas Weißem, das dalag. Ein Tuch... zusammengebunden. Auf damit... Er riß die Knoten auseinander... Gold... Banknoten... Ja! er war's! der Schatz! Der Reichtum, das Glück! Und Franz steckte das Ganze unter den Kittel... mit zitternden Händen... War's denn möglich? Und wie er unter der Brücke wieder hervortrat und das Licht der freundlichen Nacht ihn umglänzte, da hätte er auf die Knie fallen mögen, weinen... vor Freude... vor Glück. Er begann zu laufen... plötzlich hielt er inne... Er blickte um sich. Niemand in der Nähe? Ja doch, ein paar harmlose Spaziergänger... Aber schnell gehen mitten in der Nacht könnte Verdacht erregen. Verdacht? Hat er denn ein Unrecht getan? Nun... immerhin... Und so ging er denn in bedächtigem Schritt weiter, die linke Hand gemächlich in der Hosentasche, mit der Rechten seinen Reichtum unter dem Arbeitsrock schützend.

Ein Gefühl von unendlichem Frieden überkam ihn allmählich... Nun war alles gut. Und sein Bild so gut wie vollendet... Ruhe, Reichtum... alle Wonnen der Erde! Und der alte Mann, der sterben mußte? – Der junge Weldein begann rasch zu gehen... wer weiß, ob der Anblick des wiedergefundenen Geldes den Alten nicht wieder gesund machen würde. Was hatte ihn denn krank gemacht? Die Armut, die Hoffnungslosigkeit, das Elend. Also hin, rasch hin, um ihm das Glück und die Gewißheit guter Tage zu bringen. Als er in das kleine Vorzimmer trat, war alles ruhig. Nur keine Übereilung. Er wechselte den Rock, hing den Arbeitskittel wieder an den alten Platz. Das Tuch mit dem Geld schob er unters Hemd. Nun ins Zimmer. »Vater«, rief er, »ich bring' es! ich hab' es!« Und er stürzte zum Bette hin, da lag der Kranke bewußtlos, mit keuchendem Atem. Kalter Schweiß auf der Stirne. Gewiß, es ging zu Ende.

»Vater!« rief Franz... Keine Antwort!

Vergeblich bemühte sich Franz, den Alten zu erwecken... er

rief ihn an, er schrie, er fuhr ihm durch das wirre Haar. Er hauchte ihn an... Er rieb ihm die kalten Arme und Beine mit seinen warmen Händen... Einmal glaubte er zu bemerken, daß sich die Augenlider öffnen wollten. Nichts... nichts... der Atem wurde schwächer... Keine Bewegung; keine Antwort, die Zeit verrann, ratlos saß Franz da... »Vater!... Das Geld! ich hab' es hier.«

Gegen Morgen kam der Arzt. Er schritt rasch auf das Bett zu, kaum vernehmlich grüßend... Er griff nach dem Puls... »Nicht mehr fühlbar...« sagte er.

»Wie... Sie meinen also?«

»Ich bitte« – flüsterte der Arzt, den Finger auf den Mund legend. Er wollte Ruhe, wollte den Atem beobachten. Er stand aufrecht da... dann beugte er sich zur Brust des Alten und legte sein Ohr daran... Nach zehn, zwanzig Sekunden erhob er sich langsam und streckte dem Sohn, der am Fußende des Bettes stand, den Blick angstvoll auf den Arzt gerichtet, die rechte Hand entgegen. Wortlos... »Er ist tot?« schrie Franz auf... die Hand ergreifend.

»Er hat ausgelitten«, sagte der Arzt bewegt. Franz sank auf einen Stuhl, dabei hörte er selbst, wie die Goldstücke in seiner Brust aneinanderklangen. Er zuckte zusammen, griff mit der einen Hand danach. Dann schaute er den Doktor an, ob er es gemerkt hätte... nein! der war zum Fenster getreten. Er öffnete es. »Es ist so schwül hier«, sagte er leise. Die Morgensonne lag über den Nachbarsdächern.

VIII

Zwei Männer gingen miteinander die Stufen zum Klub hinauf... Graf Spaun und Franz Weldein.

»Sind Sie denn wirklich in der rechten Stimmung?« fragte der Graf...

»Sie wundern sich darüber?«

»Begreiflicherweise! Bedenken Sie nur, Sie kommen von

dem kaum geschlossenen Grab Ihres Vaters zu mir gelaufen und beschwören mich, Sie heute hierher, an die Stätte des Glanzes und der Freude zu führen.«

»Für mich ist sie nicht das! Für mich ist sie der Ort meiner Studien... Und gerade dieses Bild liegt mir am Herzen, ich muß es malen, muß es bald malen...«

»Sie haben doch schon vieles fertig?«

»Skizzen... ja... es fehlt mir noch etwas... irgend etwas.« Sie waren unterdessen in den Vorsaal gekommen und begaben sich geradewegs in den Spielsaal.

»Und was fehlt Ihnen?« fragte der Graf.

»Sie werden vielleicht lachen.«

»Nie über eine Künstlerlaune, mein Lieber.« Beide waren durch die Türe des Spielsaals getreten und standen ganz nahe dem grünen Tische, an dem die Spieler saßen.

»Nun, Herr Graf«, setzte der junge Weldein fort, während sein Auge auf die Karten blickte. »Die Begeisterung zu dem Bilde fehlt mir noch!«

»So!... Das ist doch nicht sonderbar! Sie werden die glückliche Stunde schon einmal finden!«

»Wann?«

»Das kann ich nicht wissen«, sagte der Graf lächelnd.

»Aber ich weiß es«, stieß der Künstler so heftig hervor, daß ihn der Graf befremdet ansah.

»Nun?« fragte er.

»Ich selbst, ja, Herr Graf; ich selbst muß einmal empfinden, was diese Menschen hier empfinden.«

»Wie?«

»Verstehen Sie mich recht, Herr Graf! Leider – ich weiß es ja, liegt in meiner ganzen Kunst etwas Krankhaftes... Sie wissen – ich kann eigentlich nur gewisse Dinge malen, und dies ist doch nicht ganz in Ordnung.«

»Ja, ja«, sagte der Graf, »das ist wohl ein bißchen verrückt.«

»Verrückt«, betonte Weldein, »ja, das ist das Wort – und ich bin so verrückt«, er stieß die Silben hervor... »ja, so verrückt, hier mitspielen zu wollen...«

Graf Spaun blickte ihn fest und ruhig an... »Hier?«

»Ja...«

»Hm!«

»Ich muß von diesem Feuer die Funken mitnehmen können... Sie verstehen mich doch; diese... gerade diese Funken brauche ich!...«

»Ihre Idee, mein Freund, ist schwer durchführbar... Denn an sich würde ich sie nicht gar so verrückt finden... Ja... es steckt sogar eine richtige Überlegung darin... Aber Sie wissen, so gerne Sie hier als der talentvolle Künstler gesehen sind, von dem man weiß, daß er für sein Werk Atem und Leben sucht, ebenso...«

»Wie? Herr Graf? Ein Wort von Ihnen würde nicht genügen, um mir für – für einen Abend nur auch das Gastrecht an diesem Tische zu gewähren...«

»Nun, gewiß könnte man mir das nicht abschlagen... aber...«

»Was hält Sie noch ab?« Glühenden Auges verfolgte der Maler unterdessen das Hin- und Herfliegen der Riesensummen, welche auf die Karten gesetzt wurden.

»Sie sehen ja selbst, mein junger Freund, hier wird um Beträge gespielt...«

»Oh, Herr Graf... Das wäre kein Grund.«

»Kein Grund? Ich glaube doch.«

»Ich besitze noch ebensoviel Geld als...« und er sah dem Grafen scharf ins Auge, »als mein Vater an diesem Tisch gewonnen.« Der Graf blieb einen Augenblick sprachlos... Dann trat er einen Schritt zurück und sagte leise und hastig zu dem jungen Weldein: »Seit wann wissen Sie?«

»Seit seiner letzten Stunde!« – »Also doch. Ich dachte es ja! Anfangs meinte ich, er hätte es verspielt und vertan... Also versperrt! Ein Geizhals geworden!«

»Nein, Herr Graf... nicht das... es war anders... Später will ich Ihnen davon erzählen... genug, daß ich geerbt habe, daß ich es besitze.« Ohne weiter ein Wort zu sprechen, kam der Graf mit dem Künstler auf den Spieltisch zu und sagte: »Meine Herren, unser junger Freund, der Maler Weldein, den Sie alle kennen... möchte um die Ehre bitten, einmal an Ihrer Partie teilnehmen zu können.«

»Mit Vergnügen... gewiß, bitte sehr, hierher...« so klang es ihm entgegen. Und da saß er. Es war wahr!

Hier an dem grünen Tische! Eine wonnige Aufregung überkam ihn... Er zog seine Banknoten hervor und legte sie vor sich hin... Da... etwas flog vor ihn hin... eine Karte. Er wollte sie nehmen. »Entschuldigen Sie«, sagte der Geber... »Ihr Nebenmann.«

Ach ja, natürlich... es kam noch nicht an ihn... der Nebenmann verlor. Das war ein Glück für ihn, für Weldein. Er durfte schon eine größere Summe wagen, denn nun war die Wahrscheinlichkeit des Gewinnes für ihn eine weit größere. So... da vor ihm lag seine Karte.

Er verlor... Ach, der erste Satz! Der ist bald zurückerobert... Er setzte wieder und einen etwas höheren Betrag als das erste Mal. Die Karte Weldeins verlor wieder. Ein dritter Satz... wieder höher... Und wieder verloren.

Die Mitspieler sahen den jungen Mann erstaunt an: sie hatten ihn nicht für so reich gehalten...

Er selbst saß mit lächelnder Miene, aber mit einem eigentümlich starren Blick da... Graf Spaun sagte ihm leise: »Nun haben Sie wohl schon Anregung genug. Wie?«

Aber der junge Mann rührte sich nicht... er spielte weiter und verlor ununterbrochen. Ein paar Zuschauer hatten sich gesammelt; man war erstaunt über das kühne Spiel des Malers. Bald war es allen klar, daß er eine große Erbschaft gemacht hatte und daß ein guter Teil davon verloren war. Da sagte Grauf Spaun: »Wollen Sie sich nun nicht ein bißchen ausruhen?«

Aber Weldein spielte weiter. Ein Satz nach dem anderen ging verloren. Man fing an, ihn zu bedauern, man schüttelte den Kopf über seine wahnsinnigen Sätze. Sein Unglück war unfaßbar... Nur einen Augenblick schien es, als wollte sich die Sache wenden. Doch nein. Das alte Unglück fing gleich wieder an. Und er lächelte immerfort, zum Schluß lachte er sogar hell auf!

Und jetzt erhob er sich. Es war zu Ende. »Guten Abend, meine Herren«, sagte er. Man machte ihm Platz, wie einem Menschen, vor dessen Unglück man Achtung haben muß. Er schritt dem Ausgang zu... Man schaute ihm nach. Der Graf folgte ihm. Weldein eilte die Stiege hinunter, die Straße entlang. An der Ecke holte ihn der Graf ein.

»Weldein... Weldein!«

»Ah – Sie, Herr Graf!«

»Wohin eilen Sie?«

»Ich weiß nicht...«

»Machen Sie mir keine Narrheiten. Verstehen Sie! Keine Narrheiten. Es ist ja weiter nichts verloren.«

»Nein, gar nichts!«

»Gewonnenes Geld! Ja, wenn's erworben, sauer erarbeitet gewesen wäre...«

Der junge Künstler antwortete nicht, ging rasch vorwärts, den Weg durch die lange Gasse nehmend... wie damals sein Vater. Mit Mühe nur vermochte es der Graf, an seiner Seite zu bleiben. Er wiederholte: »Wohin laufen Sie denn eigentlich? Kommen Sie doch mit mir... noch ein Glas trinken.«

»Sie sind sehr liebenswürdig, Herr Graf; aber wenn Sie mir folgen wollen... ich muß an eine ganz besondere Stelle, ich muß dahin.«

»Wohin?«

»Wohin? Dorthin, wo mein Vater an jenem Abend das Geld vergraben hatte.«

»Also doch vergraben!«

»Ja... und er vergaß die Stelle.«

»Vergaß?«

»Ja – vergaß sie. Zwanzig Jahre lebte er so hin, als ein reicher Mann, der nur nicht wußte, wo er sein Geld liegen hatte. Köstlich, nicht? Und auf dem Totenbette fiel es ihm ein.«

»Wie? Was ist das für ein Märchen?«

»Nein, Wahrheit, Herr Graf! Und dieses Leben! Die ewige Qual... als reicher Mann darben zu müssen... Und ich! Plötzlich fiel es mir zu! Und ich stand da als ein Unabhängiger...«

»Wohin führen Sie mich denn?«

»Kommen Sie nur, wir sind bald dort!«

»Ja, was wollen Sie denn jetzt dort?«

»Eine Laune.«

Eine Weile eilten sie schweigend weiter. Sie waren am Ufer angelangt.

»Da – die Brücke.«

»Nun?« fragt der Graf.

»Folgen Sie mir nur!« Und er eilte den Weg hinab unter die Brücke... Er warf sich neben dem Pfeiler zu Boden und rief aus: »Da! Da!«

»Wie –? –«

»Hier war es... Hier grub ich es aus. Und... Sehen Sie... Sehen Sie doch?«

»Nun, was? Ich sehe, daß die Steine feucht sind von dem aufspritzenden Wasser.«

»Wie? Da sehen Sie hin!« Und er hatte sich auf ein Knie niedergelassen, mit der Hand auf die Steine greifend.

»Nun, was soll ich denn sehen?«

»Da liegt ja wieder Geld!«

»Wie?«

»Oh, welche Menge! Welche Summen!«

»Aber was fällt Ihnen ein!«

»Oh...« und er wühlte mit den Nägeln im Sand zwischen den Steinen... »ich bin ja wieder reich.«

»Weldein! Seien Sie nicht toll!«

»Ei, welch ein Glück – welch ein Glück«, und er steckte sich Sand und kleine Steine in die Tasche.

»Aber... Weldein! Sie sind nicht bei sich! Fassen Sie sich doch! Bedenken Sie, daß Sie auf der Welt noch etwas zu tun haben! Sammeln Sie Ihre Gedanken! Ein großes Werk wartet Ihrer! Ihr Bild.« Aber der Maler hörte nicht auf ihn. Er wühlte und schob sich die Steine in die Tasche. Der Graf faßte ihn an den Schultern und rief: »Genug! Kommen Sie! Kommen Sie!« Langsam erhob sich Weldein. »Oh, ich komme... Führen Sie mich zurück... Herr Graf!«

»Wohin?«

»Nun, zurück in den Klub! Nun kann ich wieder spielen!«

Ratlos stand der andere da. War's denn möglich? Hatte ihn der Verlust wahnsinnig gemacht? Sie waren beide wieder emporgestiegen und standen neben der Brücke. Der Graf faßte die Hand des jungen Künstlers und sagte: »Beruhigen Sie sich.« – »Es ist spät... wir müssen rasch zurück«, entgegnete Weldein.

»Aber –!«

Mit einem Ruck hatte sich Weldein losgemacht und stürzte davon durch die menschenleeren Gassen, in rasender Eile. Der Graf folgte ihm unter lauten Rufen. Nach einigen Minuten war der junge Mann so weit, daß ihn sein Verfolger nicht mehr einholen konnte. Wohin war der Wahnsinnige nur gerannt? Am Ende wirklich zum Klub hin... Und wieder beschleunigte der Graf seine Schritte. »Es wird vorübergegangen sein«, dachte er auf dem Wege. »Die plötzliche Aufregung ist wohl begreiflich. Aber wo ist er nur hin? Und werde ich ihn wirklich noch finden? Wenn er sich selbst... Nein!« Und er eilte. Bald war er in die Nähe des Klubgebäudes gelangt. Da kam ihm der andere schon entgegen.

»Da sind Sie ja, Weldein... Nun?«

»Oh, Herr Graf, Herr Graf!« Und der Ton seiner Stimme klang weinerlich.

»Was ist Ihnen denn? Sie sind wieder ruhig. Nicht wahr?«

»Oh, Herr Graf! Sehen Sie.« Und er leerte den Sand und die Steine aus seiner Tasche.

»Nun?« fragte der andere erregt.

»Sehen Sie denn nicht! Steine... Sand!«

»Ja... Sie wissen es jetzt! Nicht wahr! Wie froh bin ich! Ich hatte wahrhaftig Angst um Sie!... Nun ist es ja wieder gut.«

»Oh, Herr Graf!« und wieder jammerte er – »mein Geld, mein Geld!«

»Nun ja – schlimm, freilich – es ist verloren!«

»Verloren!«

»Aber Sie haben anderes, Besseres als Geld.«

»Mein Geld!«

»Aber stille doch.« Es kamen Leute vorbei durch die nächtliche Straße und schauten sich um.

»Ich hab' es vergraben! ich hab' es vergraben!«

»Wie? Was fällt Ihnen denn wieder ein?«

»Vergraben! Versteckt, und ich weiß nicht wo!«

»Verspielt! Weldein... Hören Sie doch, verloren haben Sie es im Klub!«

»O nein, o nein, ich hab' soviel, soviel gewonnen. Und hab' es versteckt und weiß nicht wo. Oh, mein armes Weib! Mein Kind! Mein Franz!« Der Graf stand erschauernd da... Ihm war, als wenn sich mit einem Male die Züge des Malers seltsam veränderten, als wäre es wirklich der alte Weldein, der da mit trokkenen Augen in die Luft starrte und leise wimmerte: »Mein Sohn, mein armer Sohn!«

Der Sohn

Aus den Papieren eines Arztes

Ich sitze noch um Mitternacht an meinem Schreibtisch. Der Gedanke an jene unglückliche Frau läßt mich nicht zur Ruhe kommen... Ich denke an das düstere Hofzimmer mit den altertümlichen Bildern; an das Bett mit dem blutgeröteten Polster, auf dem ihr blasser Kopf mit den halbgeschlossenen Augen ruhte. Ein so trüber Regenmorgen war es überdies. Und in der andern Zimmerecke, auf einem Stuhle, die Beine übereinandergeschlagen, mit trotzigem Gesichte, saß er, der Unselige, der Sohn, der das Beil gegen das Haupt der Mutter erhoben... Ja, es gibt solche Menschen, und sie sind nicht immer wahnsinnig! Ich sah mir dieses trotzige Gesicht an, ich versuchte darin zu lesen. Ein böses, bleiches Antlitz, nicht häßlich, nicht dumm, mit blutleeren Lippen, die Augen verdüstert, das Kinn in dem zerknitterten Hemdkragen vergraben, um den Hals eine flatternde Binde, deren eines Ende er zwischen den schmalen Fingern hin und her drehte. – So wartete er auf die Polizei, die ihn wegführen sollte. Unterdessen stand einer, der achthatte, vor der Türe draußen. Ich hatte die Schläfe der unglücklichen Mutter verbunden; die Arme war bewußtlos. Ich verließ sie, nachdem eine Frau aus der Nachbarschaft sich erboten, bei ihr zu wachen. Auf der Stiege begegneten mir die Gendarmen, welche den Muttermörder abholen kamen. Die Bewohner des Vorstadthauses waren in heftiger Erregung; vor der Wohnungstüre standen sie in Gruppen und besprachen das traurige Ereignis. Einige fragten mich auch, wie es da oben stehe und ob Hoffnung für das Leben der Verletzten vorhanden sei. Ich konnte keine bestimmte Antwort geben.

Eine mir bekannte, nicht mehr ganz junge Person, die Frau eines kleinen Beamten, zu dem ich früher als Arzt gekommen war, hielt mich etwas länger auf. Sie lehnte am Stiegengeländer und schien ganz vernichtet. »Das ist noch weit schrecklicher als Sie denken, Herr Doktor!« sagte sie, den Kopf schüttelnd. –

»Noch schrecklicher?« fragte ich. – »Ja, Herr Doktor! – Wenn Sie wüßten, wie sie ihn geliebt hat!« – »Sie hat ihn geliebt?« – »Ja, sie hat ihn verwöhnt, verzärtelt.« – »Diesen Burschen!? Und warum?« – »Ja, warum!... Sehen Sie, Herr Doktor, der Junge war ungeraten von Kindesbeinen auf. Aber alles ließ sie ihm hingehen... die schlimmsten Streiche verzieh sie ihm... Wir im Hause mußten sie oft warnen, der Tunichtgut betrank sich schon als Knabe, und erst als er älter wurde... diese Geschichten!« – »Was für Geschichten?« – »Für kurze Zeit war er in einem Geschäft, aber er mußte wieder weg!« – »Er mußte?« – »Ja, er stellte alles mögliche an; er bestahl sogar seinen Dienstherrn... Die Mutter ersetzte das Geld, die arme Frau, die kaum selbst zu leben hatte!« –

»Was ist sie den eigentlich?«

»Sie nähte und stickte; es war ein recht karges Auskommen. Und der Junge, statt sie zu unterstützen, trug ihr das bißchen, was sie verdiente, ins Wirtshaus und weiß Gott wohin. Damit war's aber nicht genug. Das Eßzeug, zwei, drei Bilder, die Wanduhr, fast alles, was nicht angenagelt war, wanderte ins Leihhaus...!« –

»Und sie hat es geduldet?« –

»Geduldet?! – Sie liebte ihn immer mehr! Wir alle haben es nicht begriffen... Und nun wollte er Geld... Sie gab ihm, was sie hatte... Er drohte ihr, er mußte Geld haben!« –

»Woher wissen Sie das alles?«

»Man erfährt das so im Hause. Sein Schreien hörte man oft durchs Stiegenhaus, und wenn er in der Nacht oder auch bei Tag betrunken nach Hause kam, fing er schon bei der Türe an zu brummen und zu schelten. Die arme Frau hatte Schulden überall: es gab manchmal kein Brot da oben... Wir im Hause halfen ihr manchmal aus, obwohl es unter uns keine Reichen gibt. Aber es wurde nur ärger. Sie schien ganz verblendet zu sein. Alles hielt sie für Jugendstreiche; sie bat uns manchmal um Entschuldigung, wenn der Bursch in der Nacht über die Stiege torkelte und Lärm machte. Ja, so ein Sohn war das, Herr Doktor. – Aber daß es so weit gekommen ist... « Und nun erzählte sie mir die ganze Geschichte: »Er kam heute erst früh am Morgen heim; ich hörte ihn hier vor unserer Wohnung über die Stufen stolpern. Dabei sang er etwas mit seiner heiseren Stimme. Nun, und oben wird er wieder Geld verlangt haben. Die Türe hat er offen gelassen – bis zu uns herab... denken Sie, vom vierten bis in den zweiten Stock – hörte man sein Toben. Und dann plötzlich ein Schrei. Noch ein Schrei. Da stürzten die Leute hinauf, und da sah man's. Er aber soll ganz verstockt dagestanden sein und die Achseln gezuckt haben...!« –

Ich ging. Hinter mir hörte ich schwere Schritte. Man führte den Muttermörder davon. In den Gängen standen Männer, Weiber und Kinder, sie starrten nach; keiner sprach ein Wort. Ich hatte mich im Flur umgewandt, stieg die Treppe hinab, schritt aus dem Hause und ging in einer sehr trüben Stimmung daran, mein übriges Tagewerk zu vollbringen. Kurz nach Mittag kehrte ich in das Unglückshaus zurück; ich fand die Verletzte, wie ich sie verlassen, bewußtlos, ziemlich schwer atmend. Die Wartefrau erzählte mir, daß unterdessen die Gerichtskommission dagewesen und den Tatbestand aufgenommen habe. Es war so dunkel in dem Zimmer, daß ich eine Kerze anzünden und auf das Nachttischchen am Kopfende des Bettes stellen ließ... Welch ein unendliches Leiden lag auf diesem sterbenden Antlitz. Ich richtete eine Frage an die Kranke. Sie wurde unruhig, stöhnte und öffnete die Augen ein wenig. Zu sprechen vermochte sie nicht. Nachdem ich das Nötige verordnet, entfernte ich mich... Abends, als ich hinaufkam, schien sich die arme Frau etwas wohler zu befinden. Sie antwortete auf meine Frage, wie es ihr gehe: »Besser...« und versuchte zu lächeln. Gleich aber versank sie wieder in die frühere Bewußtlosigkeit...

Sechs Uhr morgens! –

Nach Mitternacht – eben als ich die letzte Zeile in mein Tagebuch eingetragen – wurde heftig geklingelt... Frau Martha Eberlein – dies war der Name der Schwerverletzten – verlangte nach mir. Irgendein Junge aus dem Hause war hergeschickt worden; ich sollte gleich zu ihr, gleich, gleich... Ob sie im Fieber liege, ob es zu Ende gehe...? Er wußte nichts; jedenfalls sei es höchst dringend.

Ich folgte dem Jungen auf dem Fuße, und mit meiner chirurgischen Handtasche versehen, eilte ich die Treppe des Hauses hinauf, während der Junge unten stehenblieb, ein Wachsstöckchen in der Hand haltend, um mir zu leuchten. Die letzten Stufen lagen schon tief im Dunkel, nur am Anfang des Weges geleitete mich ein matter, flackernder Schein. Doch aus der halboffenen Wohnungstür der Kranken fiel mir ein Lichtstreif entgegen. Ich trat ein und durch den Vorraum, der auch die Küche vorstellte, in das Hofzimmer. Die Wartefrau war aufgestanden, als sie meine Schritte hörte, und kam mir entgegen. »Was gibt's?« flüsterte ich... »Sie will Sie durchaus sprechen, Herr Doktor!« sagte das Weib.

Ich stand schon beim Bette; die Kranke lag regungslos da; ihre Augen waren weit geöffnet; sie sah mich an. Leise sagte sie: »Danke, Herr Doktor – danke!« – Ich ergriff ihre Hand; der Puls war nicht gerade schlecht. Ich schlug den fröhlichen Ton an, den wir ja immer in der Kehle haben müssen, auch wenn es uns nicht danach zumute ist. »Also, besser geht es, wie ich sehe, Frau Eberlein, das ist sehr erfreulich!«

Sie lächelte. »Ja, besser – und ich habe mit Ihnen zu sprechen...«

»So?« fragte ich – »lassen Sie hören!«

»Mit Ihnen allein!« –

»Ruhen Sie eine Weile aus!« wandte ich mich an die Wartefrau.

»Draußen!« sagte die Kranke.

Die Wartefrau sah mich noch einmal fragend an, worauf sie ging, die Türe leise hinter sich schließend. Ich war allein mit der Kranken.

»Bitte!« sagte diese, mit den Augen auf einen Stuhl weisend, der am Fußende des Bettes stand. Ich ließ mich nieder, ihre Hand in der meinen behaltend, und rückte näher, um sie besser verstehen zu können.

Sie sprach ziemlich leise. »Ich war so frei, Herr Doktor«, begann sie – »denn es ist sehr notwendig, daß ich Sie spreche!«

»Was wünschen Sie, meine Liebe?« frug ich... »Strengen Sie sich nur nicht allzusehr an!«

»O nein... es sind nur ein paar Worte... Sie müssen ihn befreien, Herr Doktor!«

»Wen?«

»Meinen Sohn – ihn!«

»Meine liebe Frau Eberlein«, erwiderte ich bewegt... »Sie wissen wohl, das steht nicht in meiner Macht!«

»Oh, es steht in Ihrer Macht, wenn es eine Gerechtigkeit gibt...«

»Ich bitte Sie recht sehr... versuchen Sie sich nicht aufzuregen... Ich fühle wohl, daß Sie mich für Ihren Freund halten, und ich danke Ihnen dafür; ich bin aber auch Ihr Arzt und darf Ihnen ein bißchen befehlen. Nicht? – Also Ruhe! Vor allem Ruhe!«

»Ruhe...« wiederholte sie, und schmerzlich zuckte es ihr um Augen und Mund... »Herr Doktor – Sie müssen mich anhören... es lastet so schwer auf mir!«

Auf meinem schweigenden Antlitz glaubte sie eine Aufforderung zum Sprechen zu lesen, und meine Hand fest drückend, begann sie:

»Er ist unschuldig – oder doch weniger schuldig, als es die Leute ahnen können. Ich bin eine schlechte, eine elende Mutter gewesen...«

»Sie?«

»Ja, ich... eine Verbrecherin war ich!«

»Frau Eberlein!«

»Gleich werden Sie mich verstehen... Ich bin nicht Frau Eberlein... ich bin Fräulein Martha Eberlein... Man hält mich nur für eine Witwe... Ich habe nichts dazu getan, um die Leute zu täuschen, aber ich konnte diese alten Geschichten doch nicht jedermann erzählen...«

»Nun ja, ... das darf Sie doch heute nicht mehr so entsetzlich quälen!«

»Oh, nicht das! Es sind zwanzig Jahre, daß ich verlassen wurde... verlassen, noch bevor er zur Welt kam, er, mein und sein Sohn. Und da... es ist nur der reine Zufall, daß er lebt, denn, Herr Doktor... ich hab' ihn umbringen wollen in der ersten Nacht!... Ja, schaun Sie mich nur so an!... Allein und verzweifelt stand ich da... Aber ich will mich nicht reinwaschen... Ich nahm Decken und Linnenzeug und legte es über ihn und dachte, er werde ersticken... Dann in der Früh' nahm ich furchtsam die Decken wieder weg... und er wimmerte! Ja, er wimmerte – und atmete – und lebte!« Sie weinte, die arme Frau. Mir selber versagten die Worte. Sie aber fuhr nach einem kurzen Schweigen fort:

»... Und er sah mich an mit großen Augen und wimmerte in einem fort! Und ich, vor diesem kleinen Ding, das noch keinen Tag alt war, mußte ich erbeben... Ich weiß noch genau, daß ich es vielleicht eine Stunde lang anstarrte und dachte: Welch ein Vorwurf liegt in diesen Augen! Und vielleicht hat es dich verstanden und klagt dich an! Und vielleicht hat es ein Gedächtnis und wird dich immer, immer anklagen... Und es wurde größer, das kleine Ding – und in den großen Kinderaugen immer derselbe Vorwurf. Wenn es mir mit den Händchen ins Gesicht fuhr, dachte ich: Ja, ... es wird dich kratzen, es will sich rächen, denn es erinnert sich an jene erste Nacht seines Lebens, wo du es unter Decken vergrubst...! – Und er begann zu lallen, zu sprechen. Ich hatte Angst vor dem Tage, wo er wirklich würde sprechen können. Aber das kam so allmählich – so allmählich. – Und immer wartete ich – immer, wenn er den Mund aufmachte, wartete ich: jetzt wird er es dir sagen. Ja, ja, er wird es dir sagen, daß er sich nicht täuschen läßt, daß all die Küsse, all die Liebkosungen, all die Liebe dich nicht zur wahren Mutter machen können. Er wehrte sich, er ließ sich nicht küssen, er war ungebärdig, er liebte mich nicht... Ich ließ mich schlagen von dem fünfjährigen Buben, und auch später noch ließ ich mich schlagen und lächelte... Ich hatte eine wahnsinnige Sehnsucht, meine Schuld loszuwerden, und wußte doch, daß es nimmer ginge! Konnt' ich's denn jemals sühnen?... Und, wenn er mich ansah, immer mit denselben fürchterlichen Augen...! Als er älter wurde, in die Schule ging, da wurde es mir vollends klar, daß er mich durchschaute... Und alles nahm ich reuig hin... Ach, er war kein gutes Kind... aber... ich konnte ihm nicht böse sein! Böse! Oh, ich liebte ihn, liebte ihn bis zum Wahnsinn... Und mehr als einmal sank ich hin vor ihn, küßte seine Hände – seine Knie – seine Füße! – Oh, er verzieh mir nicht. – Kein Blick der Liebe, kein freundliches Lächeln...! Er wurde zehn, zwölf Jahre alt; er haßte mich! – In der Schule tat er kein gut... Eines Tages kam er nach Hause mit trotzigen Worten: ›Es ist aus mit der Schule, sie wollen mich dort nicht mehr haben...‹ Oh, wie ich damals erbebte. Ich wollte ihn ein Handwerk lernen lassen – ich bat, ich flehte – er blieb starr – er wollte nichts von der Arbeit wissen. Er trieb sich herum... Was konnte ich ihm sagen – was ihm vorwerfen?... Ein Blick von ihm machte all meinen Mut zunichte... Wie zitterte ich vor dem Tage, wo er mir's ins Gesicht sagen würde: ›Mutter, Mutter! Du hast das Recht auf mich verwirkt!‹ – Aber er sprach es nicht aus... Manchmal, wenn er trunken nach Hause kam, dachte ich: Nun wird ihm der Rausch die Zunge lösen... Aber nein... Da fiel er auch zuweilen hin und lag auf dem Boden bis in den hellen Mittag. Und wenn er dann erwachte und ich neben ihm saß, blickte er mich an mit Hohn... mit einem verständnisvollen Lächeln um die Lippen, ungefähr, als wollte er sagen: Wir wissen ja, woran wir sind...! Und Geld brauchte er, viel Geld, ich mußte es schaffen... Aber es ging doch nicht immer so, wie er wollte, und dann wurde er böse, bitterböse – oft hob er die Hand auf gegen mich... Und wenn ich müd aufs Bett gesunken war, stand er vor mir, wieder mit dem höhnischen Lachen, das bedeutete: Nein, den Gnadenstoß geb' ich dir nicht!... Heute morgen endlich – polternd kam er herauf – ›Geld! Geld!‹ – Ja, um Gottes willen, ich hatte keines! – ›Wie? keines?‹ – Und ich beschwor ihn, er solle warten bis zur nächsten Woche, bis morgen, bis heut abend! Nein! Ich mußte ihm Geld geben – ich hatte es versteckt –, er schrie und suchte und riß die Kasten auf und das Bett... und fluchte... Und dann... und dann...«

Nun hielt sie inne... Nach einer Sekunde sagte sie: »Und war es nicht sein Recht?«

»Nein!« sagte ich... »Nein, Frau Eberlein!... Sie waren

längst Ihrer Schuld ledig. Ihre tausendfältige Güte hat die Verwirrung eines Momentes, in dem ein Wahn Sie gefangen hielt, längst gesühnt!...«

»Nein, Herr Doktor!« erwiderte sie – »kein Wahn! Denn ich erinnere mich allzu deutlich jener Nacht... ich war nicht wahnsinnig, ich wußte, was ich wollte!... Und darum, Herr Doktor, gehen Sie vors Gericht, und erzählen Sie, was Sie hier von mir gehört; man wird ihn freilassen, man muß es tun...!«

Ich sah, daß ich hier schwer ankämpfen konnte. »Nun« – meinte ich – »wir sprechen morgen noch davon, Frau Eberlein – für heute tut Ihnen Ruhe not... Sie haben sich allzusehr angestrengt...!«

Sie schüttelte den Kopf.

»Herr Doktor! – Der Wunsch einer Sterbenden ist heilig... Sie müssen es mir versprechen!«

»Sie werden nicht sterben – Sie werden sich erholen.« –

»Ich werde sterben – denn ich will es... Werden Sie zu Gericht gehen...?«

»Vor allem fügen Sie sich mir, und denken Sie, daß ich Ihr Arzt bin! Ich befehle Ihnen jetzt, zu schweigen und zu ruhen.« –

Damit war ich aufgestanden und rief die Wartefrau herein. Aber Frau Eberlein ließ meine Hand nicht los, die ich ihr zum Abschied reichte – eine Frage glühte in ihren Augen.

»Ja!« sagte ich.

»Ich danke Ihnen!« erwiderte sie. Dann gab ich der Wärterin die nötigen Anordnungen und entfernte mich mit dem Vorsatze, morgen mit dem frühesten wiederzukommen...

Am Morgen fand ich die Kranke bewußtlos; zu Mittag war sie tot... Noch liegt ihr Geheimnis in mir, in diesen Blättern verborgen, und es steht mir frei, ihren letzten Wunsch zu erfüllen oder nicht. Ob ich zu Gericht gehe oder nicht – für den elenden Sohn dieser unseligen Mutter ist es dasselbe! Kein Richter der Welt wird die Verirrung der Mutter als mildernden Umstand für das todeswürdige Verbrechen des Sohnes gelten lassen. Der Sühne mehr als genug für diese unglückliche Mutter war der

Wahn, in den Augen ihres Sohnes einen ewigen Vorwurf, eine stete Erinnerung an jene entsetzliche Nacht sehen zu müssen. –

Oder sollte es möglich sein? Bleiben uns selbst von den ersten Stunden unseres Daseins verwischte Erinnerungen zurück, die wir nicht mehr deuten können und die doch nicht spurlos verschwinden? – Ist vielleicht ein Sonnenstrahl, der durchs Fenster fällt, die allererste Ursache eines friedlichen Gemütes? – Und wenn der erste Blick der Mutter uns mit unendlicher Liebe umfängt, schimmert er nicht in den blauen Kinderaugen süß und unvergeßlich wider? – Wenn aber dieser erste Blick ein Blick der Verzweiflung und des Hasses ist, glüht er nicht mit zerstörender Macht in jene Kindesseele hinein, die ja tausenderlei Eindrücke aufnimmt, lange bevor sie dieselben zu enträtseln vermag? Und was mag sich in dem Empfindungskreise eines Kindes abspielen, dessen erste Lebensnacht in schauerlicher unbewußter Todesangst dahingegangen? Niemals noch hat ein Mensch von seiner ersten Lebensstunde zu berichten gewußt, – und keiner von euch – so könnte ich ja den Richtern sagen – kann wissen, was er von dem Guten und Schlechten, das er in sich trägt, dem ersten Lufthauche, dem ersten Sonnenstrahl, dem ersten Blick der Mutter zu danken hat! – Ich werde zu Gericht gehen; nun habe ich mich dazu entschlossen, denn mich dünkt, es ist noch lange nicht klar genug, wie wenig wir wollen dürfen und wieviel wir müssen.

Gespräch in der Kaffeehausecke

»Hier wollen wir bleiben«, sagte Anatol und ließ sich auf dem roten Samtfauteuil nieder. Fred setzte sich ihm gegenüber und zog die gelben Fenstervorhänge fester zu. Es war spät am Abend und das Kaffeehaus wenig besucht. Über den Billardtischen waren die Gasflammen ausgedreht, die Kassierin rechnete weiter, nachdem sie einen flüchtigen Blick auf die Neueingetretenen geworfen.

»Da gefällt es mir«, fuhr Anatol fort, nachdem er sich eine neue Zigarre angezündet. »Kein Lärm, sehr angenehm zu sitzen, der Tisch wackelt nicht – ja, da bleiben wir.« »Aber kein Kellner zu sehen«, warf Fred ein, obwohl ihn bereits zwei derselben gefragt hatten, was er befehle. In diesem Augenblick standen auch schon die zwei Tassen schwarzen Kaffees, die Anatol bestellt hatte, vor den beiden Freunden.

»Ach so«, sagte Fred und warf zwei Stück Zucker in seine Tasse. »Findest du nicht auch, daß wir hier bleiben könnten?« fragte Anatol. »Das Lokal hat etwas Alt-Wienerisches, was mir sehr sympathisch ist. Die Billards sind viel zu lang, die Kassierin ist viel zu häßlich, die Decke ist viel zu grau, die Beleuchtung viel zu schlecht – lauter Dinge, die ich sehr hübsch finde. Und dabei, wie gesagt, sitzt man sehr angenehm.«

»Ich nicht«, fand Fred, der, eine Zeitung in der Hand, nervös hin und her rückte. Anatol schob den Vorhang von dem Fenster leicht zurück und blickte hinaus. Da war eine dunkle Straße der Innenstadt, nur ein Gewölbewächter schritt auf und ab; es schneite ein wenig, das Pflaster aber war grau und naß. »Stimmungslos«, sagte Anatol und ließ den Vorhang wieder fallen.

Nach geraumer Zeit erst fragte Fred: »Was sagtest du?« »Nichts. Hast du Paul heute gesehen?«

»Ja, vormittag; ich war bei ihm in der Redaktion. Er hat viel zu tun, er arbeitet wahrscheinlich noch. – Wo warst du im übrigen heute?«

»Heute? – In einem halben Jahr werd' ich dir's erzählen, – bis es vorbei ist.«

»Du weißt also schon, wann es vorbei sein wird?«

»Traurig genug, daß ich überhaupt schon ans Ende denke.«

»Das ist ja selbstverständlich – bei derlei Dingen...«

»Derlei Dinge... du machst schon wieder deine Unterschiede.«

»Es gibt doch welche.«

»Vielleicht... ach, gewiß. Schließlich ist auch, was ich jetzt erlebe, etwas anderes als alles frühere.«

»Natürlich.«

»O, aber nur, weil ich es eben jetzt erlebe; aus keinem andern Grund. Darüber täusche ich mich nicht. Daß ich mich aber nicht darüber täuschen kann, das ist das Unglück; und dabei stehe ich Qualen aus.«

»Qualen... Eifersucht?«

»Ja. Das ist der einzige wirkliche Schmerz.«

»Hast du einen Grund?«

»Den umheimlichsten von allen: die Vergangenheit. Diese tückische unsterbliche Vergangenheit, gegen die man sich nicht auflehnen, die man über sich ergehen lassen muß wie ein Schicksal.«

»Und du kannst es nicht überwinden?«

»Nein, unmöglich. – Im übrigen, eine Frage, die allerdings nur theoretisches Interesse hat.«

»Nun?«

»Gäbe es auch eine Eifersucht auf die Vergangenheit, wenn man ihr Bild völlig aus der Erinnerung der Geliebten reißen könnte?«

»Wie das?«

»Stelle dir vor, wir hätten ein Mittel zur Verfügung – meinetwegen eine chemische Substanz, mittelst der wir einen bestimmten Lebensabschnitt aus dem Gedächtnis eines Wesens vollkommen verwischen könnten.«

»So daß sie gar nicht mehr weiß, daß überhaupt etwas geschehen ist?«

»Ja. Was vorbei ist, das ist nicht mehr. Es ist in gewissen Fällen so vorbei, als ob es nicht gewesen wäre; nur die Erinnerungsbilder sind da, auf die wir eifersüchtig sind. – Nun will ich dir noch eine andere Möglichkeit vor Augen führen. Ein Weib wird dir zuliebe jemandem untreu. Im Anfang – du magst sie noch so sehr lieben – wirst du auf jenen andern wenig, wahrscheinlich gar keine Eifersucht empfinden. Du hast ihn überwunden, und dieses Gefühl der Übermacht genügt dir. Sie verläßt jenen. Und jetzt erst beginnt sich deine Eifersucht zu regen. Er ist nicht mehr da, sein lebendiges Wesen ist unwirksam geworden, seine Schattenmacht beginnt. Und mit der wirst du nicht fertig – nimmer, nimmer.«

»Ich glaube doch«, erwiderte Fred. »Insbesondere, wenn du dir deinen eigenen Zustand in einem gleichen Fall versinnlichst; wenn du dich fragst: wie wirken ähnliche Erinnerungsbilder auf mich? – Und du wirst dir sagen: mir ist, als hätte es ein anderer erlebt, es hat nichts in mir zurückgelassen.«

»All das, mein lieber Fred, nützt nichts, gar nichts. Was war, ist, – das ist ja der tiefe Sinn des Geschehenen. Ach, und das sind Qualen, Qualen!«

»Du mußt dich von diesen Dingen endlich befreien.«

»Freilich müßt' ich. Denn, in der Tat, ich bin ihrer müde, dieser unsäglichen Leiden, die Abenteuer dieser Art für mich bringen. Vielleicht kommen andere damit zuwege, ich aber schleppe alles mit mir weiter; andere schütteln es von sich ab – völlig; ich kann das nicht. Auf mir lastet alles, alles, was ich je erlebt; das nichtigste Erlebnis nistet sich auf die Dauer bei mir ein.«

»Weißt du, was für dich gut wäre?« meinte Fred. »Du solltest einmal lieben, wo es keine Erinnerung, wo es keine Vergangenheit gibt. Ein frisches, junges, unberührtes Mädel, für die du der erste, einzige bist. Das müßte der Frühling für dich sein, so glaub' ich.«

»Der Frühling, mein Lieber, das ist ein Glück für die, die an den Sommer und Herbst und Winter nicht denken, der ja kommen muß. So ein junges Blut in meinen Armen – was würd ich empfinden? Oder, da ich mich noch rechtzeitig entsinne, was hab' ich da empfunden? – Die Eifersucht auf den, der kommen wird. Denn er kommt, und sie wird ihm sagen: ›Du bist der erste, den ich wirklich liebe.‹ Und dann bin ich der, welchen sie verflucht, weil er ihr die Reinheit genommen, der, den sie haßt, weil der andere sie meinetwegen quält. Ich bin der, von dem sie mit jenem andern so sprechen wird: ›Ach, das... Unbesonnenheit – Leidenschaft – was hab' ich damals von der Liebe gewußt!‹ Nein, nein, später ist man für das Weib, das man als erster besessen, nicht mehr der, der sie die Liebe gelehrt, – man ist einfach der, der sie verführt hat.«

»Aber die Gegenwart selbst, ohne Zukunftsgedanken?«

»Wenn es das gäbe, Fred! Für mich existiert der Augenblick nicht, – der große selige Augenblick, das Vorher und das Nachher vernichten ihn.«

»Aber sieh, auch da, glaube ich, könnte man sich durch eine einfache Gedankenfolge retten. Das Mädel in deinen Armen denkt an keine Zukunft; die Zukunft existiert einfach nicht für sie, solange sie dir gehört.«

»Solange sie dir gehört... wie lange? Sie tritt auf die Straße, sieht einen andern, er erinnert sie an mich, denn er ist ein Mann. Gerade wenn man der Geliebte eines völlig reinen Mädchens geworden ist, muß man vor Eifersucht wahnsinnig werden.«

»Du.«

»Nun ja, das ist meine Natur. Ich bin eifersüchtig wie ein Narr. Der erste wie der letzte Atemzug meiner Liebe ist die Eifersucht. Was ich aber jetzt erlebe, ist wohl das schlimmste, das einem Menschen meiner Art passieren kann.«

»Wieso?«

»Vor allem einmal liebe ich, wie ich noch nie geliebt habe.«

»Das ist selbstverständlich.«

»Es ist ein so wunderbares Wesen: leichtsinnig, graziös, süß und tief.«

»Hm.«

»Und ich kenne den, der früher ihr Geliebter war. Kenne ihn... Meine ohnehin so leicht erregte Vorstellungsgabe steigert sich dadurch ins Unermeßliche, ins Unerträgliche. Ich weiß, wie jener Mensch spricht, – ich weiß, daß er schön und liebenswürdig ist, – ich sehe es vor mir, wie er küßt, wie er einem Weib zu Füßen sinkt und ihre Kniee umfängt. Sie freilich sagt mir: ›Du liebst mich mehr, ich fühle es, und ach, ich liebe dich tausendmal, unendlich mehr – ganz anders überhaupt.‹«

»Nun, du glaubst es doch.«

»Gewiß glaube ich es mit all der Torheit, die uns zu Betrogenen und zu Glücklichen macht. Aber...«

»Aber?«

»Mit alldem ist's nicht genug. Nicht genug, daß ich jenen Mann kenne – ich war einer seiner besten Freunde zur Zeit, da er dieses Mädchen liebte. Ich kannte sie damals noch nicht. Aber er sprach mir von ihr, Tag für Tag, ich begleitete ihn zu den Rendezvous, ich half ihm ein Armband aussuchen, das er ihr zum Geschenk gab, er erzählte mir getreulich, was sich zwischen ihnen ereignete, ich kannte ihre Koseworte, – all das, ohne daß ich sie je gesehen hatte. Ich hörte zu und lächelte. Auch daß sie sterben müsse, wenn er sie je verließe, sagte sie ihm. Und auch das weiß ich... alles, alles.«

»Das ist allerdings nicht angenehm.«

»O mein Lieber, ich bin noch nicht zu Ende. Ich erlebte es mit, wie seine Schwärmerei zu Ende ging.«

»Nun?«

Anatol aber sprach nicht weiter und drehte seine Zigarre nervös zwischen den Zähnen hin und her.

»Ein andermal«, sagte er nach einigen Minuten, »ich kann heute nicht mehr.«

Sie schwiegen beide eine lange Weile. »Ja, hier wollen wir bleiben«, sagte Anatol endlich. »Ich will es den andern mitteilen, daß wir endlich das richtige gefunden haben. Diese Ecke hier finde ich ganz heimlich. – Und du«, setzte er ganz unvermittelt hinzu, »mein lieber Fred, bist vollkommen glücklich?«

»Ich – ha, ha! – nein, das ist nichts für uns, mein lieber Anatol, das Glück!«

»Nun, du glaubst?«

»Nun hab' ich's aufgegeben. Ja, bis vor wenigen Jahren hatte ich noch den Mut, mir zu sagen: Mein lieber Fred, vielleicht bist du doch nur einer von den dummen Buben, die sich einbilden, unglücklich zu sein, und bist eigentlich außerordentlich glücklich. Auch kamen die gewissen andern und sagten. O, Sie haben's gut! Sie wissen gar nicht, wie gut Sie's haben... Und dergleichen. Mit 28 Jahren aber ist man sicher kein dummer Bub mehr. Eines allerdings hat aufgehört: die Süßigkeit, die Poesie des Schmerzes. Ich bin nicht so tollkühn, ihn Weltschmerz zu nennen. Es ist ein dürres, widerliches Weh geworden, an dem man nicht einmal seine rechte Freude mehr haben kann.«

»Wenn ich dich so reden höre, Fred, fällt es mir wieder schwer aufs Gewissen, wie subjektiv ich bin. Denn höre, ich kann dir deine Trübsal kaum glauben. Für mich gibt es in diesem Augenblick nur einen wahren Schmerz: der, den ich empfinde. Nicht eifersüchtig sein ist alles.«

»Und ich«, warf Fred ein, »beneide dich um dieses Weh. Es ist doch wenigstens etwas. Ich bin jetzt, was meine Seele anbelangt, bettelarm. Man löscht aus. Gehn wir.«

Sie zahlten und gingen. Die Straße war grau, naß, verödet. Fred ging nach Hause und legte sich schlafen. Anatol schlug einen andern Weg ein – vor ihr Fenster. Da blieb er stehen, aber es regte sich nichts. Sie schlief ruhig. Auch er ging nun nach Hause. Er legte sich zu Bett, nahm aber noch Papier und Bleistift und schrieb, lang, lang, bis die Kerze verlöschte.

Die drei Elixiere

Er litt unendliche Qualen; nie konnte er sich mit einem Weibe glücklich fühlen, da die Zweifel ihn peinigten. Er mußte immer an die anderen denken, die dieses Weib vor ihn geliebt, die es nach ihm lieben würde. Und diese große, ewige Lüge marterte ihn, ohne die es nie abging, daß alles dahingeschwunden wäre wie ein Traum, daß sie nun erst in seinen Armen wüßten, was Leben und Liebe sei. Sie logen ihm eine Vergangenheit voll Irrtümer vor. Ach! sie hatten niemand gekannt – sie waren betrogen worden – sie hatten sich selbst betrogen – sie hatten ihn, ja nur ihn gesucht und waren unsäglich glücklich, da sie ihn endlich gefunden. Er aber hatte keine Ruhe; er mußte es wissen, wer vor ihm angebetet, wer vor ihm geschwelgt hatte – und er erbebte unter der Antwort, die ihm stets zuteil wurde: »Ich habe alles vergessen...!« – Denn er empfand es in tiefster Seele: während sie so sprachen, zogen Bilder der Vergangenheit durch ihre Erinnerung wie durch die seine... Er wollte Gewißheit – und darum zog er in jenes alte Wunderland, den Orient, wo für die Poeten, diese Wunderkinder der Erde, noch immer märchenhafte Blumen blühen, deren Geheimnis keinem andern kund wird...

Und nach langen, langen Fahrten hatte er die Blume gefunden, aus deren Säften er das herrliche Elixier bereitete. Das barg eine wunderbare, tückische Kraft. Wenn ein Tropfen davon über die Lippen eines Weibes kam, so mußten sie ihm das Bild nennen, das eben in ihrer Seele aufstieg...

Wie freudig war er heimgekehrt – nun nahte seiner Zweifel und seines Elends Ende. – Und er eilte zur Geliebten. In das erste Glas Wein, das sie an die Lippen führte, mengte er einen Tropfen seines Elixiers – da versank sie in Träume und schaute ins Leere mit matten, großen Augen. Er aber fragte sie bebend: »Woran erinnerst du dich?« – Und sie erwiderte: »An den großen blonden Mann, der mich geküßt hat, bevor ich dich kannte!« Da schauerte er zusammen – und er fragte nicht weiter; aber er verließ sie am nächsten Morgen.

Und schon die nächste Frau, der er sich nahte, wagte er nicht zu fragen, obwohl er ihr von dem verräterischen Trank ins Glas gegossen. Sie saßen zusammen; er sah sie lächeln wie jene andere, aber er fragte nicht – er wollte glücklich sein. Als er jedoch mit ihr in das dämmerige Gemach schritt, wo er selig werden sollte, und die Bäume des Parkes hereingrüßten und die Frühlungswinde wehten, da konnte er nicht länger an sich halten, und er sprach: »Woran denkst du –?« Sie lächelte sehnsuchtsvoll: »Ach, des Sängers denk' ich, der im letzten Frühling an einem Abend wie diesem unter den Bäumen des Parkes wartete, bis ich kam, um ihn zu herzen und zu küssen!« – Und wieder zuckte er zusammen und verließ sie. – Er fluchte dem Elixier, und ihm war, als wäre er mit allen seinen Zweifeln noch tausendmal glücklicher gewesen als jetzt. Mehr als einmal war er daran, den Trank zu vernichten, aber kaum hatte er den Trieb davongescheucht, so behütete er den Saft sorglicher als je zuvor. –

Und nun kam eine lange Zeit, da er ihn nicht brauchen wollte. Er lebte mit einer wunderbar schönen Frau zusammen, die zu ihm aufschaute wie zu einem Gott. Er sah, wie aus diesem Herzen alles weggeflohen war, seit er darin herrschte. Ein ungeahntes Gefühl der Sicherheit kam über ihn, und es kam die Stunde, da er sich sagte: »Nun darfst du wohl dein Glück versuchen!« –

Sie weilten in Venedig, am Strande des Meeres; eben waren sie von einer Gondelfahrt zurückgekehrt. Der blaue Mondglanz kam über das Bett geschlichen, und sie flüsterten jene alten, immer gleich süßen Worte. Auf dem Balkon stand noch der Tisch mit den Resten ihres Mahles, auch das Glas, aus dem sie, ohne es zu ahnen, jenen Tropfen geschlürft hatte, den er hineingegossen. Und er fragte sie lächelnd, siegesgewiß: »Wessen denkst du?« Und sie erwiderte, mit einem feuchten Schimmer im Blick: »An den dunkeläugigen Gondoliere, der uns zu unserem

Heim gerudert...« Da bebte er und eilte davon, tiefe Bitternis im Herzen...

Und weiter suchte er, in fiebernder Hast. Er wollte das reine, holde Wesen finden, das noch keinem gehört hatte vor ihm. – Und er fand sie. Sie war so jungfräulich, so ohnegleichen süß und wahr. Sie liebte ihn, und er verführte sie. – Es war eine Nacht, duftend von Frühling und Liebe. An seinen Lippen hing das Mädchen, und er fühlte, daß diesen Mund noch keiner berührt hatte vor seinem ersten Kuß. Und auch sie fragte er: »Mein geliebtes Kind, woran denkst du?« Und da schaute sie mit träumerischen Augen über ihn weg und sagte: »Ach, an den braunlockigen Jungen, mit dem ich im letzten Sommer an einem dämmerigen Abend auf der grünen Wiese gespielt und den ich so gerne geküßt hätte...«

Da löste er sich aus ihrer Umarmung und verließ sie, ohne sich mit einem Blick nach ihr umzuwenden.

Und nun zog er von neuem auf die Wanderung, denn er wollte einen anderen Wundertrank suchen, den er finden mußte, um glücklich sein zu können. Und er fand den besten, den gebenedeitesten. Wenn ein Tropfen davon über die Lippen eines Weibes kam, da hatte sie mit einem Male alles vergessen, was sie jemals erlebt – und der Mann, der an ihrem Herzen ruhte, war der einzige und erste für sie. Oh, wie ließ es sich nun wonnig lieben; es gab keine Schmerzen mehr, denn es gab keine anderen. Nun besaß er Weiber, die ihres Mannes nicht mehr gedachten, ja sogar solche, die ihres letzten Liebhabers vergaßen; nun schwelgte er in den Armen von Gefallenen, die sich ihres Verführers nicht mehr erinnerten, und er las sich Dirnen von der Straße auf, die, unter seinen Küssen wieder rein geworden, in neuen ungekannten Entzückungen lachten und rasten. Er war ganz trunken vor so viel Keuschheit, die ihm entgegenkam auf allen Wegen. Nun empfand er bei der Verworfensten, was ihm bei der Reinsten niemals geblüht: er bedeutete den einzigen, er war Er!

Er wurde stolz. Ihm war beschieden, was keinem vorher. Er hatte nicht, wie wir andern Unglücklichen es tun müssen, die

Küsse von anderen wegzuküssen, die Träume von anderen wegzuscheuchen; nie klangen die Seufzer der Erinnerung in die tiefen Atemzüge der Liebe – und so durfte er der einzige sein auf der Welt, neben den Einfältigen, für den es keine Eifersucht gab.

Aber niemals verriet er einer Frau sein Geheimnis; denn ein brennendes Weh erfaßte ihn, wenn er dachte, daß man ihn vergessen könnte, so wie die anderen um seinetwillen vergessen worden waren. –

Aber noch war er nicht völlig glücklich. Wohl gehörte ihm jedes Weib mit ihrer ganzen Gegenwart, mit ihrer ganzen Vergangenheit an, aber über die Zukunft war er nicht Herr. Freilich sagte ihm jede: »Ich werde dir für ewig angehören.« Aber das sagen sie ja alle, und auch den Männern hatten sie es zugeflüstert, deren Gedächtnis ihnen heute entschwunden war...

Da machte er sich aufs neue auf die Wanderung und suchte und suchte. Wieder streifte er in den Wäldern des Orients herum und suchte einen Trank, der ihm das letzte größte Glück geben sollte – die Gewißheit, daß nach ihm keiner mehr geliebt würde.

Viele Tage und Nächte dauerte seine Wanderung; endlich gewahrte er, versteckt im Walde und keinem sichtbar als ihm, die seltene Blume, in deren Saft das Wunder schlief. Freudevoll wie nie zuvor eilte er der Heimat zu.

Da wartete seiner ein holdes Kind, schön wie der Lenz, an der sein Herz hing, so heiß wie niemals früher an einem anderen Wesen. Ach! für sie war er ja in die Ferne gezogen; sie war es ja, die er fürs ganze Leben sein nennen wollte, und darum mußte sie ihm so gänzlich gehören wie keine zuvor.

Schon der erste Anblick hatte ihn berückt, da er sie an einem trüben Herbstmorgen auf der Straße traf. Und eine Begierde quälte ihn, so heftig wie bei keinem anderen Weib, das er je besessen, alles zu wissen, was sie früher erlebt. Und da hatte er ihr den ersten Trank gegeben. Und nun plauderte sie ihm vor. Da gab es viel zu hören, und er lauschte ihr mit Tränen des Zornes in den Augen. Und sie erzählte von jungen Burschen, wildlockigen Dichtern, eleganten Kavalieren, grauen Wüstlingen, denen sie sich hingegeben, wie ihr eben die Laune kam... Da wollte er fast wahnsinnig werden, er konnte es nicht ertragen. Er wollte schreien vor Schmerz, und eilig gab er ihr den zweiten Trank, der sie alles vergessen machte. Da hörte er es nun. Nur ihn, immer ihn, seit Anfang aller Zeiten; ihn hatte sie geliebt, der sie in seinen Armen hielt und berauschte. Es gab nur einen auf der ganzen Welt – ihn, ihn! Sie war sein mit Leib und Seele. Aber es war ihm nicht genug – auch ihre Zukunft wollte er haben, und darum brauchte er jenen dritten Trank, ohne den es kein vollkommenes Glück für ihn geben konnte.

Und als er zurückkam, da gab es ein Wiedersehen voll überirdischer Seligkeit. In heißer Sehnsucht hatte sie sein geharrt, sie wollte vergehen in inniger Freude, da sie wieder an seinem Herzen lag. Und nachts, während sie schlief, nahm er mit fiebernder Hand das kleine Fläschchen, das er von der Reise mitgebracht, und goß ihr langsam zwei Tropfen auf die halboffenen Lippen, die noch feucht waren vom letzten Kusse. Und mit einem Seufzer der Erlösung sprach er vor sich hin: »Nun bist du für immer mein und wirst keinen mehr lieb haben können nach mir! Und jetzt erst gehörst du mir ganz!«

Die zwei Tropfen zerflossen langsam auf ihren roten Lippen. Er saß ihr zu Häupten, während sie regungslos weiterschlief, und er atmete den Duft ein, der um ihre Locken spielte.

Der Morgen kam, aber das geliebte Mädchen wollte nicht erwachen. Und wie er sich zu ihr niederbeugte und den blassen Mund küßte, überkam ihn ein Frösteln, denn der war kühl, so seltsam kühl... Und das süße Kind konnte keinen anderen mehr lieben nach ihm – denn es war tot!

Gespräch, welches in der Kaffeehausecke nach Vorlesung der ›Elixiere‹ geführt wird

»Das ist die Geschichte eines Menschen, der toll ist vor Eifersucht oder auf dem besten Weg ist, es zu werden«, so sagte Paul, als Anatol geendet hatte.

»Aber Wahres steckt viel drin«, meinte Fred. »Wir haben uns nur hineingewöhnt, in die erbärmliche Rolle, die wir spielen, – aber sie ist zweifellos höchst erbärmlich.«

»Die wir wann spielen?« fragte Paul.

»Nun, wenn wir geliebt werden. Denn für die Feinfühligen ist es ja doch klar, daß wir im Grunde nicht als Individualitäten, sondern als ein Prinzip verehrt werden, und darin liegt etwas Beschämendes.«

»Unwahr«, sagte Paul. »Es gibt Frauen, die den richtigen finden.«

»Einbildung. Wäre Romeo nicht geboren worden, so hätte Julia einen andern geliebt.«

»Sehr richtig«, warf Anatol ein, »und ich möchte es sogar kühnlich behaupten: Die Weiber lieben den in uns, der gekommen wäre, wenn wir nicht gekommen wären.«

»Nun, ist er nicht toll?« rief Paul aus.

»Ich bin es durchaus nicht, sondern ich gehe in meiner Auffassung der individuellen Liebe nur an die äußersten Konsequenzen, und da komme ich eben zu dem Resultat, daß Liebe selbst in ihrer heiligsten und unverratensten Form eine stete Eifersucht sein muß. Man muß immer nur denken: Und wenn ich nicht auf der Welt wäre? Oder noch besser: Wenn irgendein anderer auf der Welt wäre?...«

»Kurz«, rief Paul aus, »du bist nicht allein auf sämtliche Männer eifersüchtig, die sind und waren, sondern überdies auf alle die ungezählten Millionen, die existieren könnten.«

»Gewiß. Und ich gestehe, daß ich mir manchen dieser Fälle ganz klar vorstelle. Ich denke zum Beispiel: Vor zwanzig Jahren, in einer holden Frühlingsnacht haben sich zwei Verliebte im Park ein Stelldichein gegeben. Einer von beiden aber kann nicht kommen, oder sie werden verscheucht, – kurz, statt sich anzugehören, wie sie wollten und sollten, bleiben sie einander fern. In dieser Nacht aber hätten sie ein Kind gezeugt, ein Kind der Liebe. Es wäre ein Knabe gewesen. Nach zwanzig Jahren – heute also – wäre er dem Mädchen, das ich liebe, begegnet, sie hätte sich in ihn verliebt – auch auf diesen bin ich eifersüchtig.«

»Toll – unerhört!« rief Paul aus. »Du bist krank, mein Freund – so denkt ein normaler Mensch nicht! Solchen Phantastereien gibt man sich nicht hin!«

»Man...« wiederholte Anatol. »Im übrigen, um dich zu beruhigen: dieser Frühlingsnachtgeborene, der nicht auf die Welt kam, wäre einer von denen, über die ich mich trösten könnte. Es ist eine große Liebenswürdigkeit von diesen gefährlichen Jünglingen, daß sie zuweilen, wie meine Erörterung lehrt, gar nicht existieren. Aber für lächerlich halte ich meine Ideen über die Eifersucht durchaus nicht, und wer die Frauen kennt... Ihr habt wohl die Novelle von Mendès gelesen, ›Le troisième oreiller‹?... Nein?... nun, ich rate sie euch an... Das ist die Geschichte von dem dritten Polster, der unsichtbar neben den zwei Polstern liegt, auf welchen die zwei Häupter der Liebenden ruhen.«

»Ja, aber um Himmels willen«, rief Paul aus. »Das gilt doch nicht für alle Fälle? Man wird doch zuweilen selbst geliebt, nicht als ein anderer, auch nicht als Prinzip, sondern persönlich: als Anatol, als Fred...«

»Als Paul...«

Paul wurde plötzlich melancholisch. »Nein«, sagte er, »als Paul wird man nie geliebt.«

Und das Gespräch war nicht mehr in Gang zu bringen.

Die Braut

Studie

Auf einem Maskenball lernte ich sie kennen, nach Mitternacht. Ihre klugen und ruhigen Augen hatten mir gefallen und das dunkelblaue Kleid, das sie trug. Sie war nicht maskiert und machte durchaus kein Hehl aus ihrer wahren Person. Sie gehörte zur Kategorie der aufrichtigen Dirnen und hatte selbst in dem Maskentrubel, der alle Frauen so sehr dazu reizt, durchaus kein Bedürfnis, Komödie zu spielen. Das erfrischte mich, da ich mich von all den trivialen Faschingslügen, die mich umschwirrten, recht ermüdet und angewidert fühlte.

Sie war ungewöhnlich intelligent, man hörte es ihren Reden und sah es ihren Bewegungen an, daß sie aus besseren Kreisen herkam. Bei ihr lag die Frage besonders nahe, die man so oft an Weiber ihrer Art stellt, um schließlich immer dieselbe abgedroschene Geschichte zu hören, wie es denn eigentlich dahin mit ihnen gekommen. Von dieser aber mit den klugen Augen vermutete ich etwas anderes zu vernehmen, und darum blieb ich mit ihr zusammen.

Es ging gegen Morgen zu, als wir, vom Champagner ein wenig angeduselt, einen Wagen nahmen und in den Prater fuhren. Es war im März, eine merkwürdig linde Nacht. Momente lang hatte ich das Gefühl, als wenn da ein Wesen an meiner Seite lehnte, das ich schon lange, lange kannte und sehr lieb hätte. Mir war sehr wohl neben ihr, und geraume Zeit sprachen wir gar nichts. Ich konnte mich nicht entschließen, sie schlechthin als das Weib zu nehmen, das den Abschluß einer lustigen Nacht bedeutet, ich wollte sie kennenlernen. Von ihrem Leben wollte ich wissen, von ihrer Jugend, von den Männern, die sie geliebt, bevor sie sich entschloß, alle zu lieben, die sie wollten.

Hier gab es ein Schicksal zu entdecken, und endlich, wie wir schon weit unten im Prater waren, nach langem Schweigen, fragte ich sie. Sie ließ sich nicht lange um eine Antwort bitten.

Freilich hab' ich nun die Worte, mit denen sie mir schlicht und bereitwillig ihr Bekenntnis ablegte, vergessen, aber die Geschichte selbst steht mir eigentlich klarer vor Augen als in der Stunde, da ich sie vernahm. Übergänge haben sich für mich gefunden, Lücken, welche sie im Erzählen ließ, habe ich unbewußt im Bedenken, im Erinnern ausgefüllt.

Sie war aus einer guten Familie, aus einer sehr geachteten und bekannten, behauptete sie sogar, und man hatte sie zu Hause streng erzogen. Aber ihre Sinne erwachten früh und in heftigem Verlangen. In den einsamen Nächten ihrer frühreifen Mädchenzeit hatte sie viele Qualen zu überstehen, und ein seltsamer Vorsatz bildete sich in ihr, aus unklaren Wünschen zu immer festerer Gestaltung. Sie wollte warten, bis sich der Gatte gefunden, denn das mußte sie wohl, dann aber, wenn die Gefahr vorüber, wollte sie sich freimütig den ursprünglichen und wilden Trieben ihrer Natur, wollte sich jedem hinschleudern, der ihr gefiel... Männerschönheit und Männerstärke genießen, wo sie sich bot.

Mit siebzehn Jahren verlobte sie sich, und nun kam in ihrem Leben eine kurze Zeit, über die sie sich in fast sentimentalen Worten ausließ. Da fand ich jene merkwürdige Stelle in ihrem Herzen, die man auch in den Verworfensten entdeckt – das Heimweh nach der Unschuld. Denn es gibt ja auch ein Heimweh für die Heimatlosen, und vielleicht empfinden die es am schmerzlichsten von allen. Daß man eine Heimat überhaupt hat, ist schon ein wenig Trost, der aber fehlt den andern.

Nun aber geschah etwas Seltsames. Sie begann den Bräutigam, der ihr anfangs nur Mittel zum Zwecke bedeutet hatte, ernstlich zu lieben. Anfangs wollte sie sich's selbst nicht glauben; aber sie mußte es endlich, denn wie anders war es zu erklären, daß sie sich plötzlich ihrer früheren Vorsätze zu schämen anfing – so heftig und schmerzlich, wie vielleicht keine Sünderin der Tat sich der Vergangenheit zu schämen vermag –, daß sie bereute? Sie wollte ihm eine brave Gattin werden, treu und ergeben. Sie wurde ruhiger. Ihre Empfindungen bekamen einen eigentümlichen Hauch von Frieden und Keuschheit, und sie liebte ihn tief. Ein paar Monate, oder waren es nur Wochen, ich weiß es nicht mehr – dauerte dieser Zustand an. Der Tag der Hochzeit rückte näher. Da regte sich allmählich wieder die alte Raserei in ihr. Vielleicht lag da ein besonderer Grund vor, über den sie sich selbst nicht klar war, vielleicht war es nur der natürliche Gang, und die kurze Periode der Beruhigung nahm ihr Ende, weil das eben in dem Temperament des Mädchens lag. Es kam in einer entsetzlichen Weise über sie. Zehnmal war sie daran – nicht sich ihrem Verlobten hinzugeben – nein... ihn zu nehmen, selbst zu nehmen, mit sich zu ziehen in das dunkle Zimmer neben dem Salon – oder dorthin in die Nische – oder dort... Aber die Umstände fügten es nicht, sie war nie allein mit ihm. Vielleicht auch verließ sie der Mut, wenn die Gelegenheit kam, und bald begann sie auch wieder zu merken, wie ihre Glut ins Allgemeine ging, wie er eigentlich nicht mehr der Geliebte war. Ja, sie wollte ihn – freilich – aber auch den – und jenen – und jenen – und alle. Sie fühlte, daß es unabänderlich vorbei war mit ihrer einen, ach, mit ihrer Liebe überhaupt. Es war wieder Trieb geworden, wütender, durstiger Trieb, der den Mann wollte, einfach den Mann, nicht ihn, den einen! Etwas war dennoch von ihrer tiefen Neigung zurückgeblieben: sie war dem Mann, der sie unendlich Hohes hatte empfinden lassen, der sie aus der Dumpfheit fiebernden Verlangens für einige Zeit zur schönen Heiterkeit der Liebe hinaufgehoben hatte, diesem Mann war sie etwas schuldig geworden. Wahrheit!... Es wühlte in ihr, es ließ sie nicht ruhn. Sie mußte sich ihm entdecken. Sie wußte, was es für ein Ende nehmen mußte. Darum wünschte sie ihn von Schmach und Gram frei zu erhalten. Sie war nicht geschaffen zum braven Weib, aber sie wollte auch nicht das seine werden, den sie vielleicht schon nach der ersten Nacht hätte betrügen müssen – und der sie dann – das schwebte ihr wohl auch dunkel vor – am nächsten Tage davongejagt hätte. Der Gedanke, daß er ihr am Ende genügen, daß mit seinem Besitz ihr Wahnsinn gemildert, gestillt sein könnte, war ihr zu einer kindischen Erinnerung geworden, aber gestehen wollte sie's ihm, ihm sagen: Ich bin nicht geschaffen, deine brave Hausfrau zu werden, laß mich frei.

Die Zeit rückte vor. Die ruhigen und festen Grenzen ihrer

Liebe zu dem einen verwischten sich mehr und mehr und flossen auseinander zu den zitternden Linien einer schmerzlichen, ungestillten, kaum mehr zu zügelnden Sehnsucht nach dem Manne.

Und eines Abends – sie schilderte mir die Stimmung jenes Abends mit frappierender Kraft, wie sie nur das sichere Bewußtsein von der Bedeutsamkeit eines Erlebnisses besitzt –, eines Abends, im Hause ihrer Eltern, im Salon, der in das Halbdunkel von matten, farbigen Lampen getaucht war, während sie mit ihm an dem offenen Fenster stand, das auf eine reiche und helle Straße hinausführte, da gestand sie's ihm ein. Alles. Die brennenden Wünsche ihrer kaum erwachten Jugend, die kurze Zeit ihrer stillen erwachenden Glückseligkeit und endlich das rasche Untergehen dieses Traumes. Er war wie erstarrt. Nie hatte er Ähnliches in dem braven Mädchen aus gutem Hause vermutet, das er mit der freudigen Zustimmung seiner Eltern zur Frau nehmen wollte und in dem er wahrscheinlich auch das zu finden hoffte, was wir ja alle von unserem künftigen Weibe erwarten: den wundersamen, heiligen, tugendhaften Kontrast zu der tollen Leidenschaftlichkeit unserer Jugendliebeleien... Er versuchte ihr zu widersprechen. Er wollte ihr klarmachen, daß sie sich über sich selber täusche, daß sie ein natürliches und im Grunde schönes Verlangen heruntersetze und entweihe, weil sie sich in ihrer stolzen Jungfräulichkeit desselben schäme. Es war vergebens. Je eindringlicher er sie über ihren Zustand beruhigen wollte, mit um so heftigeren und deutlicheren und frecheren Worten ließ sie ihn in das Zittern und Glühen ihrer tiefsten Seele schauen. Und sie erklärte ihm, daß sie ihr Wort zurücknehme, ihm das seine zurückgebe. Sie flehte ihn an, daß er sie ihrem Schicksal überlassen und in dieses Haus nicht mehr wiederkehren sollte. Was ihr eigenes Los anbelangt, so stand ihr Plan fest. Morgen noch, vielleicht heute nacht auf und davon, mit einem Male verschwunden aus dem Kreise der Ihren, weg von allen diesen Menschen, die ruhig und zufrieden und gesund waren und zu denen sie nicht gehörte, fort von hier und toll hinausgejubelt in ein Leben ungezügelter Lust, für das sie nun einmal bestimmt war, in das sie hineinmußte, wenn sie nicht verrückt werden, wenn sie nicht zugrunde gehen sollte.

Wie er, der Bräutigam, sie so reden hörte, mußte sie ihm wohl von wilderer und flammenderer Schönheit erschienen sein als je. Und der klagende Ausdruck seiner Augen wandelte sich allmählich in den Glanz bebenden Begehrens, das heftiger und heftiger daraus hervorbrach.

Er stand dicht neben ihr, und eben noch bittend, beschwörend, hatte er ihre beiden Hände gefaßt – und noch klangen ihr seine gramvollen Worte ins Ohr: sie mißverstehe sich selbst, und er verzeihe ihr alles, und sie solle nur bei ihm bleiben; da mit einem Male wurde der Druck seiner Hände fester, heißer, und das Zittern der Verzweiflung in seiner Stimme ward zum Zittern des Verlangens, und seine Worte klangen anders mit einem Male, ganz anders, bis es ihr endlich frech, schrill, brutal an ihr Ohr klang, das er mit seinen Lippen berührte: wenn es schon sein muß, wenn du schon fort willst, wenn du schon die brave Hausfrau nicht sein kannst, wenn du allen gehören willst, die dich wollen, so gehöre doch zuerst mir, der dich will wie kein anderer, mir, den du geliebt hast, mir... mir... mir..., der dich anbetet.

Da aber fuhr sie zurück, und mit Ekel stieß sie ihn fort und entriß ihm ihre Hände.

Er begriff anfangs nicht, versuchte noch ungeschickt und flehend ihr klarzumachen, daß es ja nun das Gescheiteste wäre, was sie tun könnte. Ihr aber war dieser Mann, den sie so sehr geliebt hatte, mit einem Male der einzige geworden, den sie nicht mehr lieben konnte, den sie haßte, der sie anwiderte. Der Hauch, der von seinem Munde kam, die trockenen heißen Hände, das weit offene starre Auge, seine Stimme, die etwas Klirrendes und Weinendes hatte, all das ward ihr innerhalb eines Augenblickes so unsagbar unerträglich, daß sie von ihm fort mußte, rasch, zu einem anderen, zu dem anderen, zu irgendwem, der ein Mann und nicht er war. Und noch in derselben Nacht verließ sie das Haus ihrer Eltern, in derselben Nacht irrte sie durch die schwülen Straßen der Stadt, in derselben Nacht noch trug sie sich irgendeinem auf der Straße an, der eben vor ihr her spazierte und dessen Gang leicht und vergnügt war und den sie früher nie gesehen hatte. Und der nahm sie und jagte sie wieder fort, und das war ihr erster Liebhaber!

Sie schwieg, nachdem sie mir das gesagt, ohne daß sie Näheres über diesen Mann mitgeteilt hätte. Ich war neugierig geworden und wollte mehr wissen. Wer er war, ob sie ihn geliebt, ob sie ihm nachgeweint, was sie empfunden, als er sie nahm, und wie ihr war, als sie das erste Mal verlassen wurde. Da aber sah sie mich mit großen Augen an. Und dann, als wäre das etwas ganz Selbstverständliches, in einem Tone der Bestimmtheit, der mir jetzt noch im Ohr klingt, sagte sie: »Das ist ja vollkommen gleichgültig.« Ich verstand sie nicht gleich, aber wie ich sie nun eine Weile anschaute, dieses Antlitz mit dem ruhigen Ausdruck der Glücklichen, welche ihren wahren Beruf gefunden, unbekümmert um die Meinung der anderen, da fiel es mit einem Mal hell in meine Seele, und ich konnte begreifen, was sie gemeint. Ja, es war gleichgültig, wer jener Mann gewesen, mit dem sie die erste Nacht durchlebt, gleichgültig, wer nach ihm gekommen, und gleichgültig war es auch, ob ich oder ein anderer da neben ihr im Wagen lehnte. Nicht weil sie das war, was wir so leichthin eine Verworfene nennen. Denn haben wir's nicht alle an den Frauen, von denen wir wahrhaftig geliebt wurden, schaudernd und in stummer Verzweiflung hundertmal erlebt, wie wir im Moment der Erfüllung für sie verlorengingen, wir, mit der ganzen Majestät unseres Ich, und wie unsere gleichgültige Persönlichkeit nur mehr das allmächtige Gesetz bedeutete, zu dessen zufälligen Vertretern wir bestellt waren.

Und wenn sie aus ihrem höchsten Rausch langsam erwachen, sehen wir nicht, wie sie mit einem unheimlichen Staunen uns ansehen, nein, wie sie uns wiedersehen, um sich an uns zu erinnern, weil wir gerade in dem Momente ihrer herrlichsten Entzückung mit allen unsern höchst eigenen Eigenschaften, mit unserem Geist und unserer Schönheit, mit all den Tugenden und all den Lastern, womit wir sie gewannen, so unbeschreiblich überflüssig geworden sind, gegenüber dem ewigen Prinzip, das in der Maske eines Individuums erscheinen muß, um walten zu dürfen: denn der kurze und bewußtlose Augenblick, in welchem die Natur ihren Zweck durchzusetzen weiß, braucht nur den Mann und das Weib, und wenn wir auch sein Vorher und Nachher so erfindungsreich von den tausend Lichtern unserer Individualität umtanzen lassen – sie löschen doch alle aus, wenn uns die dumpfe Nacht der Erfüllung umfängt.

Sterben

Die Dämmerung nahte schon, und Marie erhob sich von der Bank, auf der sie eine halbe Stunde lang gesessen hatte, anfangs in ihrem Buche lesend, dann aber den Blick auf den Eingang der Allee gerichtet, durch die Felix zu kommen pflegte. Sonst ließ er nicht lange auf sich warten. Es war etwas kühler geworden, dabei aber hatte die Luft noch die Milde des entschwindenden Maitages.

Es waren nicht mehr viele Leute im Augarten, und der Zug der Spaziergänger ging dem Tore zu, das bald geschlossen werden mußte. Marie war schon dem Ausgange nahe, als sie Felix erblickte. Trotzdem er sich verspätet hatte, ging er langsam, und erst, wie seine Augen den ihren begegneten, beeilte er sich ein wenig. Sie blieb stehen, erwartete ihn, und wie er ihr lächelnd die Hand drückte, die sie ihm lässig entgegengestreckt hatte, fragte sie ihn mit sanftem Unmut im Ton: »Hast du denn bis jetzt arbeiten müssen?« Er reichte ihr den Arm und erwiderte nichts. »Nun?« fragte sie. »Ja, Kind«, sagte er dann, »und ich habe ganz vergessen, auf die Uhr zu sehen.« Sie betrachtete ihn von der Seite. Er schien ihr blässer als sonst. »Glaubst du nicht«, sagte sie zärtlich, »es wäre besser, du würdest dich jetzt ein bißchen mehr deiner Marie widmen? Laß doch auf einige Zeit deine Arbeiten. Wir wollen jetzt mehr spazierengehen. Ja? Du wirst von nun ab immer schon mit mir vom Hause fort.«

»So...«

»Ja, Felix, ich werde dich überhaupt nicht mehr allein lassen.« Er sah sie rasch, wie erschreckt an. »Was hast du denn?« fragte sie.

»Nichts!«

Sie waren am Ausgange angelangt, und das abendliche Straßenleben schwirrte heiter um sie. Es schien über der Stadt etwas von dem allgemeinen unbewußten Glücke zu liegen, das der

Frühling über sie zu breiten pflegt. »Weißt du, was wir tun könnten«, sagte er. »Nun?« »In den Prater gehen.«

»Ach nein, neulich war es so kalt unten.«

»Aber sieh! Es ist beinahe schwül hier auf der Straße. Wir können ja gleich wieder zurück. Gehen wir nur!« Er sprach abgebrochen, zerstreut.

»Ja, sag, wie redest du denn, Felix?«

»Wie?«...

»Woran denkst du denn? Du bist ja bei mir, bei deinem Mädel!«

Er sah sie an mit starrem, abwesendem Blicke.

»Du!« rief sie angstvoll und drückte seinen Arm fester.

»Ja, ja«, sagte er, sich sammelnd. »Es ist schwül, ganz bestimmt. Ich bin nicht zerstreut! Und wenn, so darfst du's mir nicht übel nehmen.« Sie nahmen den Weg durch die Gassen dem Prater zu. Felix war noch schweigsamer als sonst. Die Lichter in den Laternen brannten schon.

»Warst du heute bei Alfred?« fragte sie plötzlich.

»Warum?«

»Nun, du hattest ja die Absicht.«

»Wieso?«

»Du fühltest dich ja gestern abend so matt.«

»Freilich.«

»Und warst nicht bei Alfred?«

»Nein.«

»Aber siehst du, gestern warst du noch krank, und nun willst du in den feuchten Prater hinunter. Es ist wirklich unvorsichtig.«

»Ach, es ist ja gleichgültig.«

»Rede doch nicht so. Du wirst dich noch ganz verderben.«

»Ich bitte dich«, sagte er mit fast weinerlicher Stimme, »gehen wir nur, gehen wir. Ich sehne mich nach dem Prater. Wir wollen dorthin, wo es neulich so schön war. Weißt du, in den Gartensalon, dort ist's ja auch nicht kühl.«

»Ja, ja.«

»Wirklich nicht! Und heute ist es überhaupt warm. Nach

Hause können wir ja nicht. Es ist zu früh. Und ich will auch nicht in der Stadt nachtmahlen, weil ich heute keine Lust habe, mich zwischen die Gasthauswände zu setzen, und dann schadet mir der Rauch, – und ich will auch nicht viel Menschen sehen, das Geräusch tut mir weh!« – Anfänglich hatte er rasch geredet und lauter als sonst. Die letzten Worte ließ er aber verklingen. Marie hing sich fester in seinen Arm. Ihr war bang, sie sprach nicht mehr, weil sie Tränen in ihrer Stimme fühlte. Seine Sehnsucht nach dem stillen Gasthof im Prater, nach dem Frühlingsabend im Grün und Stillen hatte sich ihr mitgeteilt. Nachdem sie eine Weile beide geschwiegen, gewahrte sie auf seinen Lippen ein langsames und mattes Lächeln, und wie er sich nun zu ihr wandte, versuchte er in sein Lächeln einen Ausdruck des Glükkes zu legen. Sie aber, die ihn gut kannte, fühlte das Gezwungene leicht heraus.

Sie waren im Prater. Dort die erste Allee, die vom Hauptwege abbog und beinah ganz im Dunkeln verschwand, führte zu ihrem Ziele. Dort stand das einfache Wirtshaus; der große Garten war kaum erleuchtet, die Tische standen ungedeckt da, die Sessel lehnten an ihnen. Daneben in den kugeligen Laternen auf den schlanken, grünen Pfählen flackerten trübrote Lichter. Ein paar Gäste saßen da, der Wirt selbst unter ihnen. Marie und Felix schritten vorbei, der Wirt stand auf und lüftete die Kappe. Sie öffneten die Tür zum Gartensalon, in dem ein paar zurückgedrehte Gasflammen fauchten. Ein kleiner Kellnerjunge hatte schlummernd in einer Ecke gesessen. Er erhob sich rasch, beeilte sich, die Gashähne besser aufzudrehen, und war den Gästen beim Ablegen behilflich. Sie setzten sich in eine Ecke, in der es recht dämmerig und traulich war, und rückten ihre Sessel ganz nahe zusammen. Sie bestellten etwas zu essen und zu trinken, ohne lange zu wählen, und waren nun allein. Nur vom Eingange her blinkten die trübroten Laternenlichter. Auch die Ecken des Saales verschwammen im Halbdunkel.

Noch immer schwiegen beide, bis endlich Marie, gequält, mit zitternden Worten begann: »So sag nur, Felix, was hast du denn? Ich bitte dich, sag's mir.«

Wieder kam jenes Lächeln über seine Lippen. »Nichts, Kind«, sagte er, »frag nicht. Meine Launen kennst du ja – oder kennst du sie noch immer nicht?« –

»Gewiß, deine Launen, o ja. Aber du bist nicht übel gelaunt; du bist verstimmt, ich seh' es ja; das muß seinen Grund haben. Ich bitte dich, Felix, was gibt's denn? Sag's doch, ich bitte dich!«

Er machte ein ungeduldiges Gesicht, denn eben trat der Kellner herein und brachte das Bestellte. Und wie sie noch einmal wiederholte: »Sag es mir, sag es mir«, wies er mit den Augen auf den Jungen und machte eine ärgerliche Bewegung. Der Junge ging. »Nun sind wir allein«, sagte Marie. Sie rückte näher zu ihm, nahm seine beiden Hände in die ihren. »Was hast du? Was hast du? Ich muß es wissen. Hast du mich denn nicht mehr lieb?« Er schwieg. Sie küßte seine Hand. Er entzog sie ihr langsam. »Nun, nun?« Er schaute mit den Augen wie hilfesuchend umher. »Ich bitte dich, laß mich, frag nicht, quäl' nicht!« Sie ließ seine Hand frei und sah ihm voll ins Gesicht. »Ich will's wissen.« Er stand auf und tat einen tiefen Atemzug. Dann griff er sich mit den beiden Händen an den Kopf und sagte: »Du machst mich noch wahnsinnig. Frag nicht.« Noch eine ganze Weile blieb er so stehen mit starrem Auge, und sie folgte angstvoll seinem Blick, der ins Leere ging. Dann ließ er sich nieder, atmete ruhiger, und eine müde Milde breitete sich über seine Züge. Nach ein paar Sekunden schien aller Schauer von ihm gewichen, und er sagte zu Marie leise, liebenswürdig: »Trink doch, iß doch.«

Sie nahm gehorsam Gabel und Messer und fragte ängstlich: »Und du?« »Ja, ja«, erwiderte er, blieb aber regungslos sitzen und berührte nichts. »Da kann ich auch nicht«, sagte sie. Da begann er denn zu essen und zu trinken. Bald aber legte er schweigend Gabel und Messer hin, stützte den Kopf in die Hand und sah Marie nicht an. Sie betrachtete ihn eine kleine Weile mit aufeinandergepreßten Lippen, dann zog sie seinen Arm weg, der ihr sein Gesicht verbarg. Und nun sah sie, wie es in seinen Augen schimmerte, und im Augenblicke, als sie aufschrie: »Felix, Felix«, begann er zu weinen, heiß und schluchzend. Sie nahm seinen Kopf an ihre Brust, strich ihm über die Haare, küßte ihm die Stirn, wollte ihm die Tränen wegküssen. »Felix, Felix!« Und er weinte leiser und leiser. »Was hast du, Schatz, angebeteter, einziger Schatz, sag's doch!« Und er, den Kopf noch immer an ihre Brust gepreßt, so daß seine Worte dumpf und schwer zu ihr heraufdrangen: »Marie, Marie, ich hab dir's nicht sagen wollen. Ein Jahr noch, und dann ist es aus.« Und nun weinte er heftig und laut. Sie aber, mit aufgerissenen Lidern, totenblaß, verstand nichts, wollte nichts verstehen. Etwas Kaltes und Entsetzliches schnürte ihr die Kehle zusammen, bis sie plötzlich aufschrie: »Felix, Felix!« Dann stürzte sie vor ihn hin und schaute ihm ins verweinte, verstörte Gesicht, das nun auf die Brust heruntergesunken war. Er sah sie vor sich knieen und flüsterte: »Steh auf, steh auf.« Sie stand auf, mechanisch seinen Worten gehorchend, und setzte sich ihm gegenüber. Sie konnte nicht sprechen, sie konnte nicht fragen. Und er, dann wieder nach ein paar Sekunden tiefen Schweigens, plötzlich, laut klagend mit nach oben gerichtetem Blick, als laste etwas Unbegreifliches auf ihm: »Entsetzlich! Entsetzlich!« –

Sie fand ihre Stimme wieder. »Komm, komm!« Aber weiter brachte sie nichts hervor. »Ja, gehen wir«, sagte er mit einer Bewegung, als wollte er etwas von sich abschütteln. Er rief den Kellner, bezahlte, und beide verließen rasch den Saal.

Draußen umfing sie schweigend die Frühlingsnacht. In der dunklen Allee blieb Marie stehen, faßte die Hand ihres Geliebten: »Erklär mir nun endlich –«

Er war vollkommen ruhig geworden, und was er ihr nun sagte, klang einfach, schlicht, als wenn es eigentlich nichts so Besonderes wäre. Er machte seine Hand los und streichelte ihre Wangen. So dunkel war es, daß sie einander kaum sehen konnten.

»Mußt aber nicht erschrecken, Mizzel, denn ein Jahr ist lang, so lang! Nämlich nur ein Jahr mehr habe ich zu leben.« Sie schrie auf: »Aber du bist verrückt, du bist verrückt.«

»Es ist erbärmlich, daß ich dir's überhaupt sage, und sogar dumm. Aber weißt du, es ganz allein zu wissen und so einsam herumgehen, ewig mit dem Gedanken – ich hätte es ja wahrscheinlich doch nicht lange ausgehalten. Vielleicht ist es sogar gut, daß du dich daran gewöhnst. Aber komm doch, was stehen wir denn da? Ich selbst, Marie, bin ja den Gedanken schon gewohnt. Dem Alfred habe ich schon lange nicht mehr geglaubt.«

»Du warst also nicht bei Alfred? Aber die anderen verstehen ja nichts.«

»Siehst du, Kind, ich habe so fürchterlich gelitten die letzten Wochen unter der Ungewißheit. Nun ist's besser. Jetzt weiß ich's wenigstens. Ich war beim Professor Bernard, der hat mir wenigstens die Wahrheit gesagt.«

»Aber nein, er hat dir nicht die Wahrheit gesagt. Der hat dir sicher nur Angst machen wollen, damit du vorsichtiger wirst.«

»Mein liebes Kind, ich habe sehr ernst mit dem Manne gesprochen. Ich hab' Klarheit haben müssen. Weißt du, auch deinetwegen.«

»Felix, Felix«, schrie sie und umfaßte ihn mit beiden Armen. »Was sagtst du da? Ohne dich werde ich keinen Tag leben, keine Stunde.«

»Komm«, sagte er still. »Sei ruhig.« Sie waren am Ausgange des Praters. Lebendiger war es um sie geworden, laut und hell. Wagenrasseln auf den Straßen, Pfeifen und Klingeln der Trams, das schwere Rollen eines Eisenbahnzuges auf der Brücke über ihnen. Marie zuckte zusammen. All dies Leben hatte mit einem Male etwas Höhnisches und Feindliches, und es tat ihr weh. Sie zog ihn mit sich, so daß sie nicht auf die breite Hauptstraße kamen, sondern durch die stillen Nebengassen den Weg nach Hause einschlugen.

Einen Augenblick fuhr es ihr durch den Kopf, daß er einen Wagen nehmen sollte, aber sie zögerte, es ihm zu sagen. Man konnte ja langsam gehen.

»Du wirst nicht sterben, nein, nein«, sagte sie dann halblaut, ihren Kopf fest an seine Schulter drückend. »Aber ohne dich lebe ich auch nicht weiter.«

»Mein liebes Kind, du wirst anders denken. Ich hab' mir alles wohl überlegt. Ja gewiß. Weißt du, wie so mit einem Male die Grenze gezogen war, sah ich so scharf, so gut.«

»Es gibt keine Grenze.«

»Freilich, mein Schatz. Man kann's nicht glauben. Ich glaube es ja selber nicht in diesem Augenblick. Es ist etwas so Unbegreifliches, nicht wahr? Denk einmal, ich, der da neben dir hergeht und Worte spricht, ganz laute, die du hörst, ich werd' in einem Jahr daliegen, kalt, vielleicht schon vermodert.«

»Hör auf, hör auf!«

»Und du, du wirst aussehen wie jetzt. Genau so, vielleicht noch ein bißchen blaß vom Weinen, aber dann wird wieder ein Abend kommen und viele, und der Sommer und der Herbst und der Winter und wieder ein Frühling, – und dann bin ich schon ein Jahr lang tot und kalt. Ja! – Was hast du denn? –«

Sie weinte bitterlich. Die Tränen flossen ihr über Wangen und Hals herunter.

Da ging ein verzweifeltes Lächeln über seine Züge, und er flüsterte zwischen den Zähnen hervor, heiser, herb: »Entschuldige.«

Sie schluchzte weiter, während sie vorwärts gingen, und er schwieg. Ihr Weg führte sie am Stadtpark vorbei, durch dunkle und stille, breite Straßen, über die von den Sträuchern des Parkes her ein leichter, trauriger Fliederduft geweht kam. Langsam gingen sie weiter. Auf der anderen Seite eintönig graue und gelbe hohe Häuser. Die mächtige Kuppel der Karlskirche, in den blauen Nachthimmel ragend, näherte sich ihnen. Sie bogen in eine Seitenstraße und hatten bald das Haus erreicht, in dem sie wohnten. Langsam stiegen sie die schwach erleuchtete Treppe hinauf und hörten hinter den Gangfenstern und Türen die Dienstmädchen plaudern und lachen. Nach ein paar Minuten hatten sie die Tür hinter sich geschlossen. Das Fenster war offen, ein paar dunkle Rosen, die in einer einfachen Vase auf dem Nachttische standen, dufteten durch das Zimmer. Von der Straße klang leises Summen herauf. Beide traten zum Fenster. Im Hause gegenüber war alles still und dunkel. Dann setzte er sich auf den Diwan, sie schloß die Läden und ließ die Vorhänge herab. Sie machte Licht und stellte die Kerze auf den Tisch. Er hatte all das nicht mehr gesehen, sondern saß da, in sich versunken. Sie näherte sich ihm. »Felix!« rief sie. Er schaute auf und lächelte. »Nun, Kind?« fragte er. Und wie er diese Worte mit weicher und leiser Stimme sagte, überkam sie ein Gefühl unendlicher Angst. Nein, sie wollte ihn nicht verlieren. Nie! Nie, nie! Es war auch nicht wahr. Es war gar nicht möglich. Sie versuchte zu sprechen, wollte ihm das alles sagen. Sie warf sich vor ihn hin und fand die Kraft der Rede nicht. Sie legte den Kopf auf seinen Schoß und weinte. Seine Hände ruhten auf ihren Haaren. »Nicht weinen«, flüsterte er zärtlich. »Nicht mehr, Miez.« Sie erhob den Kopf; wie eine wunderbare Hoffnung kam es über sie. »Es ist nicht wahr, wie? Nicht wahr?« Er küßte sie auf die Lippen, lang, heiß. Dann sagte er beinahe hart: »Es ist wahr« und stand auf. Er ging zum Fenster hin und stand dort ganz im Schatten. Nur zu seinen Füßen spielte der Kerzenflimmer. Nach einiger Zeit begann er zu sprechen. »Du mußt dich an den Gedanken gewöhnen. Denk einfach, wir gingen so auseinander. Du mußt ja gar nicht wissen, daß ich nicht mehr auf der Welt bin.«

Sie schien nicht auf ihn zu hören. Ihr Gesicht hatte sie in den Kissen des Diwans verborgen. Er sprach weiter: »Wenn man philosophisch über die Sache denkt, so ist es nicht so fürchterlich. Wir haben ja noch so viel Zeit, glücklich zu sein; nicht, Miez?«

Sie schaute plötzlich auf mit großen, tränenlosen Augen. Dann eilte sie zu ihm hin, klammerte sich an ihn und hielt ihn mit beiden Armen an ihre Brust gedrückt. Sie flüsterte: »Ich will mit dir sterben.« Er lächelte. »Das sind Kindereien. Ich bin nicht so kleinlich, wie du glaubst. Ich hab' auch gar nicht das Recht, dich mit mir zu ziehen.«

»Ich kann ohne dich nicht sein.«

»Wie lange warst du ohne mich? Ich war ja schon verloren, als ich dich vor einem Jahre kennenlernte. Ich wußte es nicht, aber ich hab' es schon damals geahnt.«

»Du weißt es auch heute nicht.«

»Ja, ich weiß es, und darum geb' ich dich heute schon frei.«

Sie klammerte sich fester an ihn. »Nimm's an, nimm's an«,

sagte er. Sie antwortete nicht, sah zu ihm auf, als könnte sie's nicht verstehen.

»Du bist so schön, oh! und so gesund. Was für ein herrliches Recht hast du ans Leben. Laß mich allein.«

Sie schrie auf. »Ich hab' mit dir gelebt, ich werde mit dir sterben.«

Er küßte sie auf die Stirne. »Du wirst es nicht, ich verbiete es dir, du mußt dir diese Idee aus dem Kopfe schlagen.«

»Ich schwöre dir –«

»Schwöre nicht, du würdest mich eines Tages bitten, daß ich dir deinen Schwur zurückgebe.«

»Das ist dein Glaube an mich!«

»Oh, du liebst mich, ich weiß es. Du wirst mich nicht verlassen, bis –«

»Nie, nie werd' ich dich verlassen.« Er schüttelte den Kopf. Sie schmiegte sich an ihn, nahm seine beiden Hände und küßte sie.

»Du bist so gut«, sagte er, »das macht mich sehr traurig.«

»Sei nicht traurig. Was immer kommt, wir beide haben dasselbe Schicksal.«

»Nein«, sagte er ernst und bestimmt, »laß das. Ich bin nicht wie die anderen. Ich will es nicht sein. Alles begreife ich; erbärmlich wäre es von mir, wenn ich länger auf dich hören wollte, mich von diesen Worten berauschen lassen, die dir der erste Augenblick des Schmerzes eingibt. Ich muß gehen, und du mußt bleiben.«

Sie hatte wieder zu weinen begonnen. Er streichelte und küßte sie, um sie zu beruhigen, und sie blieben beim Fenster stehen und sprachen nichts mehr. Die Minuten vergingen, die Kerze brannte tiefer herab.

Nach einiger Zeit entfernte sich Felix von ihr und setze sich auf den Diwan. Eine schwere Müdigkeit war über ihn gekommen. Marie näherte sich ihm und setzte sich an seine Seite. Sie nahm leise seinen Kopf und legte ihn an ihre Schulter. Er blickte sie zärtlich an und schloß die Augen. So schlief er ein.

Der Morgen schlich blaß und kühl heran. Felix war erwacht.

Noch lag sein Kopf an ihrer Brust. Sie aber schlief tief und fest. Er entfernte sich leise von ihr und ging zum Fenster, sah auf die Straße hinunter, die menschenleer im Morgengrauen dalag. Es fröstelte ihn. Nach einigen Minuten schon streckte er sich angekleidet auf's Bett und starrte auf die Decke.

Es war hellichter Tag, als er erwachte. Marie saß auf dem Bettrand, sie hatte ihn wachgeküßt. Sie lächelten beide. War nicht alles ein böser Traum gewesen? Er selbst kam sich jetzt so gesund, so frisch vor. Und draußen lachte die Sonne. Von der Gasse herauf drang Geräusch; es war alles so lebendig. Im Hause gegenüber standen viele Fenster offen. Und dort auf dem Tische war das Frühstück vorbereitet wie jeden Morgen. So licht war das Zimmer, in alle Ecken drang der Tag. Sonnenstäubchen flimmerten, und überall, überall Hoffnung, Hoffnung, Hoffnung!

Der Doktor rauchte seine Nachmittagszigarre, als ihm eine Dame gemeldet wurde. Es war noch vor der Ordinationsstunde, und Alfred ärgerte sich eigentlich. »Marie«, rief er erstaunt aus, als sie eintrat.

»Seien Sie nicht böse, daß ich Sie so früh störe. Oh, rauchen Sie nur weiter.«

»Wenn Sie erlauben. – Aber was gibt's denn, was haben Sie denn?«

Sie stand vor ihm, die eine Hand auf den Schreibtisch gestützt, in der anderen den Sonnenschirm haltend. »Ist es wahr«, stieß sie rasch hervor, »daß Felix so krank ist? Ah, Sie werden blaß. Warum haben Sie mir's nicht gesagt, warum nicht?«

»Was fällt Ihnen denn ein?« Er ging im Zimmer hin und her. »Sie sind närrisch. Bitte, setzen Sie sich.«

»Antworten Sie mir.«

»Gewiß ist er leidend. Das ist Ihnen ja nichts neues.«

»Er ist verloren«, schrie sie auf.

»Aber, aber!«

»Ich weiß es; er auch. Gestern war er beim Professor Bernard, der hats ihm gesagt.«

»Es hat sich schon mancher Professor geirrt.«

»Sie haben ihn ja oft untersucht, sagen Sie mir die Wahrheit.«

»In diesen Dingen gibt es keine absolute Wahrheit.«

»Ja, weil er Ihr Freund ist. Sie wollen's eben nicht sagen, nicht wahr? Aber ich sehe es Ihnen an! Es ist also wahr, es ist wahr! O Gott! O Gott!«

»Liebes Kind, beruhigen Sie sich doch.«

Sie sah rasch zu ihm auf. »Es ist wahr?«

»Nun ja, er ist krank, Sie wissen es ja.«

»Ah –«

»Aber warum hat man's ihm gesagt? Und dann –«

»Nun, nun? Aber bitte, erwecken Sie mir keine Hoffnung, wenn es keine gibt.«

»Man kann es nie mit Sicherheit voraussehen. Das kann so lange dauern.«

»Ich weiß ja, ein Jahr.«

Alfred biß die Lippen zusammen. »Ja, sagen Sie, warum war er denn eigentlich bei einem anderen Arzt?«

»Nun, weil er wußte, daß Sie ihm nie die Wahrheit sagen werden, – ganz einfach.«

»Es ist zu dumm«, fuhr der Doktor auf, »es ist zu dumm. Ich begreife das nicht! Als wenn es so dringend notwendig wäre, einen Menschen –«

In diesem Augenblicke öffnete sich die Türe, und Felix trat ein.

»Ich dachte es«, sagte er, als er Marie erblickte.

»Du machst mir schöne Narrheiten«, rief der Doktor aus, »schöne Narrheiten, wirklich.«

»Laß die Phrasen, mein lieber Alfred«, erwiderte Felix, »ich danke dir herzlich für deinen guten Willen, du hast als Freund gehandelt, du hast dich famos benommen.«

Marie fiel hier ein. »Er sagt, daß der Professor gewiß –«

»Laß das«, unterbrach sie Felix, »solange es ging, durftet ihr mich in dem Wahn erhalten. Von jetzt an wäre es eine abgeschmackte Komödie.«

»Du bist ein Kind«, sagte Alfred, »es laufen viele Leute in

Wien herum, denen man schon vor zwanzig Jahren das Leben abgesprochen hat.«

»Die meisten von ihnen sind aber doch schon begraben.«

Alfred ging im Zimmer hin und her. »Vor allem einmal, es hat sich zwischen gestern und heute nichts geändert. Du wirst dich schonen, das ist alles, du wirst mir besser folgen als bisher, das ist das Gute daran. Erst vor acht Tagen war ein fünfzigjähriger Herr bei mir –«

»Ich weiß schon«, fiel Felix ein. »Der gewisse fünfzigjährige Herr, der als Jüngling von zwanzig aufgegeben war und nun blühend ausschaut und acht gesunde Kinder hat.«

»Solche Dinge kommen vor, daran ist gar nicht zu zweifeln«, warf Alfred ein.

»Weißt du«, sagte Felix darauf, »ich gehöre nicht zu der Sorte Menschen, an denen Wunder geschehen.«

»Wunder?« rief Alfred aus. »Das sind lauter natürliche Sachen.«

»Aber sehen Sie ihn doch nur an«, sagte Marie. »Ich finde, er schaut jetzt besser aus als im Winter.«

»Er muß sich halt schonen«, meinte Alfred und blieb vor seinem Freund stehen. »Ihr werdet jetzt ins Gebirge reisen, und dort wird gefaulenzt, ordentlich.«

»Wann sollen wir abreisen?« fragte Marie eifrig.

»Ist doch alles Unsinn«, sagte Felix.

»Und im Herbst geht ihr in den Süden.«

»Und im nächsten Frühjahr?« fragte Felix spöttisch.

»Bist du hoffentlich gesund«, rief Marie aus.

»Ja, gesund«, lachte Felix, »gesund! – Keinesfalls mehr leidend.«

»Ich sag's ja immer«, rief der Doktor aus, »diese großen Kliniker sind alle zusammen keine Psychologen.«

»Weil sie nicht einsehen, daß wir die Wahrheit nicht vertragen«, warf Felix ein.

»Es gibt gar keine Wahrheiten, sag' ich. Der Mann hat sich gedacht, er muß dir die Hölle heiß machen, damit du nicht leichtsinnig bist. Das war so ungefähr sein Gedankengang.

Wenn du trotz seiner Vorhersage gesund wirst, ist's ja doch keineswegs eine Blamage für ihn. Er hat dich ja nur gewarnt.«

»Lassen wir die kindischen Redereien«, fiel hier Felix ein, »ich habe sehr ernst mit dem Manne gesprochen, ich hab' es ihm klar zu machen verstanden, daß ich Gewißheit haben muß. Familienverhältnisse! Das imponiert ihnen ja immer. Und ich muß es dir aufrichtig gestehen, die Ungewißheit war schon zu jämmerlich.«

»Als wenn du jetzt Gewißheit hättest«, fuhr Alfred auf.

»Ja, jetzt habe ich Gewißheit. Vergebliche Mühe, die du dir nun gibst. Es handelt sich jetzt nur darum, das letzte Jahr so weise als möglich zu verleben. Du wirst schon sehen, mein lieber Alfred, ich bin der Mann, der lächelnd von dieser Welt scheidet. Na, weine nicht, Miez; du ahnst gar nicht, wie schön dir diese Welt noch ohne mich vorkommen wird. Wie, Alfred, glaubst du nicht?«

»Geh! Du quälst ja das Mädel ganz überflüssig.«

»Es ist wahr, es wäre vernünftiger, ein rasches Ende zu machen. Verlaß mich, Miez, geh, laß mich allein sterben!«

»Geben Sie mir Gift«, schrie Marie plötzlich auf.

»Ihr seid ja beide verrückt«, rief der Doktor.

»Gift! Ich will nicht eine Sekunde länger leben als er, und er soll es glauben. Er will es mir nicht glauben. Warum denn nicht? Warum denn nicht?«

»Du, Miez, jetzt will ich dir was sagen. Wenn du von dem Unsinn noch einmal redest, noch einmal, so verschwinde ich spurlos aus deiner Nähe. Dann siehst du mich überhaupt nicht mehr. Ich habe kein Recht, dein Schicksal an meines zu ketten, ich will diese Verantwortung auch gar nicht.«

»Weißt du, mein lieber Felix«, begann der Doktor, »du wirst die Güte haben, lieber heute als morgen abzureisen. So kann's nicht weitergehen. Ich werde euch heute abend auf die Bahn bringen, und die kräftige Luft und die Ruhe werden euch beide hoffentlich wieder vernünftig machen.«

»Ich bin ja ganz einverstanden«, sagte Felix, »mir ist das sehr gleichgültig, wo –«

»Schon gut«, unterbrach ihn Alfred; »es liegt vorläufig nicht der geringste Grund zur Verzweiflung vor, und du kannst die traurigen Nebenbemerkungen eigentlich ganz beiseite lassen.«

Marie trocknete ihre Tränen und sah den Doktor dankbar an.

»Großer Psycholog«, lächelte Felix. »Wenn ein Arzt mit einem grob ist, kommt man sich gleich so gesund vor.«

»Ich bin vor allem dein Freund. Du weißt also –«

»Abreisen – morgen – ins Gebirge!«

»Ja, dabei bleibt's auch.«

»Na, ich dank' dir jedenfalls sehr«, sagte Felix, indem er seinem Freunde die Hand reichte. »Und nun wollen wir gehen. Da draußen räuspert schon einer. Komm, Miez!«

»Ich danke Ihnen, Herr Doktor«, sagte Marie, Abschied nehmend.

»Da gibt es ja weiter nichts zu danken. Seien Sie nur vernünftig und geben Sie auf ihn acht. Also, auf Wiedersehen.«

Auf der Stiege sagte Felix plötzlich: »Lieber Mensch, der Doktor, wie?«

»O ja.«

»Und jung und gesund und hat vielleicht noch vierzig Jahre vor sich – oder hundert.«

Sie waren auf der Straße. Um sie herum lauter Menschen, die gingen und sprachen und lachten und lebten und an den Tod nicht dachten.

Sie bezogen ein kleines Häuschen hart am See. Es stand abseits von dem Dorfe selbst als einer der letzten abgelösten Ausläufer der Häuserreihe, die sich längs des Wassers hinzog. Und hinter dem Hause stiegen die Wiesen hügelig hinan, weiter oben lagen Felder in Sommerblüte. Weit dahinter, nur selten sichtbar, der verwischte Zug ferner Gebirge. Und wenn sie aus ihrer Wohnung heraus auf die Terrasse traten, die auf vier braunen, feuchten Pfählen aus dem klaren Wassergrunde hervorragte, so lag ihnen gegenüber am anderen Ufer die lange Kette starrer Felsen, über deren Höhe der kalte Glanz des schweigenden Himmels ruhte.

In den ersten Tagen ihres Hierseins war ein wunderbarer Friede über sie gekommen, den sie selber kaum begriffen. Es war, als hätte das allgemeine Los nur in ihrem gewohnten Aufenthalt Macht über sie gehabt; hier, in den neuen Verhältnissen, galt nichts mehr von dem, was in einer anderen Welt über sie verhängt worden. Auch hatten sie, seit sie einander kannten, noch nie so erquickende Einsamkeit gefunden. Es kam vor, daß sie sich manchmal ansahen, als wäre zwischen ihnen irgendeine kleine Geschichte vorgefallen, etwa ein Zank oder ein Mißverständnis, über das aber nicht mehr gesprochen werden durfte. Felix fühlte sich an den schönen Sommertagen so wohl, daß er sich bald nach seiner Ankunft wieder ans Arbeiten machen wollte. Marie gab es nicht zu. »Ganz gesund bist du noch nicht«, lächelte sie. Und auf dem kleinen Tischchen, wo Felix seine Bücher und Papiere aufgeschichtet hatte, tanzten die Sonnenstrahlen, und durchs Fenster herein kam vom See her eine weiche, schmeichelnde Luft, die von allem Unglück der Welt nichts wußte.

Eines Abends ließen sie sich wie gewöhnlich von einem alten Bauern auf den See hinausrudern. Sie befanden sich da in einem breiten, guten Fahrzeug mit einem gepolsterten Sitz, auf dem sich Marie niederzulassen pflegte, während sich Felix ihr zu Füßen hinlegte, in einen warmen, grauen Plaid gehüllt, der zugleich Unterlage und Decke für ihn war. Den Kopf hatte er an ihren Knien ruhen. Auf der weiten, ruhigen Wasserfläche lagen leichte Nebel, und es schien, als stiege die Dämmerung langsam aus dem See empor, um sich allmählich gegen die Ufer hinzubreiten. Felix wagte es heute, eine Zigarre zu rauchen, und schaute vor sich hin über die Wellen, den Felsen zu, um deren Kuppen ein mattes Sonnengelb hinfloß.

»Sag, Miez«, fing er zu reden an, »traust du dich, hinaufzuschauen?«

»Wohin?«

Er deutete mit dem Finger auf den Himmel. »Da gerade hinauf, ins Dunkelblaue. Ich kann's nämlich nicht. Es ist mir unheimlich.«

Sie schaute hinauf und verweilte mit ihren Blicken ein paar Sekunden oben. »Mir tut's eher wohl«, sagte sie.

»So? Wenn der Himmel so klar ist wie heute, bring' ich es schon gar nicht zusammen. Diese Ferne, diese schauerliche Ferne! Wenn die Wolken oben stehen, ist es mir nicht so unangenehm, die Wolken gehören doch noch zu uns; – da schaue ich in Verwandtes hinein.«

»Morgen wird's wohl regnen«, fiel da der Ruderer ein, »die Berge sind heut zu nah!« Und er ließ die Ruder ruhen, so daß der Kahn ganz lautlos und immer langsamer über die Wellen hinglitt.

Felix räusperte sich. »Merkwürdig; die Zigarre vertrag' ich noch nicht recht.«

»So wirf sie doch weg.«

Felix drehte die glimmende Zigarre ein paarmal zwischen den Fingern hin und her, dann warf er sie ins Wasser, und ohne sich nach Marie umzuwenden, sagte er: »Wie, ganz gesund bin ich doch noch nicht?«

»Geh«, erwiderte sie abwehrend, indem sie mit ihrer Hand leise über seine Haare strich.

»Was werden wir nur machen«, fragte Felix, »wenn's zu regnen anfängt! Da wirst du mich doch arbeiten lassen müssen.«

»Du darfst nicht.«

Sie beugte sich zu ihm nieder und sah ihm in die Augen. Es fiel ihr auf, daß seine Wangen gerötet waren. »Deine bösen Gedanken will ich dir bald vertreiben! Aber wollen wir jetzt nicht nach Hause fahren? Es wird kühl.«

»Kühl? Mir ist nicht kühl.«

»Na ja, dir mit dem dicken Plaid.«

»Oh«, rief er aus, »ich Egoist habe ganz dein Sommerkleid vergessen.« Er wandte sich zum Ruderer. »Nach Hause.« Nach ein paar hundert Ruderschlägen waren sie ihrer Wohnung nahe. Da bemerkte Marie, wie Felix mit der rechten Hand sein linkes Handgelenk umschloß. »Was hast du denn?«

»Miez, ich bin wirklich noch nicht gesund.«

»Aber.«

»Fieber hab' ich. Hm, – zu dumm!«

»Du irrst dich sicher«, sagte Marie ängstlich, »ich will gleich um den Doktor gehen.« – »Ja, natürlich, das könnt' ich noch brauchen.«

Sie hatten angelegt und stiegen ans Land. In den Zimmern war's beinahe dunkel. Aber die Wärme des Tages war noch darin. Während Marie zum Abendessen herrichtete, saß Felix ruhig im Lehnstuhl.

»Du«, sagte er ganz plötzlich, »die ersten acht Tage sind um.«

Sie kam vom Tische, wo sie die Gedecke aufgelegt hatte, rasch zu ihm hin und umschloß ihn mit beiden Armen. »Was hast du denn wieder?«

Er machte sich los. »Na, laß das!« Er stand auf und setzte sich an den Tisch. Sie folgte ihm. Er trommelte mit den Fingern auf dem Tisch herum. »So wehrlos komme ich mir vor. Plötzlich überfällt es einen.«

»Aber, Felix, Felix.« Sie rückte ihren Stuhl nahe an den seinen.

Er schaute mit großen Augen im Zimmer hin und her. Dann schüttelte er den Kopf ärgerlich, als könnte er irgend etwas nicht fassen, und stieß wieder zwischen den Zähnen hervor: »Wehrlos! Wehrlos! Kein Mensch kann mir helfen. Die Sache an sich ist ja nicht so schrecklich, – aber daß man so wehrlos ist!« –

»Felix, ich bitte dich, du regst dich auf. Es ist sicher nichts. Willst du, – nur zu deiner Beruhigung, daß ich um den Arzt gehe?«

»Ich bitte dich, laß mich damit! Entschuldige, daß ich dich schon wieder mit meiner Krankheit unterhalte.«

»Aber –«

»Wird nicht mehr geschehen. Geh, schenk mir doch ein. Ja, ja, einschenken!... Danke! – Nun, so rede doch irgend etwas.«

»Ja, was?«

»Was immer. Lies mir was vor, wenn dir nichts einfällt. Ach, pardon, nach dem Essen natürlich. Iß nur, ich esse auch.« Er griff zu. »Ich habe sogar Appetit, es schmeckt mir ganz gut.«

»Na, also«, sagte Marie mit einem gezwungenen Lächeln.
Und beide aßen und tranken.

Die nächsten Tage brachten einen warmen Regen. Da saßen sie bald im Zimmer, bald auf ihrer Terrasse, bis der Abend kam. Sie lasen beide oder schauten zum Fenster hinaus, oder er sah ihr zu, wenn sie irgendeine Näharbeit vornahm. Zuweilen spielten sie Karten, auch die Anfangsgründe des Schachspiels brachte er ihr bei. Andere Male wieder legte er sich auf den Diwan hin; sie saß bei ihm und las ihm vor. Es waren stille Tage und Abende, und Felix fühlte sich eigentlich ganz wohl. Es freute ihn, daß das schlechte Wetter ihm nichts anhaben konnte. Auch das Fieber kam nicht wieder.

Eines Nachmittags, als sich das erste Mal nach langem Regen der Himmel aufzuhellen schien, saßen sie wieder auf dem Balkon, und Felix sagte ganz unvermittelt, ohne an irgendein früheres Gespräch anzuknüpfen: »Es gehen eigentlich lauter zum Tode Verurteilte auf der Erde herum.«

Marie schaute von ihrer Arbeit auf.

»Nun ja«, fuhr er fort, »stelle dir beispielsweise vor, es sagte dir einer: Hochgeehrtes Fräulein, Sie werden am 1. Mai 1970 sterben. So wirst du dein ganzes künftiges Leben in einer namenlosen Angst vor dem 1. Mai 1970 verbringen, obwohl du heute gewiß nicht ernstlich glaubst, hundert Jahre alt zu werden.«

Sie antwortete nichts.

Er sprach weiter, indem er auf den See hinausblickte, auf dem es eben von den durchbrechenden Sonnenstrahlen zu glitzern begann.

»Andere wieder gehen heute stolz und gesund herum, und irgendein blödsinniger Zufall rafft sie in ein paar Wochen dahin. Die denken gar nicht ans Sterben, nicht wahr?«

»Schau«, sagte Marie, »laß doch die dummen Gedanken. Du mußt dir doch heut schon selber darüber klar sein, daß du wieder gesund wirst.«

Er lächelte.

»Nun ja, gerade du gehörst zu denen, die gesund werden.«

Er lachte laut auf. »Gutes Kind, du meinst in der Tat, daß ich dem Schicksal aufsitze? Du meinst, mich betrügt dieses scheinbare Wohlsein, mit dem mich die Natur jetzt beglückt? Ich weiß nur zufällig, woran ich bin, und der Gedanke an den nahen Tod macht mich, wie andere große Männer auch, zum Philosophen.«

»Jetzt hör schon einmal auf! Ja?«

»Oh, mein Fräulein, ich soll sterben, und Sie sollen nicht einmal die kleine Unannehmlichkeit haben, mich davon reden zu hören?«

Sie warf ihre Arbeit weg und trat zu ihm hin. »Ich fühle es ja«, sagte sie mit dem Tone ehrlicher Überzeugung, »daß du mir bleibst. Du kannst es ja selber gar nicht beurteilen, wie du dich erholst. Du mußt jetzt nur nicht mehr daran denken, dann ist jeder böse Schatten aus unserem Leben weg.«

Er betrachtete sie lange. »Du scheinst es wirklich absolut nicht begreifen zu können. Man muß es dir augenfällig machen. Sieh einmal her.« Er nahm eine Zeitung zur Hand. »Was steht hier?«

»12. Juni 1890.«

»Ja. 1890. Und jetzt denke dir, es steht da statt der Null eine Eins. Da ist schon alles längst vorbei. Ja, verstehst du's jetzt?«

Sie nahm ihm die Zeitung aus der Hand und warf sie ärgerlich zu Boden.

»Die kann nichts dafür«, sagte er ruhig. Und plötzlich, indem er sich lebhaft erhob und alle diese Gedanken mit einem raschen Entschluß weit von sich abzuweisen schien, rief er aus: »Schau einmal, wie schön! Wie die Sonne über dem Wasser liegt – und dort« – er beugte sich zur Seite der Terrasse hinaus und schaute nach der entgegengesetzten Seite hin, wo das flache Land lag – »wie die Felder sich bewegen! Ich möchte ein wenig da hinaus.«

»Wird's nicht zu feucht sein?«

»Komm, ich muß ins Freie.«

Sie wagte nicht recht, ihm zu widersprechen.

Beide nahmen ihre Hüte, warfen ihre Mäntel um und schlugen den Weg ein, der den Feldern zu führte. Der Himmel war beinahe völlig klar geworden. Über den fernen Gebirgszug zogen vielgestaltige weiße Nebel. Es war, als verlöre sich das Grün der Wiesen in dem goldenen Weiß, das die Gegend abzuschließen schien. Bald waren sie auf dem Weg mitten unter das Korn gekommen, und da mußten sie eines hinter dem andern gehen, während die Halme unter den Säumen ihrer Mäntel raschelten. Bald bogen sie seitab in einen nicht allzu dichten Laubwald, in welchem es wohlgepflegte Wege gab mit Ruhebänken in kurzen Abständen. Hier gingen sie Arm in Arm.

»Ist's da nicht schön?« rief Felix aus. »Und dieser Duft!«

»Glaubst du nicht, daß jetzt nach dem Regen –« fiel Marie ein, ohne den Satz zu vollenden.

Er machte eine ungeduldige Kopfbewegung. »Laß das, kommt es denn darauf an? Es ist unangenehm, immer daran gemahnt zu werden.«

Wie sie nun weiterschritten, lichtete sich der Wald mehr und mehr. Durch das Gelaub schimmerte der See. Kaum hundert Schritte noch hatten sie bis dahin. Eine ziemlich schmale Landzunge, auf welcher der Wald in ein paar spärlichen Sträuchern seinen Abschluß fand, ragte ins Wasser vor. Hier standen einige Tannenholzbänke mit Tischen davor, und hart am Ufer zog sich ein hölzerner Zaun hin. Ein leichter Abendwind hatte sich erhoben und trieb die Wellen ans Ufer. Und nun strich der Wind weiter ins Gesträuch, über die Bäume, so daß es von den feuchten Blättern wieder zu tropfen begann. Über dem Wasser lag der müde Schein des scheidenden Tages.

»Ich habe nie geahnt«, sagte Felix, »wie schön das alles ist.«

»Ja, es ist reizend.«

»Du weißt es ja nicht«, rief Felix aus. »Du kannst es ja nicht wissen, du mußt ja nicht Abschied davon nehmen.« Und er machte langsam ein paar Schritte nach vorwärts und stützte sich mit beiden Armen auf den schlanken Zaun, dessen schmale Stützstäbe vom Wasser umspült waren. Er schaute lange auf die schimmernde Fläche hinaus. Dann wandte er sich um. Marie stand hinter ihm; ihr Blick war traurig vor verhaltenen Tränen.

»Siehst du«, sagte Felix in scherzendem Tone, »dies alles hinterlasse ich dir. Ja, ja, denn es gehört mir. Das ist das Geheimnis der Lebensempfindung, auf das ich gekommen bin, daß man so ein gewaltiges Gefühl unendlichen Besitzes hat. Ich könnte mit allen diesen Dingen machen, was ich will. Auf dem kahlen Fels da drüben könnt' ich Blumen sprießen lassen, und die weißen Wolken könnt' ich vom Himmel vertreiben. Ich tu's nicht, denn so gerade, wie alles ist, ist es schön. Mein liebes Kind, erst wenn du allein bist, wirst du mich verstehen. Ja, du wirst ganz bestimmt die Empfindung haben, als sei das alles in deinen Besitz übergegangen.«

Er nahm sie bei der Hand und zog sie neben sich. Dann streckte er seinen andern Arm aus, wie um ihr all die Herrlichkeiten zu zeigen. »Dies alles, dies alles«, sagte er. Da sie noch immer schwieg und noch immer jene großen, tränenlosen Augen hatte, brach er jäh ab und sprach: »Nun aber nach Hause!«

Die Dämmerung nahte, und sie nahmen den Uferweg, auf dem sie ihre Wohnung bald erreichten. »Es war doch ein schöner Spaziergang«, meinte Felix.

Sie nickte stumm mit dem Kopfe.

»Wir wollen ihn öfter wiederholen, Miez.«

»Ja«, sagte sie.

»Und« – er setzte das in einem Tone verächtlichen Mitleids hinzu – »quälen will ich dich auch nimmer.«

An einem der nächsten Nachmittage beschloß er, seine Arbeiten wieder vorzunehmen. Wie er wieder das erstemal den Bleistift übers Papier führen wollte, sah er mit einer gewissen hämischen Neugier auf Marie hinüber, ob sie ihn wohl abhalten werde. Sie aber sagte nichts. Bald warf er Blei und Papier wieder beiseite und nahm irgendein gleichgültiges Buch zur Hand, um darin zu lesen. Das zerstreute ihn besser. Noch war er zur Arbeit nicht fähig. Er mußte sich erst zur völligen Lebensverachtung durchringen, um dann, der stummen Ewigkeit ruhig entgegensehend, wie ein Weiser seinen letzten Willen aufzuzeichnen. Das war es, was er wollte. Nicht einen letzten Willen, wie ihn gewöhnliche Menschen niederschreiben, der stets die geheime

Angst vor dem Sterben verrät. Auch sollte dieses Schriftstück nicht über Dinge handeln, die man greifen und sehen kann, und die schließlich doch irgend einmal nach ihm zugrunde gehen mußten: sein letzter Wille sollte ein Gedicht sein, ein stiller, lächelnder Abschied von der Welt, die er überwunden. Zu Marie sprach er nichts von diesem Gedanken. Sie hätte ihn nicht verstanden. Er kam sich so anders vor als sie. Mit einem gewissen Stolz saß er ihr gegenüber an den langen Nachmittagen, wenn sie über ihrem Buch, wie es wohl zu geschehen pflegte, eingeschlummert war und ihr die aufgelösten Locken über die Stirne ringelten. Sein Selbstgefühl wuchs, wenn er sah, wieviel er ihr verschweigen konnte. So einsam wurde er da, so groß.

Und an jenem Nachmittag, wie ihr eben wieder die Lider zugefallen waren, schlich er sich leise davon. Er spazierte in den Wald. Die Stille des schwülen Sommernachmittages war überall um ihn. Und nun war es ihm klar, heute konnte es geschehen. Er atmete tief auf, es war ihm so leicht, so frei. Unter dem schweren Schatten der Bäume ging er weiter. Das gedämpfte Tageslicht floß wohltätig über ihn hin. Er empfand alles wie ein Glück, den Schatten, die Ruhe, die weiche Luft. Er genoß es. Es lag kein Schmerz darin, daß er all diese Zärtlichkeit des Lebens verlieren sollte. »Verlieren, verlieren«, sagte er halblaut vor sich hin. Er tat einen tiefen Atemzug, und wie nun der milde Hauch so köstlich und leicht in seine Brust einzog, da konnte er mit einem Male nicht begreifen, daß er überhaupt krank sein sollte. Aber er war ja krank, er war ja verloren. Und plötzlich kam es wie eine Erleuchtung über ihn. Er glaubte nicht daran. Das war es, und darum war ihm so frei und wohl, und darum schien ihm heute die rechte Stunde gekommen. Nicht die Lust am Leben hatte er überwunden, nur die Angst des Todes hatte ihn verlassen, weil er an den Tod nicht mehr glaubte. Er wußte, daß er zu jenen gehörte, die wieder gesund werden. Es war ihm, als wachte in einem verborgenen Winkel seiner Seele irgend etwas Entschlafenes wieder auf. Er hatte das Bedürfnis, die Augen weiter zu öffnen, mit größeren Schritten vorwärts zu gehen, mit tieferen Zügen zu atmen. Der Tag wurde heller und das Leben lebendiger. Das also war es, das war es!? Und warum? Warum mußte er mit einem Male wieder so trunken vor Hoffnung werden? Ach, Hoffnung! Es war mehr als das. Es war Gewißheit. Und heute morgens noch hatte es ihn gequält, hatte es ihm die Kehle zugeschnürt, und jetzt, jetzt war er gesund, er war gesund. Er rief es laut aus: »Gesund!« – Und er stand nun am Ausgang des Waldes. Vor ihm der See in dunkelblauer Glätte. Er ließ sich auf eine Bank nieder, und da saß er mit tiefem Behagen, den Blick aufs Wasser gerichtet. Er dachte nach, wie sonderbar das wäre; die Freude des Genesens hatte ihm die Lust am stolzen Abschied vorgetäuscht.

Ein leichtes Geräusch hinter ihm. Er hatte kaum Zeit, sich umzuwenden. Marie war es. Ihre Augen blinkten, ihr Gesicht war leicht gerötet.

»Was hast du denn?«

»Warum bist du denn weg? Warum hast du mich denn allein gelassen? Ich bin sehr erschrocken.«

»Aber geh«, sagte er und zog sie neben sich nieder. Er lächelte sie an und küßte sie. Sie hatte so warme, volle Lippen. »Komm«, sagte er dann leise und zog sie auf seinen Schoß. Sie schmiegte sich fest an ihn, legte die Arme um seinen Hals. Und sie war schön! Aus ihren blonden Haaren stieg ein schwüler Duft empor, und eine unendliche Zärtlichkeit für dieses schmiegsame, duftende Wesen an seiner Brust stieg in ihm auf. Tränen kamen ihm ins Auge, und er faßte nach ihren Händen, um sie zu küssen. Wie liebte er sie doch!

Vom See her kam ein schwaches, zischendes Geräusch. Sie schauten beide auf, erhoben sich und traten Arm in Arm dem Ufer näher. Das Dampfschiff war in der Ferne zu sehen. Sie ließen es eben nahe genug kommen, um noch die Umrisse der Leute auf dem Verdecke unterscheiden zu können, dann wandten sie sich um und spazierten durch den Wald nach Hause. Sie gingen Arm in Arm, langsam, zuweilen einander zulächelnd. Sie fanden alte Worte wieder, die Worte der ersten Liebestage. Die süßen Fragen zweifelnder Zärtlichkeit gingen zwischen ihnen hin und her, und die innigen Worte schmeichelnder Beruhigung. Und sie waren heiter und waren wieder Kinder, und das Glück war da.

Ein schwerer, glühender Sommer war herangekommen mit heißen, sengenden Tagen, lauen, lüsternen Nächten. Jeder Tag brachte den vorigen, jede Nacht die verwichene zurück; die Zeit stand stille. Und sie waren allein. Nur umeinander kümmerten sie sich, der Wald, der See, das kleine Haus, – das war ihre Welt. Eine wohlige Schwüle hüllte sie ein, in der sie des Denkens vergaßen. Sorglose, lachende Nächte, müde, zärtliche Tage flohen über sie hin.

In einer jener Nächte war es, da brannte die Kerze noch spät, und Marie, die mit offenen Augen dalag, richtete sich im Bette auf. Sie betrachtete das Antlitz ihres Geliebten, über das die Ruhe eines tiefen Schlafes gebreitet war. Sie lauschte seinen Atemzügen. Nun war es ja so viel als gewiß: jede Stunde brachte ihn der Heilung näher. Eine unsägliche Innigkeit erfüllte sie, und sie beugte sich nahe zu ihm herab mit dem Verlangen, den Hauch seines Atems auf ihren Wangen zu fühlen. O, wie schön war es doch zu leben! Und ihr ganzes Leben war er, nur er. Ach, nun hatte sie ihn wieder, sie hatte ihn wieder, und auf immer hatte sie ihn wieder!

Ein Atemzug des Schlafenden, der anders klang als die bisherigen, störte sie auf. Es war ein leises, gepreßtes Stöhnen. Um seine Lippen, die sich ein wenig geöffnet hatten, war ein Zug des Leidens sichtbar geworden, und mit Schrecken gewahrte sie Schweißtropfen auf seiner Stirn. Den Kopf hatte er leicht zur Seite gewendet. Dann aber schlossen sich seine Lippen wieder. Der friedliche Ausdruck des Antlitzes kehrte zurück, und nach ein paar unruhigen Atemzügen wurden auch diese wieder gleichmäßig, fast lautlos. Marie aber fühlte sich plötzlich von einer quälenden Bangigkeit erfaßt. Am liebsten hätte sie ihn aufgeweckt, sich an ihn geschmiegt, seine Wärme, sein Leben, sein Dasein empfunden. Ein seltsames Bewußtsein von Schuld überkam sie, und wie Vermessenheit erschien ihr plötzlich der freudige Glaube an seine Rettung. Und nun wollte sie sich selbst überreden, daß es ja doch kein fester Glaube gewesen, nein, nur eine leise, dankbare Hoffnung, für die sie doch nicht so bitter gestraft werden durfte. Sie gelobte sich's, nicht mehr so gedankenlos glücklich zu sein. Mit einem Male war ihr diese ganze jubelnde Zeit des Taumelns eine Zeit leichtsinniger Sünde geworden, für die sie büßen mußten. Gewiß! Und dann, was sonst Sünde sein mag, war es nicht etwas anderes bei ihnen? Liebe, die vielleicht Wunder zu tun vermochte? Und sind es nicht vielleicht gerade jene letzten süßen Nächte, die ihm die Gesundheit wiedergeben werden?

Ein furchtbares Stöhnen drang aus Felix' Mund. Er hatte sich im Halbschlummer angstvoll mit weiten Augen im Bette aufgerichtet, starrte ins Leere, so daß Marie laut aufschreien mußte. Davon wachte er vollends auf. »Was ist denn, was ist denn?« stieß er hervor. Marie fand keine Worte. »Hast du geschrieen, Marie? Ich habe schreien gehört.« Er atmete sehr rasch. »Mir war wie zum Ersticken. Ich hab' auch geträumt, weiß nicht mehr was.«

»Ich bin so sehr erschrocken«, stammelte sie.

»Weißt du, Marie, mir ist jetzt auch kalt.«

»Nun ja«, erwiderte sie, »wenn du böse Träume hast.«

»Ach, was denn«, und er sah mit einem zornigen Blick nach oben. »Fieber hab' ich eben wieder, das ist's.« Seine Zähne schlugen aneinander, er legte sich nieder und zog die Decke über sich.

Sie blickte verzweifelt um sich. »Soll ich dir, willst du –«

»Gar nichts, schlaf nur. Ich bin müde, ich werde auch schlafen. Das Licht laß brennen.« Er schloß die Augen und zog die Decke bis über den Mund. Marie wagte nicht mehr, ihn zu fragen. Sie wußte, wie sehr ihn das Mitleid verbittern konnte, wenn er sich nicht ganz wohl fühlte. Er schlief schon nach wenigen Minuten ein, über sie aber kam kein Schlummer mehr. Bald begannen graue Dämmerstreifen ins Zimmer zu schleichen. Diese ersten, matten Zeichen des nahen Morgens taten Marieen sehr wohl. Ihr war, als käme etwas Befreundetes, Lächelndes sie besuchen. Sie hatte einen sonderbaren Drang, dem Morgen entgegenzugehen. Sie stieg ganz leise aus dem Bett, nahm rasch ihr Morgenkleid um und schlich auf die Terrasse. Der Himmel, die Berge, der See, das schwamm noch alles in ein dunkles, ungewisses Grau zusammen. Es machte ihr ein eigenes Vergnügen, die Augen ein bißchen anzustrengen, um die Umrisse deutlicher zu erkennen. Sie setzte sich auf den Lehnstuhl und ließ ihre Blicke in den Dämmer tauchen. Ein unsägliches Behagen durchfloß Marie, wie sie in der tiefen Stille des anbrechenden Sommermorgens da heraußen lehnte. Um sie herum war alles so friedlich, so mild und so ewig. Es war so schön, so eine Weile allein zu sein inmitten der großen Stille – weg aus dem engen, dunstigen Zimmer. Und mit einem Male durchzuckte sie die Erkenntnis: sie war gern von seiner Seite aufgestanden, gern war sie da, gern allein!

Den ganzen Tag hindurch kamen ihr die Gedanken der verflossenen Nacht wieder. Nicht mehr so quälend, so unheimlich wie in der Dunkelheit, aber um so deutlicher und zu Entschlüssen bestimmend. Sie faßte vor allem den, die Heftigkeit seiner Liebe so weit als möglich abzuwehren. Sie begriff gar nicht, daß sie die ganze Zeit über nicht daran gedacht. Ach, sie wollte so milde, so klug sein, daß es nicht wie Abwehr, daß es nur wie eine neue, bessere Liebe aussehen sollte.

Aber sie brauchte nicht besonders viel Klugheit und Milde. Seit jener Nacht schien aller Sturm der Leidenschaft von ihm verraucht; er selbst behandelte Marie mit einer müden Zärtlichkeit, welche sie anfangs beruhigte und endlich befremdete. Er las viel während der Tage oder schien auch nur zu lesen, denn oft genug konnte sie bemerken, wie er über das Buch hinaus ins Weite schaute. Ihr Gespräch berührte tausend alltägliche Dinge und nichts von Bedeutung, aber ohne daß Marie den Eindruck gewann, als zöge er sie nicht mehr in das Geheimnis seiner Gedanken. Es kam alles ganz selbstverständlich, als wäre all dies Halblaute, Gleichgültige in seinem Wesen nur die heitere Mattigkeit des Genesenden. Des Morgens blieb er lange liegen, während sie die Gewohnheit angenommen hatte, beim ersten Grauen des Tages ins Freie zu eilen. Da blieb sie entweder auf der Terrasse sitzen, oder sie begab sich auf den See hinunter und ließ sich da in einem Kahne, ohne sich vom Ufer zu entfernen, von den leichtbewegten Wellen schaukeln. Zuweilen ging sie im Walde spazieren, und so kam sie gewöhnlich schon von einem kleinen Morgenausfluge zurück, wenn sie ins Zimmer trat, ihn aufzuwecken. Sie freute sich über seinen gesunden Schlaf, den sie als gutes Zeichen ansah. Sie wußte nicht, wie oft er das Nachts erwachte, und sah nicht den Blick voll unendlicher Trauer, der auf ihr ruhte, während sie in den tiefen Schlummer gesunder Jugend versunken war.

Einmal war sie des Morgens wieder in den Kahn gestiegen, und die Frühe sprühte ihre ersten goldenen Funken über den See hin. Da wurde sie von der Lust erfaßt, sich einmal weiter hinaus in das blitzende, helle Wasser zu wagen. Sie fuhr eine gute Strecke weit, und da sie recht ungeübt im Rudern war, strengte sie sich übermäßig an, was ihre Freude an der Fahrt noch vermehrte. Auch in so früher Stunde konnte man nun nicht mehr ganz einsam auf dem Wasser sein. Einzelne Kähne begegneten Marieen, und sie glaubte zu bemerken, daß manche nicht ohne Absicht näher an ihren heranfuhren. Ein kleines, elegantes Kielboot, in welchem zwei junge Herren die Ruder führten, fuhr sehr rasch hart an ihr vorüber. Die Herren zogen die Ruder ein, lüfteten die Mützen und grüßten höflich und lächelnd.

Marie sah die beiden groß an und sagte ein gedankenloses »Guten Morgen«. Dann schaute sie sich nach den beiden jungen Leuten um, ohne sich dessen recht bewußt zu werden. Auch jene hatten sich wieder umgewandt und grüßten nochmals. Da kam es ihr plötzlich zum Bewußtsein, daß sie etwas Unrechtes getan, und so rasch sie nur mit ihrer geringen Kunst vermochte, ruderte sie ihrem Wohnhaus zu. Sie brauchte fast eine halbe Stunde zur Rückfahrt, kam erhitzt und mit aufgelösten Haaren an. Schon vom Wasser aus hatte sie Felix auf der Terrasse sitzen gesehen, und sie stürmte nun eilig in die Wohnung. Und ganz verwirrt, als wäre sie sich einer Schuld bewußt, eilte sie auf den Balkon, umfaßte Felix von rückwärts und fragte scherzend, überlustig: »Wer ist's?«

Er machte sich langsam von ihr los und sah sie ruhig von der Seite an. »Was hast du denn? Was bist du denn gar so lustig?«

»Weil ich dich wieder hab'.«

»Was bist du denn so erhitzt? Du glühst ja!«

»Ach Gott! Ich bin so froh, so froh, so froh!« Sie schob übermütig den Plaid von seinen Knieen weg und setzte sich auf seinen Schoß. Sie ärgerte sich über ihre Verlegenheit, dann über sein verdrossenes Gesicht und küßte ihn auf die Lippen.

»Worüber bist du denn gar so froh?«

»Hab' ich denn keinen Grund? Ich bin so glücklich, daß« – sie stockte und fuhr dann fort – »daß es von dir genommen ist.«

»Was?« Es war etwas wie Mißtrauen in seiner Frage.

Sie mußte nun immer weiter reden. Da half nichts mehr. »Nun, die Furcht.«

»Die Furcht vor dem Tode?« meinst du.

»Sprich's doch nicht aus!«

»Warum sagst du, von mir genommen? Doch wohl auch von dir, nicht wahr?« Und dabei nahm sein Blick etwas Forschendes, beinahe Boshaftes an. Und wie sie, statt zu antworten, mit den Händen in seinen Haaren herumwühlte und ihren Mund seiner Stirn näherte, neigte er seinen Kopf ein wenig zurück und fuhr fort, erbarmungslos, kalt: »Es war zum mindesten – einmal deine Absicht? Mein Schicksal sollte ja das deine sein?«

»Es wird ja auch«, fiel sie lebhaft und heiter ein.

»Nein, es wird nicht«, unterbrach er sie ernst. »Was lullen wir uns denn ein? ›Es‹ ist nicht von mir genommen. ›Es‹ kommt immer näher, ich spüre es.«

»Aber –« Sie hatte sich unmerklich von ihm entfernt und lehnte nun am Geländer der Terrasse. Er stand auf und ging hin und her.

»Ja, ich spüre es. Es ist immerhin eine Verpflichtung, dir das mitzuteilen. Wenn es plötzlich für dich käme, würde es dich wahrscheinlich allzu heftig erschrecken. Darum erinnere ich dich daran, daß beinahe ein Viertel meiner Frist um ist. Vielleicht rede ich es mir auch nur ein, daß ich dir's sagen muß, – und nur die Feigheit veranlaßt mich dazu.«

»Bist du bös«, sagte sie ganz ängstlich, »daß ich dich allein gelassen?«

»Unsinn!« erwiderte er rasch. »Heiter könnt' ich dich ja sehen, ich selbst werde – wie ich mich nun kenne – den gewissen Tag in Heiterkeit erwarten. Aber deine Lustigkeit, aufrichtig gesagt, die vertrag' ich nicht recht. Ich stelle es dir daher frei, dein Schicksal schon innerhalb der nächsten Tage von dem meinen zu trennen.«

»Felix!« – Sie hielt den Auf- und Niedergehenden mit beiden Armen zurück. Er machte sich wieder los.

»Die erbärmlichste Zeit bricht an. Bis jetzt war ich der interessante Kranke. Ein bißchen blaß, ein bißchen hüstelnd, ein bißchen melancholisch. Das kann ja einem Weibe noch so ziemlich gefallen. Was aber nun kommt, mein Kind, erspare dir lieber! Es könnte deine Erinnerung an mich vergiften.«

Sie suchte vergebens nach einer Antwort. Ganz hilflos starrte sie ihn an.

»Es ist schwer, das anzunehmen, denkst du dir! Es sähe lieblos, am Ende sogar gemein aus. Ich erkläre dir hiermit, daß davon keine Rede sein kann, daß du vielmehr mir und meiner Eitelkeit einen ganz besonderen Dienst erweisest, wenn du meinen Vorschlag annimmst. Denn das wenigstens will ich, daß du mit Schmerzen an mich zurückdenkst, daß du mir echte Tränen nachweinst. Aber was ich nicht will, daß du Tage und Nächte lang über mein Bett gebeugt dasitzt mit dem Gedanken: wäre es nur schon vorbei, nachdem es ja doch einmal vorbei sein muß, und daß du dich als eine Erlöste fühlst, wenn ich von dir scheide.«

Sie rang nach irgendeinem Wort. Endlich stieß sie hervor: »Ich bleibe bei dir, ewig.«

Er achtete nicht darauf. »Wir wollen nicht weiter davon reden. In acht Tagen – denk' ich – fahr' ich nach Wien. Ich möchte doch noch mancherlei ordnen. Bevor wir dies Haus verlassen, werd' ich noch einmal meine Frage – nein, meine Bitte an dich richten.«

»Felix! Ich –!«

Er unterbrach sie heftig. »Ich verbiete dir, noch ein Wort über dieses Thema bis zu der von mir bestimmten Zeit zu verlieren.«

Er verließ den Balkon und wandte sich dem Zimmer zu. Sie wollte ihm folgen. »Laß mich jetzt«, sagte er ganz milde, »ich will ein wenig allein sein.«

Sie blieb auf dem Balkon zurück und starrte tränenlos auf die glitzernde Wasserfläche. Felix war ins Schlafzimmer gegangen und hatte sich dort auf sein Bett geworfen. Er schaute lange zur Decke hinauf. Dann biß er die Lippen zusammen, ballte die Fäuste. Dann flüsterte er mit einer höhnischen Bewegung der Lippen: »Ergebung! Ergebung!« –

Von dieser Stunde an war etwas Fremdes zwischen sie gekommen und zugleich ein nervöses Bedürfnis, viel miteinander zu sprechen. Sie behandelten die alltäglichen Dinge mit großer Weitschweifigkeit. Es wurde ihnen immer ängstlich, wenn sie zu reden aufhörten. Woher die grauen Wolken kämen, die sich dort über die Berge legten, was man morgen für Wetter erwarten dürfte, warum das Wasser zu verschiedenen Tageszeiten verschiedene Farben zeigte, darüber gab es lange Unterhaltungen. Wenn sie spazierengingen, verließen sie öfter als bisher den engen Umkreis ihres Hauses und nahmen den Weg dem bewohnteren Ufer zu. Da ergab sich mancherlei Gelegenheit zu Bemerkungen über die Leute, die ihnen begegneten. Wenn es sich traf, daß junge Männer ihnen entgegenkamen, so war Marie in ihrem Benehmen von besonderer Zurückhaltung, und wenn Felix irgendein Wort über das Sommerkostüm irgendeines Ruder-Sportman oder Alpinisten fallen ließ, ging sie wohl auch in kaum bewußter Unaufrichtigkeit so weit, zu erwidern, daß sie die Leute gar nicht gesehen, und ließ sich nur mit Mühe dazu bewegen, sie bei neuerlicher Begegnung aufmerksam zu betrachten. Der Blick, mit dem sie sich bei solcher Gelegenheit gestreift fühlte, war ihr peinlich. Dann geschah es wieder, daß sie viertelstundenlang schweigsam nebeneinander hergingen. Manchmal saßen sie auch wortlos auf ihrem Balkon beisammen, bis Marie häufig genug, aber ohne die Absichtlichkeit verbergen zu können, auf das Auskunftsmittel geriet, ihm aus der Zeitung vorzulesen. Auch wenn sie merkte, daß er nicht mehr zuhörte, las sie weiter, froh über den Ton ihrer Stimme, froh, daß es nur überhaupt nicht ganz still zwischen ihnen war. Und doch, trotz aller dieser aufreibenden Mühe waren sie beide nur mit ihren eigenen Gedanken beschäftigt.

Felix gestand sich ein, daß er neulich Marie gegenüber eine lächerliche Komödie gespielt. Wäre es ihm ernst gewesen mit jenem Wunsch, ihr das kommende Elend zu ersparen, so hätte er wohl am besten getan, einfach von ihrer Seite zu verschwinden. Es hätte sich schon ein stilles Plätzchen finden lassen, um dort in Ruhe zu sterben. Er wunderte sich selbst, daß er diese Dinge mit völligem Gleichmute überlegte. Als er aber begann, ernstlich über die Ausführung dieses Planes nachzudenken, als er in einer fürchterlich langen, durchwachten Nacht die Einzelheiten der Ausführung vor seine Seele brachte: wie er im nächsten Morgengrauen auf und davon wollte, ohne Abschied, in die Einsamkeit und in den nahen Tod und sie zurücklassen inmitten des sonnigen, lachenden und für ihn verlorenen Lebens, da fühlte er seine ganze Ohnmacht, fühlte tief, daß er es nicht konnte, nimmer können würde. Was also, was? Der Tag kommt ja, unerbittlich, immer näher kommt er heran, wo er davon und sie zurücklassen muß. Sein ganzes Dasein ist ja ein Erwarten dieses Tages, nichts anderes als eine qualvolle Frist, ärger als der Tod selbst. Wenn er nur nicht von Jugend auf gelernt hätte, sich selbst zu beobachten. Alle Zeichen seiner Krankheit hätten sich ja noch übersehen oder doch gering achten lassen. Sein Gedächtnis rief ihm das Bild von Leuten zurück, die er gekannt, an denen dieselbe Todeskrankheit gezehrt hatte wie an ihm, und die noch wenige Wochen vor ihrem Tode heiter und hoffnungsfreudig der Zukunft entgegengeblickt hatten. Wie verfluchte er die Stunde, da ihn seine Ungewißheit zu jenem Arzte geführt, dem er so lange mit Lügen und falscher Würde zugesetzt, bis ihm die volle, unerbittliche Wahrheit geworden. Und so lag er nun da, ein hundertfach Verdammter, nicht besser daran als ein Verurteilter, dem jeden Morgen der Henker nahen kann, ihn auf den Richtplatz zu führen, und er begriff, daß er sich doch eigentlich keinen Augenblick über den ganzen Schrecken seiner Existenz klar zu werden vermochte. In irgendeinem Winkel seines Herzens lauerte tückisch und schmeichlerisch die Hoffnung, die ihn nie völlig verlassen wollte. Aber seine Vernunft war stärker, und die gab ihm einen klaren und kalten Rat, gab ihn wieder und immer wieder, und er hörte es zehn- und hundert- und tausendmal in den endlosen Nächten, die er wachlag, und in den eintönigen Tagen, die doch allzu schnell verstrichen, daß es nur einen Ausweg und eine Rettung für ihn gäbe: nicht mehr warten, keine Stunde, keine Sekunde mehr, selber ein Ende machen; – das wäre minder kläglich. Und es war ja fast ein Trost, daß es keinen Zwang gab, zu warten. In jedem Augenblicke, wenn er nur wollte, konnte er ein Ende machen.

Aber sie, sie! Bei Tage insbesondere, wenn sie neben ihm einherging, oder wenn sie ihm vorlas, da war es ihm oft, als wäre es gar nicht so schwer, von diesem Geschöpfe zu scheiden. Sie war ihm nicht mehr als ein Teil des Daseins überhaupt. Sie gehörte zum Leben ringsherum, das er nun doch einmal lassen mußte, nicht zu ihm. In anderen Momenten aber, ganz besonders nachts, wenn sie tief schlafend mit schwer geschlossenen Lidern in ihrer Jugendschönheit neben ihm ruhte, da liebte er sie grenzenlos, und je ruhiger sie schlief, je weltabgeschiedener ihr Schlummer, je ferner ihre träumende Seele seinen wachen Qualen schien, um so wahnsinniger betete er sie an. Und einmal, es war in der Nacht, bevor sie den See verlassen sollten, überkam ihn eine kaum bezwingbare Lust, sie aus diesem köstlichen Schlafe, der ihm eine hämische Untreue dünkte, aufzurütteln und ihr ins Ohr zu schreien: »Wenn du mich lieb hast, stirb mit mir, stirb jetzt.« Aber er ließ sie weiter schlummern, morgen wollte er ihr's sagen, morgen, – vielleicht.

Öfter, als er ahnte, hatte sie in jenen Nächten seine Augen auf sich gefühlt. Öfter, als er ahnte, spielte sie die Schlafende, weil eine lähmende Angst sie davon abhielt, die Lider, zwischen denen sie zuweilen in das Halbdunkel des Schlafzimmers und auf seine im Bette aufrecht sitzende Gestalt blinzelte, vollends zu öffnen. Die Erinnerung an jene letzte, ernste Unterredung wollte sie nicht verlassen, und sie zitterte vor dem Tage, wo er die Frage wieder an sie richten wollte. Warum nur zitterte sie davor? Stand doch die Antwort so klar vor ihr. Bei ihm ausharren bis zur letzten Sekunde, nicht von seiner Seite weichen, ihm jeden Seufzer von den Lippen, jede Schmerzensträne von den Wimpern küssen! Zweifelte er denn an ihr? War eine andere Antwort möglich? Wie? Welche? Etwa die: »Du hast recht, ich will dich verlassen. Ich will nur die Erinnerung an den interessanten Kranken bei mir bewahren. Ich lasse dich nun allein, um dein Gedächtnis besser lieben zu können«? Und dann? Unwiderstehlich zwang es sie, alles auszudenken, was nach dieser Antwort kommen mußte. Sie sieht ihn vor sich, kühl, lächelnd. Er streckt ihr die Hand entgegen und sagt: »Ich danke dir.« Dann wendet er sich von ihr ab, und sie eilt davon. Ein Sommermorgen ist es, glänzend in tausend erwachenden Freuden. Und immer weiter in die goldene Frühe eilt sie, nur um möglichst rasch von ihm wegzukommen. Und mit einem Male ist aller Bann von ihr getan. Sie ist wieder allein, sie ist des Mitleids ledig. Sie spürt nicht mehr den traurigen, den fragenden, den sterbenden Blick auf sich ruhen, der sie die ganzen letzten Monate so fürchterlich gepeinigt hat. Sie gehört der Freude, dem Leben, sie darf wieder jung sein. Sie eilt davon, und der Morgenwind flattert ihr lachend nach.

Und wie doppelt elend kam sie sich vor, wenn dieses Bild ihrer wirren Träume wieder untertauchte! Sie litt darunter, daß es überhaupt erschienen war.

Und wie das Mitleid mit ihm an ihrem Herzen nagte, wie sie schauderte, wenn sie seines Wissens, seiner Hoffnungslosigkeit dachte! Und wie sie ihn liebte, wie sie ihn immer inniger liebte, je näher der Tag kam, wo sie ihn verlieren mußte. Ach, es konnte ja kein Zweifel sein, wie ihre Antwort lauten würde. An seiner Seite ausharren, mit ihm leiden, wie wenig war das! Ihn das Sterben erwarten sehen, diese monatelange Todesangst mit ihm durchkosten, alles das war wenig. Sie will mehr für ihn tun, das Beste, das Höchste. Wenn sie ihm verspräche, sich auf seinem Grabe zu töten, so ginge er mit dem Zweifel dahin, ob sie wirklich es auch tun würde. Mit ihm, nein – v o r ihm will sie sterben. Wenn er die Frage an sie richten wird, so wird sie die Kraft haben, zu sagen: »Machen wir der Pein ein Ende! Sterben wir zusammen, und sterben wir gleich!« Und während sie sich an dieser Idee berauschte, erschien ihr jenes Weib, dessen Bild sie eben noch gesehen, – das durch die Felder eilte, vom kosenden Morgenwind umspielt, hinstürmend, dem Leben und der Freude entgegen, und das sie selbst war, – erbärmlich und gemein.

Der Tag, an welchem sie abreisen wollten, brach an. Ein wunderbar milder Morgen, als kehrte der Frühling wieder. Marie saß schon auf der Terrasse, und das Frühstück war bereit, als Felix aus dem Wohnzimmer trat. Er atmete tief auf. »Ah, ist das ein herrlicher Tag!« –

»Nicht wahr?«

»Ich will dir was sagen, Marie!«

»Was?« Und rasch setzte sie fort, als wollte sie ihm die Antwort vom Munde nehmen: »Wir bleiben noch hier?«

»Das nicht, aber wir wollen nicht gleich nach Wien zurück. Ich befinde mich heute nicht übel, gar nicht so übel. Wir wollen uns noch irgendwo auf dem Wege aufhalten.«

»Wie du willst, mein Schatz.« Ihr wurde mit einem Male innerlich so wohl, wie lange nicht. So unbefangen hatte er die ganze Wochen über nicht gesprochen.

»Ich denke, Kind, wir halten uns in Salzburg auf.«

»Ganz, wie du willst.«

»Nach Wien kommen wir noch früh genug, wie? Auch ist mir die Eisenbahnfahrt zu lang.«

»Nun ja«, meinte Marie lebhaft, »wir haben ja auch keine Eile.«

»Nicht wahr, Miez, es ist alles gepackt?«

»Aber längst, wir können auf der Stelle weg.«

»Ich denke, wir fahren mit dem Wagen. Eine Fahrt von vier bis fünf Stunden, und viel angenehmer als mit der Bahn. Da liegt immer noch in den Coupés die Hitze von gestern.«

»Ganz, wie du willst, mein Schatz.« Sie forderte ihn auf, sein

Glas Milch zu trinken, und dann machte sie ihn auf den schönen, silbernen Schimmer aufmerksam, der auf den Kämmen der Wellen spielte. Sie sprach viel und überlustig. Er antwortete freundlich und harmlos. Endlich erbot sie sich, den Wagen zu bestellen, mit dem sie mittags nach Salzburg fahren wollten. Er nahm lächelnd an, sie setzte rasch den breiten Strohhut auf, küßte Felix ein paarmal auf den Mund und lief dann auf die Straße.

Er hatte nicht gefragt – und er wird auch nicht fragen. Das stand deutlich auf seiner heiteren Stirne. Es lag auch heute nichts Lauerndes in seiner Freundlichkeit wie sonst zuweilen, wenn er ein harmloses Gespräch so recht absichtlich mit einem bösen Wort zerschnitt. Wenn so etwas kommen sollte, hatte sie's immer früher gewußt, und nun war ihr, als hätte er ihr eine große Gnade erwiesen. In seiner Milde war etwas Schenkendes und Versöhnendes gewesen.

Als sie auf den Balkon zurückkehrte, fand sie ihn, die Zeitung lesend, die während ihres Fortseins angelangt war.

»Marie«, rief er, indem er sie mit den Augen näher heranwinkte, »etwas Sonderbares, etwas Sonderbares.«

»Was denn?«

»Lies doch! – Der Mann – na, der Professor Bernard ist gestorben.«

»Wer?«

»Der – nun der, bei dem ich – ach der, der mir so trübe Aussichten gestellt hat.«

Sie nahm ihm die Zeitung aus der Hand. »Wie, der Professor Bernard?« Auf den Lippen lag ihr: »Geschieht ihm schon recht!« aber sie sprach es nicht aus. Beiden war es zumute, als hätte dieses Ereignis für sie eine große Bedeutung. Ja, er, der mit der ganzen vorlauten Weisheit seiner unerschütterlichen Gesundheit dem Hilfesuchenden jede Hoffnung genommen, nun war er selbst in ein paar Tagen hingerafft worden. In diesem Augenblick erst fühlte Felix, wie er diesen Mann gehaßt, – und daß ihn die Rache des Geschicks ereilt, schien dem Kranken eine Vorbedeutung günstigster Art. Es war ihm, als wiche ein unheilvolles

Gespenst aus seinem Kreise. Marie warf das Zeitungsblatt hin und sagte: »Ja, was wissen wir Menschen von der Zukunft?«

Er griff das Wort begierig auf. »Was wissen wir von morgen? Wir wissen nichts, nichts!« Nach einer kurzen Pause sprang er plötzlich auf einen anderen Gegenstand über. »Du hast den Wagen bestellt?«

»Ja«, sagte sie, »für elf Uhr.«

»Dann könnten wir ja vorher noch ein bißchen hinaus aufs Wasser, wie?« Sie nahm seinen Arm, und beide spazierten zur Schiffshütte hin. Sie hatten das Gefühl, als wäre ihnen eine wohlverdiente Genugtuung geworden.

Am Spätnachmittage fuhren sie in Salzburg ein. Zu ihrer Verwunderung fanden sie die meisten Häuser der Stadt beflaggt; die Leute, die ihnen begegneten, waren im Festkleide, einzelne waren mit Kokarden geschmückt. Im Hotel, in welchem sie abstiegen und ein Zimmer mit der Aussicht auf den Mönchsberg nahmen, klärte man sie auf, daß in der Stadt ein großes Sängerfest abgehalten werde, und bot ihnen Karten zu dem Konzert an, das um acht Uhr im Kurparke bei großartiger Beleuchtung stattfinden sollte. Ihr Zimmer war im ersten Stock gelegen, unter ihrem Fenster floß die Salzach vorbei. Sie hatten beide auf der Herfahrt viel geschlummert und fühlten sich so frisch, daß sie nur kurze Zeit zu Hause blieben und sich noch vor Anbruch der Dämmerung wieder auf die Straße hinunter begaben.

Durch die ganze Stadt ging eine freudige Bewegung. Die Einwohner der Stadt schienen fast alle auf der Straße zu sein, die Sänger, mit ihren Abzeichen geschmückt, spazierten in fröhlichen Gruppen unter ihnen. Auch viele Fremde waren zu sehen, und selbst aus den Dörfern ringsum war ein Zufluß von Gästen gekommen, die im bäuerischen Sonntagsstaat sich zwischen den anderen hin und her schoben. Von den Giebeln wehten Flaggen in den Farben der Stadt, in den Hauptstraßen standen Triumphpforten mit Blumen geschmückt, durch alle Gassen wogte der unruhige Menschenstrom, und über ihm in behaglicher Milde flutete ein duftiger Sommerabend hin.

Vom Ufer der Salzach aus, wo eine wohlige Stille sie umgeben, waren Felix und Marie in das bewegte Treiben der Stadt geraten, und nachdem sie eine so einförmige Zeit an ihrem ruhigen See hingebracht hatten, machte sie das ungewohnte Geräusch beinahe wirr. Aber bald hatten sie die Überlegenheit der erfahrenen Großstädter gewonnen und konnten das ganze Treiben unbefangen auf sich wirken lassen. Felix wurde von der Fröhlichkeit der Masse – wie auch in früherer Zeit – nicht sehr angenehm berührt. Marie aber schien sich bald wohl zu fühlen, und wie ein Kind blieb sie bald stehen, um ein paar Weibern in Salzburger Tracht, dann wieder um einigen hochgewachsenen, mit Schärpen geschmückten Sängern nachzusehen, die an ihnen vorüberschlenderten. Manchmal schaute sie auch in die Höhe und bewunderte die besonders prächtige Dekoration irgendeines Gebäudes. An Felix, der ziemlich teilnahmslos an ihrer Seite dahinschritt, wandte sie sich zuweilen mit einem lebhaften »Sieh doch, wie hübsch«, ohne eine andere Antwort zu erhalten als ein stummes Kopfnicken.

»Nun sag aber im Ernst«, meinte sie endlich, »haben wir's nicht wirklich gut getroffen?«

Er sah sie mit einem Blick an, aus dem sie nicht recht klug werden konnte. Endlich sprach er: »Du möchtest wohl auch am liebsten in den Kurpark zum Konzert?«

Sie lächelte nur. Dann erwiderte sie: »Na, wir dürfen nicht gleich anfangen zu lumpen.«

Ihn ärgerte dieses Lächeln. »Du wärest wirklich imstande, das von mir zu verlangen!«

»Aber was fällt dir ein!« sagte sie ganz erschreckt und hatte die Augen gleich wieder auf der andern Seite der Gasse, wo eben ein elegantes und hübsches Paar, allem Anschein nach Hochzeitsreisende, in lächelndem Gespräch vorüberging. Marie spazierte neben Felix einher, aber ohne seinen Arm zu nehmen. Nicht selten wurden sie durch die Menschenflut auf Sekunden getrennt, und dann fand sie ihn wieder, wie er an den Mauern der Häuser weiterschlich in einem offenbaren Widerwillen, mit allen diesen Leuten in eine nähere Berührung zu kommen. Indessen wurde es dunkler, die Lichter in den Straßenlaternen brannten, und an einzelnen Stellen der Stadt, insbesondere den Triumphbogen entlang, hatte man farbige Lampions angebracht. Der Hauptzug der Menschen nahm nun die Richtung gegen das Kurhaus. Die Stunde des Konzerts nahte. Anfangs wurden Felix und Marie mitgezogen, dann nahm er plötzlich ihren Arm, und durch eine engere Seitengasse abbiegend, waren sie bald in einen stilleren, auch weniger hell erleuchteten Teil der Stadt gelangt. Nach ein paar Minuten schweigenden Weiterwandelns befanden sie sich an einer ganz verlorenen Partie des Salzach-Ufers, wo das Rauschen des Flusses eintönig zu ihnen heraufdrang.

»Was wollen wir denn da?« fragte sie.

»Ruhe«, sagte er fast gebieterisch. Und als sie nichts darauf erwiderte, fuhr er im Tone nervöser Gereiztheit fort: »Wir gehören nicht dorthin. Für uns sind nicht mehr die bunten Lichter und die singende Fröhlichkeit und die Menschen, die lachen und jung sind. Hier ist der Platz für uns, wo von dem Jubel nichts herklingt, wo wir einsam sind; hier gehören wir her«, und dann aus dem gepreßten Tone wieder in den eines kalten Hohnes verfallend: – »Ich wenigstens.«

Wie er das aussprach, fühlte sie, daß sie nicht so tief gerührt war als sonst. Aber sie erklärte sich das; sie hatte es nun oft gehört, und dann übertrieb er ja offenbar. – Und sie antwortete ihm im Tone versöhnlicher Milde: »Das verdien' ich nicht, nein.«

Er darauf, wie schon so oft, hämisch: »Entschuldige.« Sie sprach weiter, indem sie seinen Arm faßte und fest an sich drückte: »Und wir beide gehören nicht hierher.«

»Ja!« schrie er beinahe.

»Nein«, antwortete sie sanft. »Ich will ja auch nicht zurück ins Menschengewühl. Mir wäre das gerade so zuwider wie dir. Aber was haben wir denn für einen Grund zu fliehen, als wären wir Ausgestoßene?«

In diesem Augenblick schallte der volle Orchesterklang durch die reine, windstille Luft zu ihnen herüber. Fast Ton für Ton konnte man deutlich vernehmen. Es waren feierliche Posaunenstöße, eine Fest-Ouvertüre, die offenbar das Konzert einzuleiten bestimmt war.

»Gehen wir«, sagte Felix plötzlich, nachdem er eine Weile mit ihr stehen geblieben war und zugehört hatte. »Musik aus der Ferne, das macht mich trauriger als irgend etwas anderes auf der Welt.«

»Ja«, stimmte sie bei, »es klingt sehr melancholisch.«

Sie gingen rasch der Stadt zu. Hier hörte man die Musik weniger deutlich als unten beim Flußufer, und wie sie wieder in den erleuchteten, menschenbelebten Straßen waren, fühlte Marie die alte Zärtlichkeit des Mitleids für den Geliebten wiederkehren. Sie verstand ihn wieder, und sie verzieh ihm alles. »Wollen wir nach Hause?« fragte sie.

»Nein, wozu denn, bist du schläfrig?«

»O nein!«

»Wir wollen doch noch ein wenig im Freien bleiben, ja?«

»Sehr gerne, – wie du willst. – Ob es nur nicht zu kühl ist?«

»Es ist ja schwül. Es ist ja geradezu heiß«, erwiderte er nervös, »wir wollen im Freien nachtmahlen.«

»Sehr gerne.«

Sie kamen in die Nähe des Kurparkes. Das Orchester hatte sein einleitendes Stück beendet, und man hörte nun aus dem taghell erleuchteten Park das hundertfältige Geräusch von einer plaudernden und vergnügten Menge. Einzelne Leute, die noch zum Konzert wollten, eilten vorbei. Auch zwei Sänger, die sich verspätet hatten, streiften sehr rasch an ihnen vorüber. Marie sah ihnen nach und gleich darauf, nicht ohne Ängstlichkeit, als hätte sie ein Vergehen gutzumachen, auf Felix. Der nagte an den Lippen, und auf seiner Stirne lag ein mühsam zurückgedrängter Zorn. Sie glaubte, er müßte nun etwas sagen, aber er schwieg. Und von ihr weg wandte sich sein verdüsterter Blick wieder jenen zwei Männern zu, die eben am Eingang des Parkes verschwanden. Er wußte, was er empfand. Hier vor ihm schritt, was er am tödlichsten haßte. Ein Stück von dem, was noch hier sein wird, wenn er nicht mehr ist, etwas, das noch jung und lebendig sein und lachen wird, wenn er nicht mehr lachen und weinen kann. Und auch neben ihm, jetzt im Schuldbewußtsein heftiger als früher an seinen Arm gepreßt, ging so ein Stück lachender, lebendiger Jugend, das diese Verwandtschaft unbewußt empfand. Und er wußte es, und es wühlte mit rasender Pein in ihm. Lange Sekunden sprachen sie beide nichts. Endlich kam aus seinem Munde ein tiefer Seufzer. Sie wollte sein Gesicht sehen, aber er hatte es abgewandt. Mit einem Male sagte er: »Hier wär' es ganz gut.« Sie wußte anfangs nicht, was er meinte. »Was?«

Sie standen vor einem Garten-Restaurant, ganz nahe dem Kurparke, mit hohen Bäumen, die ihre Wipfel über die weißgedeckten Tische breiteten, und spärlich brennenden Laternen. Hier war es heute nur schwach besucht. Sie hatten reichlich Auswahl unter den Plätzen und ließen sich endlich in einem Winkel des Gartens nieder. Im ganzen waren kaum zwanzig Leute da. Ganz in ihrer Nähe saß das junge, elegante Paar, dem sie heute bereits einmal begegnet waren. Marie erkannte es sofort. Im Parke drüben setzte der Chor ein. Etwas abgeschwächt, aber in vollendetem Wohllaute drangen die Stimmen zu ihnen herüber, und es war, als bewegten sich die Blätter der Bäume, über die der mächtige Schall fröhlicher Stimmen hinstrich. Felix hatte einen guten Rheinwein auftragen lassen, und mit halbgeschlossenen Lidern saß er da, die Tropfen auf der Zunge zergehen lassend, dem Zauber der Musik hingegeben, ohne Gedanken, woher sie kam. Marie war nahe zu ihm gerückt, und er spürte die Wärme ihres Kniees neben dem seinen. Nach der furchtbaren Erregung der letzten Augenblicke war mit einem Male eine wohltuende Gleichgültigkeit über ihn gekommen, und er freute sich, daß er es durch seinen Willen dazu gebracht hatte, so gleichgültig zu sein. Denn gleich, wie sie sich an den Tisch gesetzt hatten, war er zu dem festen Entschlusse gekommen, seinen stechenden Schmerz zu überwinden. Er war zu abgespannt, näher zu untersuchen, wieviel sein Wille zu dieser Überwindung beigetragen. Jetzt aber beschwichtigten ihn manche Erwägungen: daß er jenen Blick Marieens schlimmer gedeutet, als er verdient, daß sie irgendwen anderen vielleicht nicht anders angeschaut hätte und nun das fremde Paar am benachbarten Tische auch nicht anders betrachtete als früher jene Sänger.

Der Wein war gut, schmeichelnd klang die Musik herüber, der Sommerabend war berauschend mild, und wie Felix zu Marie hinüberschaute, sah er aus ihren Augen einen Schein unendlicher Güte und Liebe strahlen. Und er wollte sich mit seinem ganzen Wesen in den gegenwärtigen Moment versenken. Er stellte eine letzte Aufforderung an seinen Willen, von allem befreit zu sein, was Vergangenheit und Zukunft war. Er wollte glücklich sein oder wenigstens trunken. Und plötzlich, ganz unvermutet, kam ihm eine ganz neue Empfindung, die etwas wunderbar Befreiendes für ihn hatte; daß es ihm nämlich kaum einen Entschluß kosten würde, sich das Leben zu nehmen. Ja, jetzt gleich. Und das stände ihm ja immer frei; solche Stimmung wie die jetzige fände sich bald. Musik und ein leichtes Trunkensein, und so ein süßes Mädel an der Seite – ach ja, es war Marie. Er überlegte. Irgendeine andere wäre ihm nun vielleicht geradeso lieb gewesen. Auch sie schlürfte mit viel Behagen von dem Weine. Felix mußte bald eine neue Flasche bestellen. Er war so zufrieden wie lange nicht. Er erläuterte sich selbst, daß im Grunde alles das auf das bißchen Alkohol über seine Gewohnheit zurückzuführen war. Aber was verschlug es? Wenn es nur überhaupt so was gab. Wahrhaftig, der Tod hatte keine Schrekken mehr für ihn. Ach, alles war so einerlei. »Was, Miez?« sagte er.

Sie schmiegte sich an ihn.

»Was willst du denn wissen?«

»So einerlei ist alles! Nicht?«

»Ja, alles«, erwiderte sie, »außer daß ich dich lieb hab' in alle Ewigkeit.«

Es kam ihm ganz sonderbar vor, wie sie das jetzt so ernsthaft sagte. Ihre Persönlichkeit war ihm beinahe gleichgültig. Sie floß mit allem anderen zusammen. Ja, so war es recht, so mußte man überhaupt die Dinge behandeln. Ach nein, es ist nicht der Wein, der ihm das vorzaubert, der Wein nimmt nur irgend etwas von uns weg, das uns sonst schwerfällig und feig macht; – er nimmt die Wichtigkeit von den Dingen und Menschen. Da, jetzt ein kleines weißes Pulver und da hinein ins Glas – wie einfach wäre das! Und dabei spürte er, wie ihm ein paar Tränen ins Auge kamen. Er war ein wenig gerührt über sich.

Drüben der Chor endete. Nun hörte man den Applaus herüberklingen und Bravo-Rufe, dann ein gedämpftes Lärmen, und bald setzte das Orchester wieder ein mit der feierlichen Heiterkeit einer Polonaise. Felix schlug mit der Hand den Takt dazu. Es fuhr durch seinen Kopf: »Ach, das bißchen Leben noch, ich will es leben, so gut ich kann.« Aber es wohnte dieser Idee nichts Schauriges inne, eher etwas Stolzes, Königliches. Wie? Ängstlich den letzten Atemzug erwarten, der ja doch jedem bestimmt ist? Die Tage und Nächte sich vergällen mit schalen Grübeleien, wo er es ja bis ins innerste Mark fühlt, daß er noch für alle Genüsse reif und kräftig ist, wo er fühlt, daß ihn die Musik begeistert, daß ihm der Wein köstlich schmeckt und daß er dieses blühende Mädel am liebsten auf seinen Schoß nehmen und abküssen möchte? Nein, es ist noch etwas zu früh an der Zeit, sich die Laune verbittern zu lassen! Und wenn die Stunde kommt, in der es keine Begeisterung, kein Verlangen mehr für ihn gibt, – ein rasches Ende aus eigenem Willen, stolz und königlich! Er nahm Marieens Hand und behielt sie lange in der seinen. Er ließ den Hauch seines Mundes langsam über sie streichen.

»Aber«, flüsterte Marie mit einem Ausdruck der Befriedigung.

Er schaute sie lange an. Und schön war sie, – schön! »Komm«, sagte er dann.

Sie erwiderte unbefangen: »Wollen wir uns nicht noch ein Lied anhören?«

»O ja«, sagte er. »Wir werden unser Fenster aufmachen und uns das Lied vom Wind ins Zimmer tragen lassen.«

»Bist du schon müde?« fragte sie leicht besorgt.

Er strich ihr scherzend übers Haar und lachte. »Ja.«

»So gehen wir.«

Sie standen auf und verließen den Garten. Sie nahm seinen

Arm, hing sich fest darein und lehnte ihre Wange an seine Schulter. Auf dem Heimwege begleitete die beiden, immer ferner und ferner klingend, der Chor, den die Sänger eben angestimmt hatten. Heiter, im Walzer-Tempo, im Refrain übermütig, so daß man leichtere und freiere Schritte zu machen gedrängt war. Das Hotel war kaum ein paar Minuten weit entfernt. Wie sie über die Stiege hinaufgingen, war von der Musik nichts mehr zu hören. Kaum traten sie aber ins Zimmer, so schallte ihnen wieder der Refrain des Walzerliedes mit seiner ganzen Ausgelassenheit entgegen.

Sie fanden das Fenster weit geöffnet, und die blaue Mondnacht floß in weichen Fluten herein. Gegenüber zeichnete sich der Mönchsberg mit dem Schloß in scharfen Umrissen ab. Es war nicht notwendig, ein Licht anzuzünden, über dem Boden lag ein breiter Streifen silbernen Mondglanzes, und nur die Ekken des Zimmers blieben im Dunkeln. In der einen, dem Fenster nahe, stand ein Lehnstuhl. Auf den warf sich Felix und zog Marie heftig an sich. Er küßte sie, und sie küßte ihn wieder. Im Park drüben hatte das Lied geendet, aber es war so lange Beifall geklatscht worden, bis sie das Ganze von vorne anfingen. Plötzlich erhob sich Marie und eilte zum Fenster. Felix ihr nach. »Was hast du denn?« fragte er.

»Nein, nein!«

Er stampfte mit dem Fuße auf den Boden. »Warum denn nein?«

»Felix!« Sie faltete bittend die Hände.

»Nein?« sagte er mit zusammengepreßten Zähnen. »Nein? Ich soll mich wohl lieber würdig auf den Tod vorbereiten?«

»Aber, Felix!« Und schon war sie vor ihm niedergesunken und hatte seine Kniee umschlungen.

Er zog sie zu sich empor. »Du bist ja ein Kind«, flüsterte er. Und dann ihr ins Ohr: »Ich hab dich lieb, weißt du's? Und wir wollen glücklich sein, solange das bißchen Leben währt. Ich verzichte auf ein Jahr in Jammer und Angst, ich will nur mehr ein paar Wochen, ein paar Tage und Nächte. Aber ich will sie auch leben, ich will mir nichts versagen, nichts, und dann da hinunter, wenn du willst« – und er wies, während er sie mit dem einen Arm umschlungen hielt, mit dem anderen zum Fenster hinaus, an dem der Fluß vorbeiglitt. Die Sänger hatten ihr Lied geendet, und nun konnte man ihn leise rauschen hören.

Marie erwiderte nichts. Sie hatte mit beiden Händen fest seinen Hals umfangen. Felix trank den Duft ihres Haares. Wie betete er sie an! Ja, noch ein paar Tage des Glücks und dann –

Ringsum war es still geworden, und Marie war an seiner Seite eingeschlummert. Längst war das Konzert zu Ende, und unter dem Fenster gingen noch die letzten Nachzügler des Festes laut redend und lachend vorbei. Und Felix dachte, wie sonderbar es sei, daß diese johlenden Menschen wohl dieselben waren, deren Gesang ihn so tief ergriffen hatte. Auch die letzten Stimmen verklangen endlich vollends, und nun hörte er nur mehr das klagende Rauschen des Flusses. – Ja, noch ein paar Tage und Nächte und dann – Doch sie lebte zu gerne. Würde sie es je wagen? Sie brauchte aber nichts zu wagen, nicht einmal irgend etwas zu wissen. In irgendeiner Stunde wird sie in seinen Armen eingeschlafen sein wie jetzt – und nicht mehr erwachen. Und wenn er dessen ganz sicher sein wird, – ja, dann kann auch er davon. Aber er wird ihr nichts sagen, sie lebt zu gerne! Sie bekäme Angst vor ihm, und er muß am Ende allein – Entsetzlich! Das beste wäre, jetzt gleich –– Sie schläft so gut! Ein fester Druck hier am Halse, und es ist geschehen. Nein, es wäre dumm! Noch steht ihm manche Stunde der Seligkeit bevor; er wird wissen, welche die letzte zu sein hat. Er betrachtete Marie, und ihm war, als hielte er seine schlafende Sklavin in den Armen. –

Der Entschluß, den er endlich gefaßt hatte, beruhigte ihn. Ein schadenfrohes Lächeln spielte um seine Lippen, wenn er in den nächsten Tagen mit Marie in den Straßen herumwandelte und ab und zu eines Mannes Auge sie bewundernd streifen sah. Und wenn sie zusammen spazierenfuhren, wenn sie des Abends im Garten saßen, und des Nachts, wenn er sie umschlungen hielt, da hatte er ein so stolzes Gefühl des Besitzes wie nie zuvor. Nur eines störte ihn manchmal, daß sie nicht freiwillig mit ihm davon sollte. Aber er hatte Zeichen dafür, daß ihm auch das gelingen würde. Sie wagte nicht mehr, sich gegen sein stürmisches Begehren aufzulehnen, sie war niemals von so träumerischer Hingebung gewesen wie in den letzten Nächten, und mit zitternder Freude sah er den Augenblick nahen, wo er es wagen dürfte, ihr zu sagen: »Heute werden wir sterben.« Aber er verschob diesen Augenblick. Er hatte zuweilen ein Bild vor sich in romantischen Farben: wie er ihr den Dolch ins Herz stoßen wollte und wie sie, den letzten Seufzer aushauchend, seine geliebte Hand küssen würde. Er fragte sich immer, ob sie wohl schon so weit wäre. Aber daran mußte er noch zweifeln.

Eines Morgens, als Marie aufwachte, erschrak sie heftig: Felix war nicht an ihrer Seite. Sie richtete sich im Bette auf, und da sah sie ihn im Lehnstuhle am Fenster sitzen, totenblaß, den Kopf herabgesunken und das Hemd über der Brust offen. Von einer wütenden Angst ergriffen, stürzte sie zu ihm hin. »Felix!«

Er schlug die Augen auf. »Was? Wie?« Er griff sich an die Brust und stöhnte.

»Warum hast du mich nicht geweckt?« rief sie mit gerungenen Händen.

»Jetzt ist's ja gut«, sagte er. Sie eilte zum Bett hin, nahm die Decke und breitete sie über seine Kniee. »Ja, sag, um Himmels willen, wie kommst du nur her?«

»Ich weiß nicht, ich muß geträumt haben. Irgend was packte mich am Hals. Ich konnte nicht atmen. Ich dachte gar nicht an dich! Hier beim Fenster wurde es besser.«

Marie hatte rasch ein Kleid umgeworfen und das Fenster geschlossen. Ein unangenehmer Wind hatte sich erhoben, und nun begann von dem grauen Himmel ein feiner Regen herunterzurieseln, der eine Luft von tückischer Feuchtigkeit in die Stube brachte. Die hatte mit einem Male alle Traulichkeit der Sommernacht verloren, war grau und fremd. Ein trostloser Herbstmorgen war mit einem Male da, der allen Zauber weghöhnte, den sie da hereingeträumt hatten.

Felix war vollkommen ruhig. »Warum machst du so erschreckte Augen? Was ist denn weiter? Böse Träume hab' ich auch in gesunden Tagen gehabt.«

Sie ließ sich nicht beruhigen. »Ich bitte dich, Felix, fahren wir zurück, fahren wir nach Wien.«

»Aber –«

»Es ist nun sowieso mit dem Sommer aus. Schau nur da hinaus, wie öd, wie trostlos! Es ist auch gefährlich, wenn es nun kalt wird.«

Er hörte aufmerksam zu. Zu seinem eigenen Erstaunen hatte er gerade jetzt eine ganz wohlige Empfindung, wie die eines ermüdeten Rekonvaleszenten. Sein Atem ging leicht, und in der Mattigkeit, die ihn umhüllte, war etwas Süßes, Einlullendes. Daß sie die Stadt verlassen sollten, leuchtete ihm vollkommen ein. Der Gedanke an die Ortsveränderung hatte eher etwas Sympathisches für ihn. Er freute sich darauf, im Lee Coupé zu liegen an dem kühlen Regentage, den Kopf an Marieens Brust.

»Gut«, sagte er, »fahren wir weg.«

»Heute noch?«

»Ja, heute noch. Mit dem Mittagsschnellzug, wenn du willst.«

»Aber wirst du nicht müde sein?«

»Ach, was fällt dir ein? Ist doch keine Strapaze, die Reise! Wie? Und du besorgst doch alles, was mir das Reisen zuwider macht, nicht wahr?«

Sie war unendlich froh, ihn so leicht zur Abreise vermocht zu haben. Gleich machte sie sich daran, zu packen, besorgte die Bezahlung der Rechnung, bestellte den Wagen und ließ auf der Bahn ein Coupé reservieren. Felix hatte sich bald angekleidet, verließ das Zimmer nicht und lag den ganzen Vormittag auf dem Diwan ausgestreckt. Er sah Marie zu, wie sie geschäftig im Zimmer hin und her eilte, und lächelte zuweilen. Meistens aber schlummerte er. Er war so matt, so matt, und wenn er die Augen auf sie richtete, freute er sich, daß sie mit ihm bleiben werde, überall, und wie sie zusammen ruhen wollten, das ging ihm wie im Traume durch den Kopf. »Bald, bald«, dachte er. Und eigentlich war es ihm nie so fern erschienen.

Und so, wie er sich's in der Frühe vorgestellt hatte, lag Felix nachmittags im Coupé des Zuges, bequem der Länge nach ausgestreckt, den Kopf an Marieens Brust, den Plaid über sich gebreitet. Er starrte durch die geschlossenen Fensterscheiben in den grauen Tag hinaus, er sah den Regen herunterrieseln und tauchte mit seinem Blick in den Nebel unter, aus dem zuweilen nahe Hügel und Häuser hervorkamen. Telegraphenstangen schossen vorbei, die Drähte tanzten auf und nieder, ab und zu hielt der Zug auf einer Station, aber in seiner Lage konnte Felix die Leute nicht sehen, die auf dem Perron sein mochten. Er hörte nur gedämpft die Tritte, die Stimmen, dann Glockengeläute und Trompetensignale. Anfangs ließ er sich von Marie die Zeitung vorlesen, aber sie mußte ihre Stimme zu sehr anstrengen, und bald gaben sie's auf. Beide waren froh, daß es nach Hause ging.

Es dämmerte, und der Regen rieselte. Felix hatte das Bedürfnis, sich vollkommen klar zu werden; aber seine Gedanken wollten keine scharfen Umrisse gewinnen. Er überlegte. Also hier liegt ein schwerkranker Mensch... Der war jetzt im Gebirge, weil dort die schwerkranken Menschen im Sommer hingehen... Und da ist seine Geliebte, und die hat ihn treu gepflegt, und nun ist sie müde davon... So blaß ist sie, oder macht das nur das Licht?... Ach ja, die Lampe brennt ja schon da oben. Aber draußen ist's noch nicht ganz dunkel... Und nun kommt der Herbst... Der Herbst ist so traurig und still... Heute abend werden wir wieder in unserem Wiener Zimmer sein... Da wird es mir vorkommen, als wäre ich nie weggewesen... Ach, es ist gut, daß Marie schläft, ich möchte sie jetzt nicht reden hören... Ob wohl auch Leute vom Sängerfest im Zuge sind?... Ich bin nur müde, ich bin gar nicht krank. Es sind viel Kränkere im Zuge als ich... Ach, tut die Einsamkeit wohl... Wie ist nur heut der ganze Tag vergangen? War denn das wirklich heute, daß ich in Salzburg auf dem Diwan lag? Das ist so lange her... Ja, Zeit und Raum, was wissen wir davon!... Das Rätsel der Welt, – wenn wir sterben, lösen wir es vielleicht... Und nun klang ihm eine Melodie ins Ohr. Er wußte, daß es nur das Geräusch des fahrenden Zuges war... Und doch war es eine Melodie... Ein Volkslied... ein russisches, eintönig... sehr schön...

»Felix, Felix!«

»Was ist nur das?« Marie stand vor ihm und streichelte seine Wangen.

»Gut geschlafen, Felix?«

»Was gibt es denn?«

»In einer Viertelstunde sind wir in Wien.«

»Ach, nicht möglich!«

»Das war ein gesunder Schlaf. Der wird dir sehr gut getan haben.«

Sie ordnete das Gepäck, der Zug sauste durch die Nacht weiter. Von Minute zu Minute ertönte helles, gedehntes Pfeifen, und durch die Scheiben blitzte von draußen rasch wieder verglimmender Lichtschein. Man fuhr durch die Stationen in der Nähe Wiens.

Felix setzte sich auf. »Ich bin ganz matt von dem langen Liegen«, sagte er. Er setzte sich in die Ecke und schaute zum Fenster hinaus. Da konnte er schon von ferne die schimmernden Straßen der Stadt erblicken. Der Zug fuhr langsamer. Marie öffnete das Coupéfenster und beugte sich hinaus. Man fuhr in die Halle ein. Marie winkte mit der Hand hinaus. Dann wandte sie sich zu Felix und rief: »Da ist er, da ist er.«

»Wer?«

»Alfred!«

»Alfred?«

Sie winkte immer wieder mit der Hand. Felix war aufgestanden und sah ihr über die Schultern. Alfred näherte sich rasch dem Coupé und reichte Marie die Hand hinauf. »Grüß' euch Gott! Felix, Servus.«

»Wie kommst du denn her?«

»Ich hab' ihm telegraphiert«, sagte Marie rasch, »daß wir ankommen.«

»Bist mir überhaupt ein netter Freund«, sagte Alfred, »das Briefschreiben ist für dich wohl eine unbekannte Erfindung. Aber jetzt komm!«

»Ich hab' so viel geschlafen«, sagte Felix, »daß ich noch ganz duselig bin.« Er lächelte, wie er die Stufen des Waggons hinunterging und ein wenig wankte.

Alfred nahm seinen Arm, und Marie, als wollte sie sich einhängen, nahm rasch seinen anderen.

»Ihr werdet wohl beide recht müde sein, wie?«

»Ich bin ganz kaputt«, sagte Marie. »Nicht wahr, Felix, man ist ganz gerädert von der dummen Eisenbahnfahrt?«

Sie stiegen langsam die Treppen hinunter. Marie suchte den Blick Alfreds, er vermied den ihren. Unten winkte er einen Wagen herbei. »Ich bin nur froh, daß ich dich gesehen habe, lieber Felix«, sagte er dann. »Morgen früh komme ich zu dir auf einen längeren Plausch.«

»Ich bin ganz duselig«, wiederholte Felix. Alfred wollte ihm in den Wagen helfen. »Oh, so arg ist es nicht, oh nein!« Er stieg ein und reichte Marie die Hand. »Siehst du?« Marie folgte ihm.

»Also auf morgen«, sagte sie, indem sie Alfred durchs Wagenfenster die Hand zum Abschied reichte. Aus ihrem Blick sprach solche fragende Angst, daß sich Alfred zu einem Lächeln zwang. »Ja, morgen«, rief er, »ich frühstücke mit euch!« Der Wagen fuhr davon. Alfred blieb noch eine Weile mit ernster Miene stehen.

»Mein armer Freund!« flüsterte er vor sich hin.

Am nächsten Morgen kam Alfred zu sehr früher Stunde, und Marie empfing ihn bei der Türe. »Ich muß mit Ihnen sprechen«, sagte sie.

»Lassen Sie mich lieber zu ihm. Wenn ich ihn untersucht habe, wird alles, was wir zu sprechen haben, mehr Sinn haben.«

»Ich möchte Sie nur um eins bitten, Alfred! Wie immer Sie ihn finden, ich beschwöre Sie, sagen Sie ihm nichts!«

»Aber was fällt Ihnen nur ein! Na, es wird ja nicht so schlimm sein. Schläft er noch?«

»Nein, er ist wach.«

»Wie war die Nacht?«

»Er hat bis vier Uhr morgens fest geschlafen. Dann war er unruhig.«

»Lassen Sie mich zuerst allein zu ihm. Sie müssen in dieses kleine, blasse Gesicht ein bißchen Frieden bringen. So dürfen Sie mir nicht zu ihm.« Er drückte ihr lächelnd die Hand und trat allein ins Schlafzimmer.

Felix hatte die Decke bis übers Kinn gezogen und und nickte seinem Freunde zu. Dieser setzte sich zu ihm aufs Bett und sagte: »Da wären wir ja wieder glücklich zu Hause. Du hast dich ja famos erholt und hoffentlich deine Melancholie in den Bergen gelassen.«

»Oh ja!« antwortete Felix, ohne die Miene zu verziehen.

»Willst du dich nicht ein bißchen aufsetzen? So frühe Besuche mach' ich nämlich nur als Arzt.«

»Bitte«, sagte Felix ganz gleichgültig.

Alfred untersuchte den Kranken, stellte einige Fragen, die kurz beantwortet wurden, und sagte schließlich: »Na, so weit können wir ja zufrieden sein.«

»Laß doch den Schwindel«, entgegnete Felix verdrossen.

»Laß du lieber deine Narrheiten. Wir wollen die Sache einmal energisch angreifen. Du mußt den Willen haben, gesund zu werden und dich nicht auf den Schicksalsergebenen hinausspielen. Das steht dir nämlich gar nicht gut.«

»Was hab' ich also zu tun?«

»Vor allem wirst du mir ein paar Tage im Bett bleiben, verstanden?«

»Hab' sowieso keine Lust zum Aufstehen.«

»Um so besser.«

Felix wurde lebhafter. »Eins nur möcht' ich wissen. Was das eigentlich gestern mit mir war. Im Ernst, Alfred, das mußt du mir erklären. Wie ein dumpfer Traum ist mir alles. Die Fahrt in der Bahn und die Ankunft, wie ich da herauf und ins Bett gekommen bin –«

»Was ist denn daran zu erklären? Ein Riese bist du nun einmal nicht, und wenn man übermüdet ist, kann einem das schon passieren!«

»Nein, Alfred. So eine Mattigkeit wie die gestrige ist mir etwas ganz Neues. Heut bin ich ja auch noch müde. Aber ich habe die Klarheit des Denkens wieder. Gestern war es gar nicht so unangenehm, aber die Erinnerung daran ist mir entsetzlich. Wenn ich daran denke, daß wieder so etwas über mich kommen könnte –«

In diesem Augenblick trat Marie ins Zimmer.

»Bedanke dich bei Alfred«, sagte Felix. »Er ernennt dich zur Krankenwärterin. Ich muß von heute an liegen bleiben und habe die Ehre, dir hiermit mein Sterbebett vorzustellen.«

Marie machte ein entsetztes Gesicht.

»Lassen Sie sich von diesem Narren nicht den Kopf verdrehen«, sagte Alfred. »Er hat einige Tage liegen zu bleiben, und Sie werden so gut sein, auf ihn acht zu geben.«

»Ach, hättest du eine Ahnung, Alfred«, rief Felix mit ironisierender Begeisterung, »was ich für einen Engel an meiner Seite habe.«

Alfred gab nun weitläufige Vorschriften über die Art und Weise, wie sich Felix zu pflegen und zu verhalten habe, und sagte endlich: »Ich erkläre dir hiermit, mein lieber Felix, daß ich dir nur jeden zweiten Tag meinen ärztlichen Besuch machen werde. Mehr ist nicht vonnöten. An den anderen Tagen wird über deinen Zustand kein Wort gesprochen. Da komme ich, um mit dir zu plaudern, wie ich's gewohnt bin.«

»Ach Gott«, rief Felix, »was ist der Mann für ein Psycholog. Aber hebe dir diese Mätzchen für deine anderen Patienten auf, besonders diese ganz primitiven.«

»Mein lieber Felix, ich rede zu dir, Mann zu Mann. Hör mir einmal zu. Es ist wahr, du bist krank. Es ist aber ebenso wahr: bei ordentlicher Pflege wirst du genesen. Ich kann dir weder mehr noch weniger sagen.« Damit stand er auf.

Felix folgte ihm mit mißtrauischem Blick. »Man wäre fast versucht, ihm zu glauben.«

»Das ist deine Sache, lieber Felix«, erwiderte der Doktor kurz.

»Nun, Alfred, jetzt hast du dir's wieder verdorben«, sagte der Kranke. »Dieser brüske Ton gegenüber Schwerkranken – bekannter Trick.«

»Auf morgen«, sagte Alfred, indem er sich der Tür zuwandte. Marie folgte ihm, wollte ihn hinausbegleiten. »Dableiben«, flüsterte er ihr gebietend zu. Sie schloß die Tür hinter dem Weggehenden.

»Komm zu mir, Kleine!« sagte Felix, wie sie, ein heiteres Lächeln markierend, sich auf dem Tisch mit Nähzeug zu schaffen machte. »Ja, daher. So, du bist ein braves, braves, sehr braves Mädel.« Diese zärtlichen Worte sprach er mit einem herben, scharfen Ton.

Marie wich die nächsten Tage nicht von seinem Bett und war voll Güte und Hingebung; dabei leuchtete aus ihrem Wesen eine ruhige und ungezierte Heiterkeit, die dem Kranken wohltun sollte und zuweilen auch wirklich wohltat. In manchen Stunden aber reizte ihn die milde Fröhlichkeit, welche Marie um ihn zu breiten suchte, und wenn sie da zu plaudern anfing von irgendeiner Neuigkeit, die eben in der Zeitung stand, oder von dem besseren Aussehen, das sie an ihm merkte, oder von der Art und Weise, wie sie nun bald ihr Leben einrichten würden, wenn er erst ganz gesund wäre, da unterbrach er sie mitunter, bat sie, ihn gefälligst in Frieden zu lassen und ihn zu verschonen. Alfred kam täglich, zuweilen auch zweimal, schien sich aber kaum je um das körperliche Befinden seines Freundes zu kümmern. Er sprach von gemeinschaftlichen Freunden, erzählte Geschichten aus dem Krankenhaus und ließ sich auch auf künstlerische und literarische Gespräche ein, wobei er es aber einzurichten wußte, daß Felix nicht allzu viel zu reden genötigt war. Beide, die Geliebte und der Freund, gaben sich so unbefangen, daß Felix manchmal mit Mühe die kühnen Hoffnungen abwehren konnte, die zudringlich über ihn kamen. Er sagte sich, daß es ja nur die Pflicht jener beiden sei, ihm die Komödie vorzuspielen, welche eben gegenüber Schwerkranken seit jeher mit wechselndem Glück gespielt wird. Aber wenn er auch vermeinte, nur auf ihre Komödie einzugehen und selber mitzuspielen, so ertappte er sich doch wiederholt darauf, daß er von der Welt und den Menschen plauderte, als sei es ihm bestimmt, noch viele Jahre im Licht der Sonne unter den Lebendigen zu wandeln. Und dann erinnerte er sich, daß gerade dieses seltsame Wohlgefühl bei Kranken seiner Art oft als Zeichen des nahen Elends gelten sollte, und wies alle Hoffnung erbittert von sich. Und es kam sogar so weit, daß er unbestimmte Angstgefühle und düstere Stimmungen als Zustände von günstiger Bedeutung aufnahm und nahe daran war, sich über dieselben zu freuen. Dann entdeckte er wieder, wie unsinnig diese Art Logik wäre, – um schließlich einzusehen, daß es hier überhaupt kein Wissen und keine Gewißheit gäbe. Seine Lektüre hatte er wieder aufgenommen, fand aber an den Romanen keinen Gefallen; sie langweilten ihn, und manche, besonders solche, wo sich weite Blicke in ein blühendes und ereignisreiches Dasein ergaben, verstimmten ihn tief. Er wandte sich den Philosophen zu und ließ sich von Marie Schopenhauer und Nietzsche aus dem Bücherschrank geben. Aber nur für kurze Zeit strahlte diese Weisheit ihren Frieden über ihn aus.

Eines Abends traf ihn Alfred an, wie er eben einen Band Schopenhauer auf seine Bettdecke hatte sinken lassen und mit verdüsterter Miene vor sich hinschaute. Marie saß neben ihm mit einer Handarbeit beschäftigt.

»Ich will dir was sagen, Alfred«, rief er dem Eintretenden mit fast erregter Stimme entgegen. »Ich werde doch wieder Romane lesen.«

»Was gibt es denn?«

»Es ist wenigstens eine aufrichtige Fabelei. Gut oder schlecht, von Künstlern oder Stümpern. Diese Herren da aber«, und er wies mit den Augen auf den Band, der auf der Decke lag, »sind niederträchtige Poseure.«

»Oh!«

Felix richtete sich im Bette auf. »Das Leben verachten, wenn man gesund ist wie ein Gott, und dem Tod ruhig ins Auge schauen, wenn man in Italien spazierenfährt und das Dasein in den buntesten Farben ringsum blüht, – das nenn' ich ganz einfach Pose. Man sperre einmal so einen Herren in eine Kammer, verurteile ihn zu Fieber und Atemnot, sage ihm, zwischen dem

1. Januar und 1. Februar nächsten Jahres werden Sie begraben sein, und lasse sich dann etwas von ihm vorphilosophieren.«

»Geh doch!« sagte Alfred. »Was sind das für Paradoxe!«

»Das verstehst du nicht. Das kannst du nicht verstehen! Mich widert's geradezu an. Alle sind sie Poseure!«

»Und Sokrates?«

»War ein Komödiant. Wenn man ein natürlicher Mensch ist, so hat man vor dem Unbekannten Angst; bestenfalls kann man sie verbergen. Ich will dir's ganz ehrlich sagen. Man fälscht die Psychologie der Sterbenden, weil sich alle weltgeschichtlichen Größen, deren Tod man kennt, verpflichtet gefühlt haben, für die Nachwelt eine Komödie aufzuführen. Und ich! Was tu' ich denn? Was? Wenn ich da ruhig mit euch rede von allen möglichen Dingen, die mich nichts mehr angehen, was tu' ich denn?«

»Geh, red nicht so viel, insbesondere solchen Unsinn.«

»Auch ich fühle mich verpflichtet, mich zu verstellen, und in Wirklichkeit hab ich doch eine grenzenlose, wütende Angst, von der sich gesunde Menschen keinen Begriff machen können, und Angst haben sie alle, auch die Helden und auch die Philosophen, nur daß sie eben die besten Komödianten sind.«

»So beruhige dich doch, Felix«, bat Marie.

»Ihr zwei glaubt wohl auch«, fuhr der Kranke fort, »daß ihr der Ewigkeit ruhig ins Auge schaut, weil ihr eben noch keinen Begriff von ihr habt. Man muß verurteilt sein wie ein Verbrecher – oder wie ich, dann kann man darüber reden. Und der arme Teufel, der gefaßt unter den Galgen schreitet, und der große Weise, der Denksprüche erfindet, nachdem er den Schierlingsbecher geleert hat, und der gefangene Freiheitsheld, der lächelnd die Flinten auf seine Brust gerichtet sieht, sie alle heucheln, ich weiß es, – und ihre Fassung, ihr Lächeln ist Pose, denn sie alle haben Angst, gräßliche Angst vor dem Tode; die ist so natürlich wie das Sterben selbst!« Alfred hatte sich ruhig aufs Bett gesetzt, und als Felix geendet, erwiderte er: »Für alle Fälle ist es unvernünftig von dir, daß du so viel und so laut sprichst. Zweitens bis du abgeschmackt wie die Möglichkeit und ein arger Hypochonder!«

»Es geht dir ja jetzt so gut«, rief Marie aus.

»Glaubt sie das am Ende wirklich?« fragte Felix, zu Alfred gewendet. »Kläre sie doch endlich einmal auf, ja?«

»Lieber Freund«, erwiderte der Doktor, »einer Aufklärung bist nur du hier bedürftig. Aber du bist heute widerspenstig, und ich muß darauf verzichten. In zwei bis drei Tagen, wenn du inzwischen keine längeren Reden halten solltest, wirst du wohl aufstehen können, und dann wollen wir auch über deinen Gemütszustand eine ordentliche Beratung halten.«

»Wenn ich dich nur nicht so vollkommen durchschauen könnte«, sagte Felix.

»Ja, ja, schon gut«, erwiderte Alfred. »Machen Sie kein so gekränktes Gesicht«, wandte er sich dann zu Marie. »Auch dieser Herr wird wieder einmal zur Vernunft kommen. Jetzt sagt mir aber einmal, warum ist denn kein Fenster offen? Draußen ist ja der schönste Herbsttag, den man sich denken kann.«

Marie stand auf und öffnete ein Fenster. Eben begann es zu dunkeln, und die hereinbrechende Luft war so erfrischend, daß Marie das Verlangen empfand, sich länger von ihr umschmeicheln zu lassen. Sie blieb am Fenster stehen und beugte den Kopf hinaus. Ihr war mit einem Male, als hätte sie das Zimmer selbst verlassen. Sie fühlte sich im Freien und allein. Schon viele Tage hatte sie keine so angenehme Empfindung gehabt. Nun, wie sie den Kopf wieder zurück ins Zimmer wandte, strömte ihr die ganze Dumpfheit der Krankenstube entgegen und legte sich ihr beklemmend auf die Brust. Sie sah, wie Felix und Alfred miteinander sprachen, konnte die Worte nicht genau hören, hatte aber auch gar kein Bedürfnis, sich an dem Gespräche zu beteiligen. Wieder lehnte sie sich hinaus. Die Gasse war ziemlich still und leer, und nur von der nahegelegenen Hauptstraße hörte man gedämpftes Wagenrollen. Ein paar Spaziergänger wanderten gemächlich drüben auf dem Trottoir. Vor dem Haustore gegenüber standen ein paar Dienstmädchen, die plauschten und lachten. Eine junge Frau im Hause gegenüber schaute wie Marie selbst zum Fenster hinaus. Marie konnte in diesem Augenblicke nicht begreifen, warum die Frau nicht lieber spazierenginge. Sie beneidete alle Menschen, alle waren glücklicher als sie.

Weiche, behagliche Septembertage zogen ins Land. Die Abende kamen früh, blieben aber warm und windstill.

Marie hatte die Gewohnheit angenommen, ihren Stuhl vom Bette des Kranken wegzurücken, so oft es anging, und sich ans offene Fenster zu setzen. Da saß sie, besonders wenn Felix schlummerte, stundenlang. Eine tiefe Abspannung war über sie gekommen, eine Unfähigkeit, sich über die Verhältnisse vollkommen klar zu werden, ja eine ausgesprochene Unlust, zu denken. Es gab ganze Stunden, wo es weder Erinnerungen, noch Zukunftsideen für sie gab. Mit offenen Augen träumte sie da vor sich hin und war schon zufrieden, wenn von der Straße her ein bißchen frische Luft über ihre Stirne geweht kam. Dann wieder, wenn ein leises Stöhnen vom Krankenbette zu ihr hindrang, schrak sie auf. Sie entdeckte, wie ihr die Gabe des Mitfühlens allmählich abhanden gekommen war. Ihr Mitleid war nervöse Überreizung und ihr Schmerz ein Gemisch von Angst und Gleichgültigkeit geworden. Sie hatte sich gewiß nichts vorzuwerfen, und wenn sie der Doktor, wie neulich einmal, in vollem Ernst einen Engel nannte, so durfte sie sich kaum beschämt fühlen. Aber sie war müde, grenzenlos müde. Nun hatte sie schon zehn oder zwölf Tage das Haus nicht verlassen. Warum nur? Warum? Sie mußte darüber nachdenken. Nun ja, fuhr es ihr wie eine Erleuchtung durch den Kopf, weil es Felix gekränkt hätte! Und sie blieb ja gern bei ihm, ja. Sie betete ihn an, nicht weniger als früher. Nur müde war sie, und das war ja endlich menschlich. Und ihre Sehnsucht nach ein paar Stunden im Freien wurde immer drängender. Sie war kindisch, sich die Erfüllung zu versagen. Auch er mußte es schließlich einsehen. Und nun wurde ihr wieder klar, wie unbegrenzt sie ihn doch lieben mußte, da sie selbst den ungewissen Schatten einer Kränkung von ihm fernhalten wollte. Sie hatte ihr Nähzeug zur Erde gleiten lassen und warf einen Blick auf das Bett, das schon ganz im Dunkeln der Zimmerwand stand. Es war Dämmerung, und der Kranke war nach einem ruhigeren Tage eingeschlummert. Jetzt hätte sie sogar gehen können, ohne daß er etwas davon wissen mußte. Ach ja, da hinunter, und dort um die Ecke, und wieder einmal mitten unter Menschen und in den Stadtpark und dann auf den Ring und an der Oper vorbei, wo die elektrischen Lampen leuchteten, mitten ins Gedränge, und nach Gedränge sehnte sie sich so sehr. Aber wann würde das wiederkommen? Es kann ja nur wiederkommen, wenn Felix wieder gesund wird; und was ist ihr auch die Straße und der Park und die Menschen! was ist ihr alles Leben ohne ihn!

Sie blieb zu Hause. Sie rückte ihren Sessel an sein Bett. Sie nahm die Hand des Schlummernden und weinte stille, traurige Tränen darauf und weinte noch weiter, wie sie längst mit ihren Gedanken weitab von dem Manne gekommen war, auf dessen bleiche Hand ihre Tränen fielen.

Als Alfred am Nachmittage darauf seinen Besuch bei Felix machte, fand er ihn frischer, als die letzten Tage. »Wenn es so weitergeht«, sagte er ihm, »werd' ich dich in ein paar Tagen aufstehen lassen.« Wie alles, was zu ihm gesprochen wurde, faßte der Kranke auch das mit Mißtrauen auf und antwortete mit einem verdrossenen »Ja, ja«. Alfred aber kehrte sich zu Marie um, die beim Tische saß, und sprach: »Sie könnten eigentlich auch ein bißchen besser aussehen.«

Auch Felix, der auf diese Worte hin Marie näher betrachtete, fiel ihre besondere Blässe auf. Er war es gewohnt, die Gedanken, die ihm zuweilen über ihre aufopfernde Güte kamen, bald von sich zu scheuchen. Manchmal wollte ihm dieses Märtyrertum nicht vollkommen echt erscheinen, und er ärgerte sich über die geduldige Miene, die sie zur Schau trug. Er wünschte manchmal, sie möchte ungeduldig werden. Er spähte nach einem Moment, in dem sie sich mit einem Worte, mit einem Blick verraten würde und wo er es ihr mit boshafter Rede ins Gesicht schleudern könnte, daß er sich keine Minute lang habe täuschen lassen, daß ihn ihre Heuchelei anwiderte und daß sie ihn in Ruhe sterben lassen sollte.

Jetzt, da Alfred von ihrem Aussehen gesprochen hatte, errötete sie ein wenig und lächelte. »Ich fühle mich ganz wohl«, sagte sie.

Alfred trat näher zu ihr hin. »Nein, das ist nicht so einfach. Ihr Felix wird wenig von seiner Genesung haben, wenn Sie dann krank werden wollen.«

»Aber ich bin wirklich ganz wohl.«

»Sagen Sie doch, gehen Sie gar nicht ein bißchen in die frische Luft?«

»Ich fühle nicht das Bedürfnis darnach.«

»Sag doch einmal, Felix, sie rührt sich gar nicht weg von dir?«

»Du weißt ja«, sagte Felix, »sie ist ein Engel.«

»Aber entschuldigen Sie, Marie, das ist ja ganz einfach dumm. Es ist nutzlos und kindisch, sich in dieser Weise aufzureiben. Sie müssen in die Luft. Ich erkläre, daß es notwendig ist.«

»Aber was wollen Sie denn von mir?« sagte Marie mit schwachem Lächeln. »Ich sehne mich durchaus nicht darnach.«

»Das ist vollkommen gleichgültig. Ist auch schon ein schlechtes Zeichen, daß Sie sich nicht darnach sehnen. Sie werden heute noch hinaus. Setzen Sie sich doch auf eine Stunde in den Stadtpark. Oder, wenn Ihnen das unangenehm ist, nehmen Sie sich einen Wagen und fahren Sie spazieren, in den Prater zum Beispiel. Es ist jetzt herrlich unten.«

»Aber –«

»Es gibt kein Aber. Wenn Sie's so weitertreiben und ganz Engel sind, so ruinieren Sie sich. Ja, schauen Sie nur einmal da in den Spiegel hinein. Sie ruinieren sich.«

Felix verspürte, wie Alfred diese Worte sagte, einen stechenden Schmerz im Herzen. Eine verbissene Wut wühlte in ihm. Er glaubte, in Marieens Zügen einen Ausdruck bewußten Duldens wahrzunehmen, der nach Mitleid verlangte; und wie eine Wahrheit, an der zu rütteln vermessen wäre, zuckte es ihm durchs Gehirn, daß ja dieses Weib verpflichtet sei, mit ihm zu leiden, mit ihm zu sterben. Sie ruiniert sich; nun ja, selbstverständlich. Hatte sie vielleicht die Absicht, rote Wangen und glühende Augen zu behalten, während er seinem Ende zueilte? Und glaubt Alfred wirklich, daß dieses Weib, welches seine Geliebte ist, das Recht hat, über die Stunde hinauszudenken, die seine letzte sein wird? Und wagt vielleicht sie selbst –

Mit begierigem Zorne studierte Felix den Ausdruck in Marieens Antlitz, während der Doktor in unmutiger Rede das früher Gesagte immer und immer wiederholte. Endlich ließ er sich von Marie das Versprechen geben, daß sie heute noch ins Freie wolle, und erklärte ihr, daß die Erfüllung dieses Versprechens geradeso zu ihren Wartepflichten gehörte wie alle anderen. »Weil ich überhaupt nicht mehr rechne«, dachte Felix. »Weil man eben den verkommen läßt, der ja sowieso verloren ist.« Er reichte Alfred ganz nachlässig die Hand, als dieser endlich ging. Er haßte ihn.

Marie begleitete den Doktor nur bis zur Zimmertüre und kehrte gleich zu Felix zurück. Dieser lag mit zusammengepreßten Lippen da, eine tiefe Zornesfalte auf der Stirne. Marie verstand ihn, sie verstand ihn so ganz. Sie beugte sich zu ihm und lächelte. Er atmete, er wollte sprechen, wollte ihr irgendeine unerhörte Beleidigung ins Gesicht schleudern. Ihm war, als hätte sie das verdient. Sie aber, mit der Hand über seine Haare streichend und immer das müde, geduldige Lächeln in den Zügen, flüsterte ganz nahe seinen Lippen, zärtlich: »Ich geh' ja nicht.«

Er erwiderte nichts. Den ganzen, langen Abend bis tief in die Nacht hinein blieb sie an seinem Bette sitzen und schlief endlich auf ihrem Sessel ein.

Als Alfred am darauffolgenden Tage kam, versuchte Marie ein Gespräch mit ihm zu vermeiden. Doch schien er heute an ihrem Aussehen kein Interesse zu nehmen und beschäftigte sich nur mit Felix. Er sprach aber nichts von baldigem Aufstehen, und den Kranken hielt eine Scheu ab, ihn zu fragen. Er fühlte sich heute schwächer als die vorhergegangenen Tage. Es war in ihm eine Unlust, zu sprechen, wie noch nie, und er war froh, als ihn der Doktor verlassen hatte. Auch auf Marieens Fragen gab er kurze und mißmutige Antworten. Und als sie ihn nach stundenlangem Schweigen am Spätnachmittage wieder fragte: »Wie geht's dir jetzt?« entgegnete er: »Ist ja gleichgültig.« Er hatte die Arme über den Kopf verschränkt, schloß die Augen und schlummerte bald ein. Marie weilte einige Zeit neben ihm, indem sie ihn betrachtete, dann verschwammen ihre Gedanken, und sie kam ins Träumen. Als sie nach einiger Zeit wieder zu sich kam, spürte sie ein merkwürdiges Wohlbehagen ihre Glieder durchfließen, als wäre sie nach einem gesunden, tiefen Schlafe erwacht. Sie erhob sich und zog die Fenstervorhänge, die heruntergelassen waren, in die Höhe. Es war, als hätte sich heute in die enge Straße von dem nahen Park ein Duft verspäteter Blüten verirrt. So herrlich war ihr die Luft nie erschienen, die nun ins Zimmer flutete. Sie sah sich nach Felix um; der lag schlafend dort wie früher und atmete ruhig. Sonst war es in solchen Augenblicken wie Rührung über sie gekommen, die sie ins Zimmer bannte, über ihr ganzes Wesen eine träge Schwermut verbreitete. Heute blieb sie ruhig, freute sich, daß Felix schlummerte, und faßte ohne inneren Kampf, so selbstverständlich, als geschehe es täglich, den Entschluß, auf eine Stunde ins Freie zu gehen. Sie ging auf den Fußspitzen in die Küche, gab der Bedienerin den Auftrag, im Krankenzimmer zu verweilen, nahm rasch Hut und Schirm und flog mehr, als sie ging, die Treppe hinunter. Da stand sie nun auf der Straße, und nach einem raschen Gang durch ein paar stille Gassen gelangte sie zum Parke und war froh, wie sie zu ihren Seiten Sträucher und Bäume und oben den dämmerblauen Himmel schaute, nach dem sie sich so lange gesehnt. Sie setzte sich auf eine Bank, neben ihr und auch auf den Bänken in ihrer Nähe saßen Kindermädchen und Bonnen. In den Alleen spielten kleine Kinder. Da es aber zu dunkeln begann, war dieses Treiben seinem Ende nahe, die Mädchen riefen nach den Kleinen, nahmen sie wohl auch bei der Hand und verließen den Park. Bald war Marie fast allein, ein paar Leute kamen noch vorüber, ab und zu wandte sich ein Herr nach ihr um.

Also nun war sie da, war im Freien. Ja, wie war nun eigentlich alles? Es schien ihr nun der Moment gekommen, mit einem ungestörten Blick die Gegenwart zu überschauen. Für ihre Gedanken wollte sie deutliche Worte finden, die sie innerlich aussprechen konnte. Ich bin bei ihm, weil ich ihn liebe. Ich bringe kein

Opfer, denn ich kann ja nicht anders. Und was soll nun werden? Wie lange wird es noch dauern? Es gibt keine Rettung. – Und was dann? – Was dann? Ich hab einmal mit ihm sterben wollen. – Warum sind wir uns jetzt so fremd? – Er denkt nur mehr an sich. Möchte er denn auch noch mit mir sterben? Und da durchdrang sie die Gewißheit, daß er es wohl mochte. Aber es erschien ihr nicht das Bild eines zärtlichen Jünglings, der sie an seine Seite betten mochte für die Ewigkeit. Nein, ihr war, als reiße er sie zu sich nieder, eigensinnig, neidisch, weil sie nun einmal ihm gehörte.

Ein junger Mann hatte neben ihr auf der Bank Platz genommen und machte eine Bemerkung. Sie war so zerstreut, daß sie zuerst »Wie?« fragte. Dann aber stand sie auf und ging rasch fort. Im Parke wurden ihr die Blicke der Begegnenden unangenehm. Sie ging auf den Ring hinaus, winkte einen Wagen herbei und ließ sich spazierenfahren. Es war Abend geworden, sie lehnte sich bequem in die Ecke zurück und hatte ihre Freude an der angenehmen, mühelosen Bewegung und an den wechselnden, ins Zwielicht der Nacht und der flackernden Gasflammen getauchten Bildern, die an ihr vorüberzogen. Der schöne Septemberabend hatte eine große Menge auf die Straße gelockt. Als Marie am Volksgarten vorüberfuhr, hörte sie die frischen Töne einer Militärmusik herausklingen, und sie mußte unwillkürlich an jenen Abend in Salzburg zurückdenken. Vergeblich suchte sie sich zu überreden, daß all dieses Leben um sie etwas Nichtiges, Vergängliches sei, daß nichts daran gelegen wäre, daraus zu scheiden. Sie konnte das Wohlbehagen, das allmählich in sie zu dringen begann, nicht aus ihren Sinnen treiben. Ihr war nun einmal wohl. Daß dort das feierliche Theater stand mit seinen weißleuchtenden Bogenlampen, daß dort aus den Alleen des Rathausparkes die Leute gemächlich schlendernd über die Straße kamen, daß dort vor dem Kaffeehaus Leute saßen, daß es überhaupt Menschen gab, von deren Sorgen sie nichts wußte oder die vielleicht gar keine hatten; daß die Luft so milde und warm um sie strich, daß sie noch viele solche Abende, noch tausend herrliche Tage und Nächte schauen durfte, daß ein Gefühl lebensfreudiger Gesundheit durch ihre Adern floß, das alles tat ihr wohl. Wie? Wollte sie sich's vielleicht zum Vorwurf machen, daß sie nach ungezählten Stunden tödlicher Abspannung auf eine Minute sozusagen zu sich kam? War es nicht ihr gutes Recht, ihrer Existenz überhaupt nur inne zu werden? Sie war ja gesund, sie war jung, und von überall her, wie aus hundert Quellen auf einmal, rann die Freude des Daseins über sie. So natürlich war das, wie ihr Atem und der Himmel über ihr – und sie will sich dessen schämen? Sie denkt an Felix. Wenn ein Wunder geschieht und er gesund wird, wird sie gewiß mit ihm weiterleben. Sie denkt seiner mit einem milden, versöhnlichen Schmerz. Es ist bald Zeit, zu ihm zurückzukehren. Ist es ihm denn nur recht, wenn sie bei ihm ist? Würdigt er denn ihre Zärtlichkeit? Wie herb sind seine Worte! Wie stechend sein Blick! Und sein Kuß! Wie lange nur haben sie einander nicht geküßt! Sie muß an seine Lippen denken, die nun immer so blaß und trocken sind. Sie will ihn auch nur mehr auf die Stirne küssen. Seine Stirne ist kalt und feucht. Wie häßlich das Kranksein ist!

Sie lehnte sich in den Wagen zurück. Sie wandte ihre Gedanken mit Bewußtsein von dem Kranken ab. Und um nicht an ihn denken zu müssen, sah sie eifrig auf die Straße hinaus und betrachtete alles so genau, als müßte sie sich's fest ins Gedächtnis einprägen.

Felix schlug die Augen auf. Eine Kerze brannte neben seinem Bette und verbreitete ein schwaches Licht. Neben ihm saß die alte Frau, die Hände im Schoß, gleichgültig. Sie fuhr zusammen, als der Kranke sie anrief: »Wo ist sie?« Die Frau erklärte ihm, daß Marie weggegangen sei und gleich wiederkommen werde.

»Sie können gehen«, antwortete Felix. Und als die Angeredete zögerte: »Gehen Sie doch. Ich brauche Sie nicht.«

Er blieb allein. Eine Unruhe, qualvoll wie nie zuvor, befiel ihn.

Wo ist sie, wo ist sie? Er hielt es im Bett kaum aus, aber er wagte es noch nicht, aufzustehen. Plötzlich fuhr es ihm durch den Kopf: Am Ende ist sie auf und davon! Sie will ihn allein lassen, für immer allein. Sie erträgt das Leben an seiner Seite nicht mehr. Sie fürchtet sich vor ihm. Sie hat in seinen Gedanken gelesen. Oder er hat einmal im Schlaf gesprochen und hat es laut gesagt, was immerwährend in der Tiefe seines Bewußtseins ruht, auch wenn er es tagelang selbst nicht deutlich faßt. Und sie will eben nicht mit ihm sterben. Die Gedanken jagten durch sein Hirn. Das Fieber war da, das allabendlich zu kommen pflegte. Er hat ihr schon so lange kein freundliches Wort gesagt, vielleicht ist es nur das! Er hat sie mit seinen Launen gequält, mit seinem mißtrauischen Blicke, mit seinen bitteren Reden, und sie brauchte Dankbarkeit! – Nein, nein, nur Gerechtigkeit! Oh! Wenn sie nur da wäre! Er muß sie haben! Mit brennendem Schmerze erkennt er es: er kann sie nicht entbehren. Er wird ihr alles abbitten, wenn es sein muß. Er wird wieder zärtliche Augen auf ihr ruhen lassen und Worte tiefer Innigkeit für sie finden. Er wird durch keine Silbe verraten, daß er leidet. Er wird lächeln, wenn es sich ihm schwer auf die Brust legt. Er wird ihr die Hand küssen, wenn er nach Atem ringt. Er wird ihr erzählen, daß er Unsinn träumt, und was sie ihn im Schlafe reden hört, seien Fieberphantasien. Und er wird ihr schwören, daß er sie anbetet, daß er ihr ein langes, glückliches Leben gönnt, wünscht; sie soll nur bei ihm bleiben bis zuletzt, nur von seinem Bette soll sie nicht weichen, nicht allein sterben darf sie ihn lassen. Er wird ja der entsetzlichen Stunde in Weisheit und Frieden entgegensehen, wenn er nur weiß, daß sie bei ihm ist! Und diese Stunde kann so bald kommen, jeden Tag kann sie kommen. Darum muß sie immer bei ihm sein; denn er hat Angst, wenn er ohne sie ist.

Wo ist sie? Wo ist sie? Das Blut wirbelte ihm durch den Kopf, seine Augen wurden trübe, der Atem ging schwerer, und niemand war da. Ach, warum hatte er nur jenes Weib weggeschickt? Es war doch eine menschliche Seele. Nun war er hilflos, hilflos. Er richtete sich auf, er fühlte sich kräftiger, als er gedacht, nur der Atem, der Atem. Es war schrecklich, wie ihn das quälte. Er hielt es nicht aus, er sprang aus dem Bett und, kaum bekleidet, wie er war, zum Fenster hin. Da war Luft, Luft. Er tat ein paar tiefe Züge, wie war das gut! Er nahm den weiten Talar um, der über der Bettlehne hing, und sank auf einen Stuhl. Ein paar Sekunden lang verwirrten sich alle seine Gedanken, dann schoß immer der eine, immer derselbe blitzend hervor. Wo ist sie? Wo ist sie? Ob sie schon oftmals ihn so verlassen hat, während er schlief? Wer weiß? Wo mag sie da hingehen? Will sie nur auf ein paar Stunden dem Dunst der Krankenstube entfliehen, oder will sie ihm entfliehen, weil er krank ist? Ist ihr seine Nähe widerwärtig? Ängstigt sie sich vor den Schatten des Todes, die schon hier schweben? Sehnt sie sich nach dem Leben? Sucht sie das Leben? Bedeutet er selber ihr das Leben nicht mehr? Was sucht sie? Was will sie? Wo ist sie? Wo ist sie?

Und die fliegenden Gedanken wurden zu geflüsterten Silben, zu stöhnenden, lauten Worten. Und er schrie, und kreischte: »Wo ist sie?« Und er sah sie vor sich, wie sie wohl die Treppe heruntereilen mochte, das Lächeln der Befreiung auf den Lippen, und davon, irgendwohin, wo die Krankheit, der Ekel, das langsame Sterben nicht war, zu irgend was Unbekanntem, zu irgend etwas, wo es ein Duften und Blühen gab. Er sah sie verschwinden, in einen lichten Nebel untertauchen, der sie verbarg und aus dem ihr klirrendes Lachen hervorklang, ein Lachen des Glücks, der Freude. Und die Nebel zerteilten sich, und er sah sie tanzen. Und sie wirbelte weiter und weiter, und sie verschwand. Und dann kam ein dumpfes Rollen, immer näher, und hielt plötzlich ein. Wo ist sie? Er schrak auf. Zum Fenster eilte er hin. Es war das Rollen eines Wagens gewesen, und vor dem Haustore, da stand er stille. Ja, gewiß, er konnte ihn ja sehen. Und aus dem Wagen, ja – Marie war es! Sie war es! Er mußte ihr entgegen, er stürzte ins Vorzimmer, das aber völlig dunkel war. Er vermochte nicht, die Türklinke zu finden. Da drehte sich der Schlüssel im Schloß, die Tür sprang auf, Marie trat ein, und vom Gang her spielte das schwache Gaslicht um sie. Sie stieß ihn an, ohne ihn sehen zu können, und schrie laut auf. Er packte sie bei den Schultern und zerrte sie ins Zimmer hinein. Er öffnete den Mund und konnte nicht sprechen.

»Was hast du denn?« rief sie entsetzt aus; »bist du denn wahnsinnig?« Sie machte sich von ihm los. Er blieb aufrecht stehen. Es war, als ob seine Gestalt wüchse. Endlich fand er Worte.

»Woher kommst du? – Woher?«

»Um Gottes willen, Felix, komm doch zu dir. Wie konntest du –! Ich bitte dich, setz dich wenigstens.«

»Woher kommst du?« Er sprach es leiser, wie verloren. »Woher? Woher?« flüsterte er. Sie faßte ihn bei den Händen, die waren glühend heiß. Er ließ sich willig, fast bewußtlos, von ihr leiten bis zum Diwan, in dessen Ecke sie ihn langsam niederdrückte. Er schaute um sich, als müßte er seine Besinnung allmählich wiedergewinnen. Dann sagte er wieder, ganz vernehmlich, aber in derselben eintönigen Weise: »Woher kommst du?«

Sie hatte ihre Ruhe teilweise zurückerlangt, sie warf den Hut hinter sich auf einen Stuhl, setzte sich auf den Diwan neben ihn, und schmeichelnd sagte sie ihm: »Mein Schatz, ich bin nur auf eine Stunde in der Luft gewesen. Ich fürchtete, selbst krank zu werden. Was hättest du dann von mir gehabt? Ich hab' mir auch einen Wagen genommen, um nur bald wieder bei dir zu sein.«

Er lag in seiner Ecke, jetzt ganz erschlafft. Er sah sie von der Seite an und antwortete nichts.

Sie sprach weiter, indem sie ihm die heißen Wangen kosend streichelte. »Nicht wahr, du bist mir doch nicht böse? Ich hab' ja übrigens der Bedienerin den Auftrag gegeben, bis zu meiner Rückkunft bei dir zu bleiben. Hast du sie nicht gesehen? Wo ist sie denn?«

»Ich hab' sie weggeschickt.«

»Warum denn, Felix? Sie sollte ja nur so lange warten, bis ich zurückkäme. Ich hab' mich ja so nach dir gesehnt! Was hilft mir denn die frische Luft draußen, wenn ich dich nicht habe.«

»Miez, Miez!« Er legte den Kopf an ihre Brust, wie ein krankes Kind. Wie in früheren Tagen glitten ihre Lippen über seine Haare. Da sah er zu ihr auf mit bittenden Augen. »Miez«, sagte er, »du mußt immer bei mir bleiben, immer, ja?«

»Ja«, entgegnete sie und küßte sein wirres, feuchtes Haar. Ihr war so weh, so grenzenlos weh! Gern hätte sie geweint, aber in ihrer Rührung war irgend was Dürres, Welkes. Von nirgendher kam ihr Trost, nicht einmal aus ihrem eigenen Schmerz. Und sie beneidete ihn, denn sie sah Tränen über seine Wangen fließen.

Nun saß sie wieder alle folgenden Tage und Abende an seinem Bette, brachte ihm seine Mahlzeiten, flößte ihm Medizin ein und las ihm, wenn er frisch genug war, um darnach zu verlangen, aus der Zeitung, wohl auch ein Kapitel aus irgendeinem Romane vor. Den Morgen nach ihrem Spaziergang hatte es zu regnen begonnen, und ein vorschneller Herbst brach an. Und nun rieselten stunden-, tagelang fast unaufhörlich die dünnen, grauen Streifen an den Fenstern vorbei. In der letzten Zeit hörte Marie zuweilen den Kranken nachts zusammenhangloses Zeug reden. Und da strich sie dann wohl ganz mechanisch mit den Händen über seine Stirne und flüsterte: »Schlaf, Felix, schlaf, Felix!« so wie man ein unruhiges Kind beschwichtigt. Er wurde zusehends schwächer, litt aber nicht viel, und wenn die kurzen Anfälle von Atemnot vorüber waren, die ihn heftig an seine Krankheit erinnerten, versank er meist in einen Zustand der Erschlaffung, über den er sich selbst keine Rechenschaft mehr geben konnte. Nur das kam ihm zuweilen vor, daß er sich ein bißchen wunderte. »Warum ist mir denn alles so gleichgültig?« Wenn er dann draußen den Regen herunterrieseln sah, dachte er wohl: »Ach ja, der Herbst« und forschte nach dem Zusammenhang nicht weiter. Er dachte eigentlich an keine Veränderung, die möglich wäre. Nicht ans Ende, nicht an die Gesundheit. Und auch Marie verlor in diesen Tagen ganz den Ausblick auf die Möglichkeit eines Anderswerdens. Auch die Besuche Alfreds hatten etwas Gewohnheitsmäßiges angenommen. Für diesen freilich, der von draußen kam, für den das Leben weiterrollte, war das Bild der Krankenstube täglich verändert. Für ihn war jede Hoffnung dahin. Er merkte wohl, daß nun sowohl für Felix wie für Marie ein Zeitabschnitt begonnen hatte, wie er bei Menschen, welche die tiefsten Erregungen durchgemacht, zuweilen eintritt, ein Zeitabschnitt, in dem es keine Hoffnung und keine Furcht gibt, wo die Empfindung der Gegenwart selbst, dadurch, daß ihr der Ausblick auf die Zukunft und die Rückschau ins Vergangene fehlt, dumpf und unklar ist. Er selbst trat stets mit einem Gefühl schweren Unbehagens in die Krankenstube und war sehr froh, wenn er beide so wiederfand, wie er sie verlassen. Denn endlich mußte ja wieder eine Stunde kommen, wo sie gezwungen waren, an das zu denken, was bevorstand.

Wie er wieder einmal mit dieser Überlegung die Treppe hinaufgestiegen war, fand er Marie mit bleichen Wangen und händeringend im Vorzimmer stehend. »Kommen Sie, kommen Sie«, rief sie. Er folgte ihr rasch. Felix saß aufrecht im Bette; er heftete böse Blicke auf die Eintretenden und rief: »Was habt ihr eigentlich mit mir vor?«

Alfred trat rasch zu ihm. »Was fehlt dir denn, Felix?« fragte er.

»Was du mit mir vorhast, möcht' ich wissen.«

»Was sind denn das für kindische Fragen?«

»Verkommen laßt ihr mich, elend verkommen«, rief Felix mit fast schreiender Stimme.

Alfred trat ganz nahe zu ihm und wollte seine Hand erfassen. Der Kranke aber zog dieselbe heftig zurück. »Laß mich, und du, Marie, laß das Händeringen. Ich möchte wissen, was ihr vorhabt. Wie das weitergehen soll, will ich wissen.«

»Es ginge viel besser weiter«, sagte Alfred ruhig, »wenn du dich nicht unnütz aufregtest.«

»Nun ja, da lieg' ich nun, wie lange, wie lange! Ihr schaut zu und laßt mich liegen. Was hast du eigentlich mit mir vor?« Er wandte sich plötzlich an den Doktor.

»So rede doch keinen Unsinn.«

»Es geschieht ja gar nichts mit mir, gar nichts. Es bricht über mich herein; man rührt keine Hand, es abzuwenden!«

»Felix«, begann Alfred mit eindringlicher Stimme, indem er sich aufs Bett setzte und wieder seine Hand zu fassen suchte.

»Nun ja, du gibst mich einfach auf. Du läßt mich daliegen und Morphium nehmen.«

»Du mußt noch ein paar Tage Geduld haben –«

»Aber du siehst ja, daß es mir nichts nutzt! Ich fühle ja, wie's mir geht! Warum laßt ihr mich denn so rettungslos verkommen? Ihr seht doch, daß ich hier zugrunde gehe. Ich halt' es ja nicht aus! Und es muß doch noch eine Hilfe geben, irgendeine Möglichkeit einer Hilfe. So denk doch nach, Alfred, du bist doch ein Arzt, es ist ja deine Pflicht.«

»Gewiß gibt es eine Hilfe«, sagte Alfred.

»Und wenn nicht eine Hilfe, vielleicht ein Wunder. Aber hier wird kein Wunder geschehen. Ich muß fort, ich will fort.«

»Du wirst ja, sobald du etwas gekräftigt bist, das Bett verlassen.«

»Alfred, ich sag' dir, es wird zu spät. Warum soll ich denn in diesem entsetzlichen Zimmer bleiben? Ich will fort, aus der Stadt will ich fort. Ich weiß, was ich brauche. Ich brauche den Frühling, ich brauche den Süden. Wenn die Sonne wieder scheint, werd' ich gesund.«

»Das ist ja alles ganz vernünftig«, sagte Alfred. »Selbstverständlich wirst du in den Süden, aber du mußt ein wenig Geduld haben. Heute kannst du nicht reisen, und morgen auch nicht. Sobald es irgend angeht.«

»Ich kann heute reisen, ich fühl' es. Sobald ich nur aus diesem entsetzlichen Sterbezimmer da heraus bin, werd' ich ein anderer Mensch sein. Jeder Tag, den du mich länger hier läßt, ist eine Gefahr.«

»Lieber Freund, du mußt doch bedenken, daß ich als dein Arzt –«

»Du bist ein Arzt und urteilst nach der Schablone. Die Kranken wissen selbst am besten, was ihnen not tut. Es ist ein Leichtsinn und eine Gedankenlosigkeit, mich daliegen und verkommen zu lassen. Im Süden geschehen manchmal Wunder. Man legt die Hand nicht in den Schoß, wenn nur eine Spur von Hoffnung da ist, und es ist immer noch eine Hoffnung da. Es ist unmenschlich, einen seinem Schicksal zu überlassen, wie ihr es mit mir tut. Ich will in den Süden, in den Frühling will ich zurück.«

»Das sollst du ja«, sagte Alfred.

»Nicht wahr«, warf Marie hastig drein, »wir können morgen reisen.«

»Wenn mir Felix verspricht, sich drei Tage ruhig zu verhalten, so schick' ich ihn weg. Aber heute, jetzt – das wäre ein Verbrechen! Das lasse ich nicht zu, unter keiner Bedingung. Schauen Sie doch nur«, wandte er sich an Marie, »dieses Wetter. Es stürmt und regnet; nicht dem Gesündesten möchte ich heute zum Abreisen raten.«

»Also morgen!« rief Felix.

»Wenn es sich ein wenig aufheitert«, sagte der Doktor, »in zwei bis drei Tagen, mein Wort darauf.«

Der Kranke sah ihn fest und forschend an. Dann fragte er: »Dein Ehrenwort?«

»Ja!«

»Nun, hörst du?« rief Marie aus.

»Du glaubst nicht«, sagte der Kranke, zu Alfred gewendet, »daß es noch eine Rettung für mich gibt? Du hast mich in der Heimat sterben lassen wollen? – Das ist eine falsche Humanität! Wenn man am Sterben ist, gibt's keine Heimat mehr. Das Leben-Können, das ist die Heimat. Und ich will nicht, ich will nicht so wehrlos sterben.«

»Mein lieber Felix, du weißt ja ganz gut, daß es meine Absicht ist, dich den ganzen Winter im Süden verbringen zu lassen. Aber ich kann dich doch nicht bei solchem Wetter abreisen lassen.«

»Marie«, sagte der Kranke, »mach' alles bereit.« Marie sah den Doktor ängstlich fragend an.

»Nun ja«, meinte dieser, »das kann ja nicht schaden.«

»Alles mach' bereit. Ich will in einer Stunde aufstehen. Wir reisen ab, sobald der erste Sonnenstrahl hervorkommt.«

Felix stand nachmittags auf. Es schien beinahe, als übte der Gedanke an eine Veränderung des Aufenthalts eine wohltätige Wirkung auf ihn aus. Er war wach, lag die ganze Zeit auf dem Diwan, aber er hatte weder Ausbrüche von Verzweiflung, noch verfiel er in die dumpfe Teilnahmslosigkeit der vorhergegangenen Tage. Er interessierte sich für die Vorbereitungen, die Marie traf, er gab Ratschläge, ordnete an, bezeichnete Bücher aus seiner Bibliothek, die er mithaben wollte, und nahm einmal selbst aus seinem Schreibtische einen ganz großen Pack von Schriften hervor, die auch in den Koffer sollten. »Ich will meine alten Sachen durchsehen«, sagte er zu Marie, und später, als sie die Schriften im Koffer unterzubringen versuchte, kam er wieder darauf zurück. »Wer weiß, ob diese Zeit der Ruhe meinem Geiste nicht sehr wohlgetan hat! Ich fühle mich geradezu reif werden. Eine wunderbare Klarheit strahlt zu manchen Stunden über alles, was ich bisher gedacht.«

Schon am Tage nach jenem Sturm- und Regenwetter war es schön geworden. Und im Laufe des nächsten Tages wurde es so warm, daß man die Fenster öffnen konnte. Nun glitt der Glanz eines warmen und freundlichen Herbstnachmittags über den Boden hin, und wenn Marie vor dem Koffer kniete, so legten sich die Sonnenstrahlen in ihr welliges Haar.

Alfred kam eben dazu, wie Marie die Papiere sorgsam in dem Koffer verwahrte, und wie Felix, auf dem Sofa liegend, über seine Pläne zu sprechen begann.

»Auch das soll ich schon gestatten?« fragte Alfred lächelnd. »Na, ich hoffe, du bist ängstlich genug, nicht vorzeitig mit der Arbeit anzufangen.«

»Oh«, sagte Felix, »es wird keine Arbeit für mich sein. Tausend neue und frische Lichter gleiten über alle Gedankengänge hin, die mir bisher im Dunkeln waren.«

»Das ist ja sehr schön«, sagte Alfred gedehnt, indem er den Kranken betrachtete, der mit starrem Blicke ins Leere schaute.

»Du darfst mich nicht mißverstehen«, fuhr dieser fort. »Ich hab' eigentlich gar keine fest umrissene Idee. Aber es ist, als wenn sich etwas vorbereitete.«

»So, so.«

»Weißt du, mir ist, wie wenn ich Instrumente eines Orchesters stimmen hörte. Das hat auch in Wirklichkeit immer stark auf mich gewirkt. Und in einem der nächsten Momente werden sich da wohl reine Harmonien hervorringen, und alle Instrumente fallen richtig ein.« Und, plötzlich abspringend, fragte er: »Hast du das Coupé bestellt?«

»Ja«, erwiderte der Doktor.

»Also morgen früh«, rief Marie mit guter Laune aus. Sie war immerfort beschäftigt, ging von der Kommode zum Koffer, von dort zum Bücherschrank, dann wieder zum Koffer, ordnete und packte. Alfred fühlte sich sonderbar berührt. War er bei fröhlichen, jungen Leuten, die eine Lustreise vorbereiteten? So hoffnungsfreudig, so ungetrübt beinahe schien die Stimmung, die heute über dieser Stube lag. Als er sich entfernte, begleitete ihn Marie hinaus. »Ach Gott«, rief sie aus, »wie gescheit ist es, daß wir weg kommen. Ich freue mich sehr! Und er ist ja förmlich ausgewechselt, seit es ernst wird.«

Alfred wußte nichts zu erwidern. Er reichte ihr die Hand und wandte sich zum Gehen. Dann aber, sich nochmals umwendend, sagte er zu Marie: »Sie müssen mir versprechen –«

»Was denn?«

»Ich meine, ein Freund ist ja doch immer noch mehr als ein Arzt. Sie wissen, ich stehe Ihnen immer zur Verfügung. Sie brauchen nur zu telegraphieren.«

Marie war ganz erschrocken. »Sie glauben, es könnte notwendig sein?«

»Ich sag' es nur für alle Fälle.« Damit ging er.

Sie blieb noch eine Weile nachsinnend stehen, dann trat sie rasch in die Stube, ängstlich, daß Felix über ihr minutenlanges Wegbleiben besorgt sein könnte. Der aber schien auf ihr Hereinkommen nur gewartet zu haben, um in seinen früheren Erörterungen fortzufahren.

»Weißt du, Marie«, sagte er, »die Sonne hat stets einen guten Einfluß auf mich. Wenn es kälter wird, gehen wir noch südlicher, an die Riviera, und dann später, wie denkst du – nach Afrika?! Ja? Unter dem Äquator würde mir das Meisterwerk gelingen, das ist sicher.«

So plauderte er weiter, bis endlich Marie zu ihm hintrat, ihm die Wangen streichelte und lächelnd meinte: »Nun ist's aber genug. Nicht gleich wieder leichtsinnig sein. Auch sollst du jetzt ins Bett, denn morgen heißt's früh aufstehen.« Sie sah, daß seine Wangen hoch gerötet waren und seine Augen beinahe funkelten, und wie sie seine Hände faßte, um ihm beim Aufstehen vom Diwan behilflich zu sein, waren sie brennend heiß.

Schon beim ersten Morgengrauen wachte Felix auf. Er war in der freudigen Erregung eines Kindes, das auf Ferien geht. Schon zwei Stunden, bevor sie zur Bahn fahren sollten, saß er zur Reise völlig bereit auf dem Diwan. Auch Marie war längst mit allem fertig. Sie hatte den grauen Staubmantel um, den Hut mit blauem Schleier, und stand so am Fenster, um früh genug den bestellten Wagen kommen zu sehen. Felix fragte alle fünf Minuten, ob der schon da sei. Er wurde ungeduldig. Er sprach davon, um einen anderen zu schicken, als Marie ausrief: »Da ist er, da ist er.«

»Du«, setzte sie gleich hinzu. »Alfred ist auch da.«

Alfred war zugleich mit dem Wagen um die Ecke gebogen und grüßte freundlich herauf. Bald darauf trat er ins Zimmer. »Ihr seid ja schon fix und fertig«, rief er aus. »Was wollt ihr schon so früh auf dem Bahnhofe machen, um so mehr, als ihr schon gefrühstückt habt, wie ich sehe.«

»Felix ist so ungeduldig«, sagte Marie. Alfred trat vor ihn hin, und der Kranke lächelte ihm heiter zu. »Prachtvolles Reisewetter«, meinte er.

»Ja, ihr werdet es wunderschön haben«, meinte der Doktor. Dann nahm er ein Stück Zwieback vom Tische. »Man darf doch?«

»Haben Sie am Ende noch gar nicht gefrühstückt?« rief Marie ganz erschrocken aus.

»Doch, doch. Ein Glas Cognac hab ich getrunken.«

»Warten Sie, in der Kanne ist noch Kaffee drin.« Sie ließ es sich nicht nehmen, ihm noch den Rest des Kaffees in die Tasse einzugießen, dann entfernte sie sich, um der Bedienerin im Vorzimmer einige Weisungen zu geben. Alfred brachte die Tasse lange nicht von seinen Lippen weg. Es war ihm peinlich, mit seinem Freunde allein zu sein, und er hätte nicht sprechen können. Nun trat Marie wieder herein und kündigte an, daß nichts mehr dem Verlassen der Wohnung im Wege stehe. Felix erhob sich und ging als erster zur Tür. Er hatte einen grauen Havelock umgeworfen, einen weichen, dunklen Hut auf dem Kopf, in der Hand hielt er einen Stock. Auch auf den Stufen wollte er als erster herabschreiten. Aber kaum hatte er das Geländer mit der Hand berührt, als er zu schwanken begann. Alfred und Marie waren gleich hinter ihm und stützten ihn. »Mir schwindelt ein wenig«, sagte Felix.

»Das ist ja ganz natürlich«, meinte Alfred. »Wenn man nach soundsoviel Wochen das erstemal aus dem Bette ist.« Er nahm den Kranken bei einem, Marie nahm ihn beim andern Arm; so führten sie ihn hinunter. Der Kutscher des Wagens nahm den Hut ab, als er den Kranken erblickte.

An den Fenstern des Hauses gegenüber wurden einige mitleidige Frauengesichter sichtbar. Und wie Alfred und Marie den totenblassen Mann in den Wagen hineinhoben, beeilte sich auch der Hausmeister, näherzutreten und seine Hilfe anzubieten. Als der Wagen davonfuhr, warfen sich der Hausmeister und die mitleidigen Frauen verständnisvolle, gerührte Blicke zu.

Alfred plauderte, auf dem Trittbrett des Waggons stehend, bis zum letzten Glockenzeichen mit Marie. Felix hatte sich in eine Ecke gesetzt und schien teilnahmslos. Erst als der Pfiff der Lokomotive ertönte, schien er wieder aufmerksam zu werden und nickte seinem Freunde zum Abschied zu. Der Zug setzte sich in Bewegung. Alfred blieb noch eine Weile auf dem Perron stehen und schaute ihm nach. Dann wandte er sich langsam zum Gehen.

Kaum war der Zug aus der Halle, als sich Marie ganz nahe zu Felix hinsetzte und ihn fragte, was er für Wünsche habe. Ob sie die Cognacflasche öffnen, ob sie ihm ein Buch reichen, ob sie ihm aus der Zeitung vorlesen sollte. Er schien für so viel Freundlichkeit Dank zu empfinden und drückte ihr die Hand. Dann fragte er: »Wann kommen wir denn in Meran an?« und er ließ sich endlich, wie sie nicht die genaue Stunde der Ankunft wußte, von ihr aus dem Reisehandbuch alle wichtigen Daten vorlesen. Er wollte wissen, wo die Mittagsstation wäre, an welchem Ort die Nacht hereinbräche, und interessierte sich für eine Menge äußerlicher Dinge, die ihm sonst ganz gleichgültig waren. Er suchte zu berechnen, wieviel Leute im ganzen Zug sein mochten, und bedachte, ob wohl auch junge Ehepaare darunter wären. Nach einiger Zeit verlangte er Cognac, doch reizte ihn der so sehr zum Husten, daß er Marieen ganz ärgerlich ersuchte, ihm unter keinen Bedingungen mehr davon zu geben, selbst wenn er danach verlangen sollte. Später ließ er sich den meteorologischen Bericht aus der Zeitung vorlesen und nickte befriedigt mit dem Kopfe, als sich eine günstige Voraussage ergab. Sie fuhren über den Semmering. Mit Aufmerksamkeit betrachtete er die wechselnden Bilder, die sich darboten; aber was er äußerte, beschränkte sich auf ein leises »Hübsch, sehr schön«, dem die Betonung der Freude vollkommen fehlte. Zu Mittag nahm er ein wenig von den kalten Speisen, mit welchen sie sich vorgesehen hatten, und wurde sehr zornig, als ihm Marie den Cognac verweigerte. Sie mußte sich endlich entschließen, ihm welchen zu geben. Er vertrug ihn ganz gut, wurde frischer und begann an allen möglichen Dingen Teilnahme zu zeigen. Und bald kam er wieder im Sprechen von dem, was an den Coupéfenstern vorüberflog, was er in den Stationen sah, auf sich selbst zurück. Er sagte: »Ich habe von Somnambulen gelesen, denen im Traum irgendein Heilmittel erschien, auf das kein Arzt verfallen war und durch dessen Anwendung sie genasen. Der Kranke soll seiner Sehnsucht folgen, sag' ich.«

»Gewiß«, erwiderte Marie.

»Süden! Luft des Südens! Sie meinen, der ganze Unterschied ist, daß es dort warm ist und daß es das ganze Jahr Blumen gibt und vielleicht mehr Ozon und keine Stürme und keinen Schnee. Wer weiß, was in dieser Luft des Südens schwebt! Geheimnisvolle Elemente, die wir noch gar nicht kennen.«

»Sicher wirst du dort gesund«, sagte Marie, indem sie eine Hand des Kranken zwischen ihre Hände nahm und an ihre Lippen führte.

Er sprach noch weiter über die vielen Maler, die man in Italien träfe, über die Sehnsucht, die so viele Künstler und Könige nach

Rom getrieben, und über Venedig, wo er einmal gewesen, lange bevor er Marie gekannt. Endlich wurde er müde und begehrte danach, sich der Länge nach auf die Sitze des Coupés hinzustrekken. So blieb er, meist in leichten Schlummer versunken, bis der Abend anbrach.

Sie saß ihm gegenüber und betrachtete ihn. Sie fühlte sich ruhig. Nur ein mildes Bedauern war in ihr. Er war so bleich. Und so alt war er geworden. Wie hatte sich dieses schöne Antlitz seit dem Frühjahr verändert! Das war doch eine andere Blässe als diejenige, welche ihr nun selbst auf den Wangen lag. Die ihre machte sie jünger, jungfräulich beinahe. Um wieviel besser war sie doch daran als er! Noch nie war ihr dieser Gedanke mit solcher Deutlichkeit gekommen. Warum ist dieser Schmerz nicht peinigender! Ach, es ist gewiß nicht Mangel an Teilnahme, es ist ganz einfach grenzenlose Müdigkeit, die seit Tagen nicht mehr von ihr weicht, auch wenn sie sich zu Zeiten scheinbar frischer fühlt. Sie freut sich ihrer Müdigkeit, denn sie hat Angst vor den Schmerzen, die kommen werden, wenn sie aufhört, müde zu sein.

Marie schrak plötzlich aus dem Schlaf auf, in den sie versunken war. Sie sah um sich, es war fast ganz dunkel. Der Schleier war über die Lampe gezogen, die oben glimmte, und so ergoß sich nur ein mattgrünlicher Schimmer ins Coupé. Und draußen vor den Fenstern Nacht, Nacht! Es war, als führen sie durch einen langen Tunnel. Warum war sie nur so heftig aufgeschreckt? Es war doch fast ganz still, nur das gleichförmige Knarren der Räder dauerte fort. Allmählich gewöhnte sie sich an das matte Licht, und nun konnte sie wieder die Gesichtszüge des Kranken ausnehmen. Er schien ganz ruhig zu schlafen, lag unbeweglich dort. Plötzlich seufzte er tief, unheimlich, klagend. Ihr klopfte das Herz. Gewiß hatte er auch früher so gestöhnt, und das hatte sie erweckt. Aber was war das? Sie blickte näher auf ihn hin. Er schlief ja nicht. Mit weit, weit offenen Augen lag er da, ganz deutlich konnte sie's nun sehen. Sie hatte Angst vor diesen Augen, welche ins Leere, ins Weite, ins Dunkle starrten. Und wieder ein Stöhnen, noch klagender als früher. Er bewegte sich, und nun seufzte er wieder auf, aber nicht schmerzlich, eher wild. Und mit einem Male hatte er sich aufgerichtet, mit beiden Händen auf die Polster gestützt, dann schleuderte er den grauen Mantel, der ihn zudeckte, mit den Füßen auf den Boden und versuchte aufzustehen. Aber die Bewegung des Zuges ließ es nicht zu, und er sank in die Ecke zurück. Marie war aufgesprungen und wollte den grünen Schleier von der Lampe entfernen. Sie fühlte sich aber mit einem Male von seinen Armen umschlungen, und nun zog er die Bebende auf seine Knie nieder. »Marie, Marie!« sagte er mit heiserer Stimme.

Sie wollte sich frei machen, es gelang ihr nicht. All seine Kraft schien ihm wiedergekehrt, er preßte sie heftig an sich. »Bist du bereit, Marie?« flüsterte er, seine Lippen ganz nahe an ihrem Hals. Sie verstand nicht, sie hatte nur die Empfindung einer grenzenlosen Angst. Wehrlos war sie, sie wollte schreien. »Bist du bereit?« fragt er nochmals, während er sie weniger krampfhaft festhielt, so daß ihr seine Lippen, sein Atem, seine Stimme wieder ferner waren und sie freier atmen konnte.

»Was willst du?« fragte sie angstvoll.

»Verstehst du mich nicht?« entgegnete er.

»Laß mich, laß mich«, schrie sie, aber das verhallte im Brausen des weiterrollenden Zuges.

Er achtete gar nicht darauf. Er ließ die Hände sinken, sie erhob sich von seinen Knieen und setzte sich in die Ecke gegenüber.

»Verstehst du mich nicht?« fragte er wieder.

»Was willst du?« flüsterte sie aus ihrer Ecke heraus.

»Eine Antwort will ich«, erwiderte er.

Sie schwieg, sie zitterte, sie sehnte sich nach dem Tag.

»Die Stunde rückt näher«, sagte er leise, indem er sich vorbeugte, so daß sie deutlicher seine Worte vernehmen konnte. »Ich frage dich, ob du bereit bist?«

»Welche Stunde?«

»Unsere! Unsere!«

Sie verstand ihn. Die Kehle war ihr zugeschnürt.

»Erinnerst du dich, Marie?« fuhr er fort, und der Ton seiner Stimme nahm etwas Mildes, beinahe etwas Bittendes an. Er nahm ihre beiden Hände in die seinen. »Du hast mir ein Recht gegeben, so zu fragen«, flüsterte er weiter. »Erinnerst du dich?«

Sie hatte nun einige Fassung wiedergewonnen, denn wenn es auch entsetzliche Worte waren, die er sprach, seine Augen hatten das Starre, seine Stimme das Drohende verloren. Ein Bittender schien er zu sein. Und wieder fragte er, beinahe weinend: »Erinnerst du dich?« Da hatte sie schon die Kraft zu erwidern, wenn auch mit bebenden Lippen: »Du bist ja ein Kind, Felix!«

Er schien es gar nicht zu hören. In gleichmäßigen Tönen, als käme ihm Halbvergessenes mit neuer Deutlichkeit zurück, sprach er: »Nun geht es zu Ende, und wir müssen davon, Marie; unsere Zeit ist um.« Etwas Bannendes, Bestimmtes und Unentrinnbares lag in diesen Worten, so leise sie geflüstert wurden. Er hätte lieber drohen sollen, da hätte sie sich besser wehren können. Einen Augenblick, wie er noch näher an sie heranrückte, kam die ungeheure Furcht über sie, er würde auf sie stürzen und sie erwürgen. Sie dachte schon daran, an das andere Endes des Coupés zu fliehen, das Fenster zu zerschlagen, um Hilfe zu rufen. Aber in demselben Moment ließ er ihre Hände aus den seinen und lehnte sich zurück, als hätte er nichts weiter zu sagen. Da sprach sie:

»Was für Dinge redest du denn, Felix! Jetzt, wo wir in den Süden fahren, wo du vollkommen gesund werden sollst.« Er lehnte drüben, schien in Gedanken versunken. Sie stand auf und schob rasch den grünen Schleier von der Lampe weg. Oh, wie ihr das wohltat! Licht war es nun mit einem Male, ihr Herz begann langsamer zu schlagen, und ihre Furcht verschwand. Sie setzte sich wieder in ihre Ecke, er hatte zu Boden geschaut und erhob jetzt wieder die Augen zu ihr. Dann sagte er langsam:

»Marie, mich wird der Morgen nicht mehr täuschen und auch der Süden nicht. Heute weiß ich.«

Warum spricht er jetzt so ruhig? dachte Marie. Will er mich in Sicherheit wiegen? Hat er Angst, daß ich mich zu retten versuche? Und sie nahm sich vor, auf ihrer Hut zu sein. Sie beobachtete ihn ununterbrochen, sie hörte kaum mehr auf seine Worte, verfolgte eine jede seiner Bewegungen, jeden seiner Blicke. Er sagte:

»Du bist ja frei, auch dein Schwur bindet dich nicht. Kann ich dich zwingen? – Willst du mir nicht die Hand reichen?«

Sie gab ihm die Hand, aber so, daß die ihre über der seinen ruhte.

»Wär' nur der Tag da!« flüsterte er.

»Ich will dir etwas sagen, Felix«, meinte sie jetzt. »Versuche doch, wieder ein wenig zu schlafen! Der Morgen kommt bald; in ein paar Stunden sind wir in Meran.«

»Ich kann nicht mehr schlafen!« erwiderte er und schaute auf. In diesem Augenblick trafen sich ihre Blicke. Er merkte das Mißtrauische, Lauernde in den ihren. In demselben Moment war ihm alles klar. Sie wollte ihn zum Schlafen bringen, um in der nächsten Station unbemerkt aussteigen und entfliehen zu können. »Was hast du vor?« schrie er auf.

Sie zuckte zusammen. »Nichts.«

Er versuchte aufzustehen. Kaum gewahrte sie das, als sie sich aus ihrer Ecke in die andere flüchtete, weit von ihm.

»Luft!« schrie er. »Luft!« Er öffnete das Fenster und streckte seinen Kopf in die Nachtluft hinaus. Marie war beruhigt, es war nur Atemnot, die ihn so plötzlich gezwungen hatte, sich zu erheben. Sie kam wieder zu ihm und zog ihn sanft vom Fenster zurück. »Das kann dir ja nicht gut tun«, sagte sie. Er sank wieder in seine Ecke, mühsam atmend. Sie blieb eine Weile vor ihm stehen, die eine Hand an den Rand der Fensteröffnung stützend, dann nahm sie wieder ihm gegenüber den früheren Platz ein. Nach einer Weile beruhigte sich sein Atem; ein leises Lächeln kam über seine Lippen. Sie sah ihn verlegen, ängstlich an. »Ich werde das Fenster schließen«, sagte sie. Er nickte. »Der Morgen! Der Morgen!« rief er aus. Am Horizont zeigten sich graurötliche Streifen.

Nun saßen sie lange schweigend einander gegenüber. Endlich sprach er, während wieder jenes Lächeln um seinen Mund spielte: »Du bist nicht bereit!« Sie wollte irgend etwas in ihrer gewöhnlichen Art erwidern, daß er ein Kind sei oder dergleichen. Sie konnte nicht. Dieses Lächeln wies jede Antwort ab.

Der Zug fuhr langsamer. Nach ein paar Minuten war er in der Frühstücksstation eingelangt. Auf dem Perron liefen Kellner umher mit Kaffee und Gebäck. Viele Reisende verließen den Wagen; es gab ein Lärmen und Rufen. Marie war es, als wäre sie aus einem schweren Traum erwacht. Die Trivialität dieses Bahnhoftreibens tat ihr sehr wohl. Im Gefühle vollkommener Sicherheit erhob sie sich und sah auf den Perron hinaus. Endlich winkte sie einen Kellner herbei und ließ sich eine Tasse Kaffee hereinreichen. Felix sah ihr zu, wie sie den Kaffee schlürfte, schüttelte aber den Kopf, als sie ihm davon anbieten wollte.

Bald darauf setzte sich der Zug wieder in Bewegung, und wie sie aus der Halle herausfuhren, war es völlig Licht geworden. Und schön! Und dort ragten die Berge, vom Frührot übergossen! Marie faßte den Entschluß, sich niemals wieder vor der Nacht zu fürchten. Felix sah gelegentlich zum Fenster hinaus, er schien ihre Blicke vermeiden zu wollen. Ihr war, als müßte er sich der vergangenen Nacht ein wenig schämen.

Der Zug hielt nun einige Male in kurzen Zwischenräumen an, und es war ein herrlicher, sommerwarmer Morgen, als er in der Halle von Meran einfuhr. »Da sind wir«, rief Marie aus, »endlich, endlich!«

Sie hatten einen Wagen gemietet und fuhren herum, um eine passende Wohnung ausfindig zu machen. »Zu sparen brauchen wir nicht«, sagte Felix, »so lange reicht mein Vermögen noch.« Bei einzelnen Villen ließen sie den Kutscher anhalten, und während Felix im Wagen verblieb, besichtigte Marie die Wohnräume und die Gärten. Bald hatten sie ein passendes Haus gefunden. Es war ganz klein, halbstockhoch, mit einem kleinen Garten. Marie bat die Vermieterin, mit ihr hinauszutreten, um dem im Wagen sitzenden jungen Mann die verschiedenen Vorzüge der Villa zu erläutern. Felix erklärte sich mit allem einverstanden, und ein paar Minuten später hatte das Paar die Villa bezogen.

Felix hatte sich, ohne an dem geschäftigen Interesse Mariens für das Haus Anteil zu nehmen, ins Schlafzimmer zurückgezogen. Er hielt eine flüchtige Umschau darin. Es war geräumig und freundlich, mit sehr lichten, grünlichen Tapeten und einem großen Fenster, das nun offen stand, so daß das ganze Zimmer von dem Duft des Gartens erfüllt war. Dem Fenster gegenüber standen die Betten; Felix war so erschöpft, daß er sich der Länge nach auf eines hinwarf.

Unterdessen ließ sich Marie von der Vermieterin herumführen und freute sich besonders des Gärtchens, das von einem hohen Gitter umschlossen war und in das man auch von dem an der Rückseite gelegenen Türchen herein konnte, ohne das Haus betreten zu müssen. An der Rückseite selbst ging ein breiter Weg hin, der direkt und in kürzerer Zeit zum Bahnhof führte als die Fahrstraße, an welcher das Haus lag.

Als Marie wieder ins Zimmer zurückkam, in dem sie Felix verlassen hatte, fand sie ihn auf dem Bette liegen. Sie rief ihn an, er antwortete nicht. Sie trat näher heran, er war noch blässer als sonst. Sie rief wieder, keine Antwort; – er rührte sich nicht. Ein entsetzlicher Schrecken überkam sie, sie rief die Frau herein und sandte sie um einen Arzt. Kaum war die Frau fort, als Felix die Augen aufschlug. Aber in dem Moment, als er etwas sprechen wollte, erhob er sich mit angstverzerrtem Gesicht, sank gleich wieder zurück und röchelte. Von seinen Lippen herab floß etwas Blut. Marie beugte sich ratlos, verzweifelt über ihn. Dann eilte sie wieder zur Türe, um zu sehen, ob der Arzt schon käme, dann stürzte sie wieder zu ihm zurück und rief seinen Namen. Wäre nur Alfred da! dachte sie.

Endlich kam der Doktor, ein ältlicher Herr mit grauem Bakkenbart. »Helfen Sie! Helfen Sie!« rief ihm Marie entgegen. Dann gab sie ihm Auskunft, so gut es in ihrer Aufregung ging. Der Arzt betrachtete den Kranken, fühlte nach seinem Puls, sagte, daß er jetzt gleich nach dem Blutsturze nicht untersuchen könnte und ordnete das Nötige an. Marie begleitete ihn hinaus, fragte ihn, was sie zu erwarten habe. »Kann ich noch nicht sagen«, erwiderte der Doktor, »nur ein wenig Geduld! Wir wollen hoffen.« Er versprach, noch heute abend wiederzukommen, und grüßte Marie, die im Haus stehen geblieben war, so freundlich und unbefangen aus dem Wagen heraus, als hätte er einen konventionellen Besuch gemacht.

Marie stand nur eine Sekunde ratlos da; in der nächsten schon kam ihr eine Idee, die ihr Rettung zu versprechen schien, und sie eilte aufs Postamt, um ein Telegramm an Alfred abzusenden. Nachdem sie es abgeschickt hatte, fühlte sie sich erleichtert. Sie dankte der Frau, welche sich um den Kranken während ihres Fortseins bemüht hatte, entschuldigte sich bei ihr wegen der Ungelegenheit, die man ihr schon am ersten Tage bereite, und versprach, daß man sich sehr erkenntlich erweisen werde.

Felix lag noch immer angekleidet ohne Bewußtsein auf dem Bette ausgestreckt, sein Atem war aber ruhig geworden. Während sich Marie am Kopfende des Bettes niederließ, sprach ihr die Frau Trost zu, erzählte von den vielen Schwerkranken, die in Meran wieder genesen waren, teilte ihr mit, daß sie selbst in ihrer Jugend leidend gewesen und sich – wie man ja sehen könne – wunderbar erholt hätte. Und dabei das viele Unglück, das sie betroffen. Ihr Mann, der nach zweijähriger Ehe gestorben, die Söhne, die draußen in der Welt seien, – ja, alles hätte anders kommen können, aber sie sei nun ganz froh, die Stelle in diesem Hause zu haben. Und über den Besitzer könne man sich um so weniger beklagen, als er höchstens zweimal im Monat aus Bozen herüberkäme, zu sehen, ob alles in Ordnung sei. So kam sie vom Hundertsten ins Tausendste und war von überströmender Freundlichkeit. Sie erbot sich, die Koffer auszupacken, was von Marie dankend angenommen wurde, und brachte später das Mittagessen aufs Zimmer. Milch für den Kranken stand schon bereit, und leichte Bewegungen, die an ihm wahrzunehmen waren, schienen ein baldiges Erwachen anzuzeigen.

Endlich kam Felix wieder zum Bewußtsein, wandte einige Male den Kopf hin und her und blieb mit seinem Blick auf Marie haften, die sich über ihn gebeugt hatte. Da lächelte er und drückte ihr schwach die Hand. »Was war denn nur mit mir?« fragte er. – Der Arzt, der nachmittags kam, fand ihn bereits viel besser und gestattete, daß man ihn auskleidete und ins Bett legte. Felix ließ alles mit Gleichmut über sich ergehen.

Marie rührte sich vom Bett des Kranken nicht weg. Was war das für ein endloser Nachmittag! Durch das Fenster, welches auf ausdrücklichen Befehl des Doktors offen geblieben war, kamen die milden Düfte des Gartens herein, – und so stille war es! Marie verfolgte mechanisch das Flimmern der Sonnenstrahlen auf dem Fußboden. Felix hielt fast ununterbrochen ihre Hand umfaßt. Die seine war kühl und feucht, was Marieen eine unangenehme Empfindung verursachte. Manchmal unterbrach sie das Schweigen mit ein paar Worten, zu denen sie sich eigentlich zwingen mußte. »Schon besser, nicht wahr? – Na, siehst du! – Nicht reden! – Du darfst nicht! – Übermorgen wirst du schon in den Garten gehen!« Und er nickte und lächelte. Dann berechnete Marie, wann Alfred kommen könnte. Morgen, abends konnte er hier sein. Also noch eine Nacht und einen Tag. Wenn er nur erst da wäre!

Endlos, endlos dehnte sich der Nachmittag. Die Sonne verschwand, das Zimmer selbst begann in Dämmerung zu liegen, aber wenn Marie in den Garten hinausschaute, sah sie noch auf den weißen Kieswegen und dort auf den Gitterstäben die gelblichen Strahlen hingleiten. Plötzlich, wie sie eben den Blick hinausgerichtet hatte, hörte sie die Stimme des Kranken: »Marie.« Sie drehte rasch den Kopf nach ihm.

»Nun ist mir viel besser«, sagte er ganz laut.

»Du sollst nicht laut sprechen«, wehrte sie zärtlich ab.

»Viel besser«, flüsterte er. »Es ist diesmal gut gegangen. Vielleicht war es die Krisis.«

»Gewiß!« bekräftigte sie.

»Ich hoffe auf die gute Luft. Aber es darf nicht noch einmal kommen, sonst bin ich verloren.«

»Aber! Du siehst ja, daß du dich schon wieder frisch fühlst.«

»Du bist brav, Marie, ich danke dir. Aber pflege mich nur gut. Gib acht, gib acht!«

»Mußt du mir das sagen?« erwiderte sie mit leisem Vorwurf.

Er aber fuhr flüsternd fort: »Denn, wenn ich davon muß, nehm' ich dich mit.«

Eine tödliche Angst durchzuckte sie, wie er das aussprach. Warum nur? Es konnte ja keine Gefahr von ihm kommen, zu einer Gewalttat war er zu schwach. Sie war jetzt zehnmal stärker als er. Woran konnte er nur denken? Was suchte er mit seinen Augen in der Luft, an der Wand, im Leeren? Er konnte sich auch nicht erheben und hatte ja keine Waffen mit. Aber vielleicht Gift. Er konnte sich Gift verschafft haben, vielleicht trug er es bei sich und wollte es ihr in das Glas träufeln, aus dem sie trank. Aber wo konnte er es denn verwahren? Sie selbst hatte ihn auskleiden geholfen. Vielleicht hatte er ein Pulver in seiner Brieftasche? Die war aber in seinem Rock. Nein! Nein! Nein! Das waren Worte, die ihm das Fieber eingab, und die Lust, zu quälen, weiter nichts. – Aber wenn das Fieber solche Worte eingeben kann und solche Gedanken, warum nicht auch die Tat? Vielleicht wird er auch nur einen Augenblick benützen, in dem sie schläft, um sie zu erwürgen. Dazu braucht es ja so wenig Kraft. Sie kann gleich ohnmächtig werden, und dann ist sie wehrlos. Oh! sie wird heute nacht nicht schlafen, – und morgen ist Alfred da! –

Der Abend rückte vor, die Nacht kam. Felix hatte kein Wort mehr gesprochen, aber auch das Lächeln war von seinen Lippen völlig verschwunden; mit gleichförmig düsterem Ernst blickte er vor sich hin. Wie es dunkel wurde, brachte die Frau brennende Kerzen herein und schickte sich an, das Bett neben dem Kranken zurecht zu machen. Marie gab ihr mit der Hand ein Zeichen, daß das nicht notwendig wäre. Felix hatte es bemerkt. »Warum nicht?« fragte er. Und gleich setzte er hinzu: »Du bist zu gut, Marie, du sollst schlafen gehen, ich fühle mich ja besser.« Ihr schien es, als klänge Hohn durch diese Worte. Sie ging nicht schlafen. Die lange, schweigende Nacht verbrachte sie an seinem Bette, ohne ein Auge zuzutun. Felix lag fast immer ganz ruhig da. Zuweilen kam ihr die Idee, ob er sich vielleicht nur schlummernd stellte, um sie in Sicherheit zu wiegen. Sie schaute näher hin, aber das ungewisse Licht der Kerze täuschte zukkende Bewegungen um die Lippen und die Augen des Kranken vor, welche sie verwirrten. Einmal trat sie auch zum Fenster und schaute in den Garten hinaus. Er war in ein mattes Blaugrau getaucht, und wenn sie sich ein wenig vorbeugte und aufsah, konnte sie den Mond erblicken, der gerade über den Bäumen hinzuschweben schien. Kein Lufthauch rührte sich, und in der unendlichen Stille und Unbeweglichkeit, die sie umhüllte, kam es ihr vor, als wenn sich die Gitterstäbe, die sie ganz deutlich wahrnehmen konnte, langsam vorwärts bewegten und dann wieder stille hielten. Nach Mitternacht erwachte Felix. Marie ordnete ihm die Polster, und einer plötzlichen Eingebung gehorchend, suchte sie bei dieser Gelegenheit mit ihren Fingern, ob er nicht zwischen den Polstern irgend was verborgen hätte. Es klang ihr im Ohr: »Ich nehm' dich mit! Ich nehm' dich mit!« Aber hätte er es denn gesagt, wenn es ihm ernst damit wäre? Wenn er überhaupt die Fähigkeit hätte, sich mit einem Plane zu beschäftigen? Zu allererst wäre ihm dann die Idee gekommen, sich nicht zu verraten. Sie war wahrhaftig recht kindisch, sich von den ungeordneten Phantasien eines Kranken in Furcht versetzen zu lassen. Sie wurde schläfrig und rückte ihren Sessel weit vom Bette weg, – für alle Fälle. Aber sie wollte nicht einschlafen! Nur ihre Gedanken begannen die Klarheit zu verlieren, und aus dem lichten Bewußtsein des Tages flatterten sie in das Dämmern grauer Träume. Erinnerungen stiegen auf. Von Tagen und Nächten blühenden Glücks. Erinnerungen von Stunden, wo er sie in seinen Armen gehalten, während über sie durchs Zimmer der Hauch des jungen Frühlings zog. Sie hatte die unklare Empfindung, als wagte der Duft des Gartens nicht, hier hereinzufließen. Sie mußte wieder zum Fenster hin, um davon zu trinken; aus den feuchten Haaren des Kranken schien ein süßlich fader Duft zu strömen, der die Luft des Zimmers widerlich durchdrang. Was nun? Wenn's nun vorüber wäre! Ja, vorüber! Sie schrak nicht mehr vor dem Gedanken zurück, das tückische Wort fiel ihr ein, das aus dem fürchterlichsten der Wünsche ein heuchlerisches Mitleid macht:

»Wär' er doch erlöst!« – Und was dann? Sie sah sich auf einer Bank unter einem hohen Baum sitzen da draußen im Garten, blaß und verweint. Aber diese Zeichen der Trauer lagen nur auf ihrem Antlitz. Über ihre Seele war eine so wonnige Ruhe gekommen, wie seit lange, lange nicht. Und dann sah sie die Gestalt, die sie selbst war, sich erheben und auf die Straße treten und langsam davongehen. Denn nun konnte sie ja hingehen, wohin sie wollte.

Aber inmitten dieser Träumereien behielt sie Wachheit genug, um dem Atem des Kranken zu lauschen, der zuweilen zum Stöhnen wurde. Endlich nahte zögernd der Morgen. Schon in seinem ersten Grauen zeigte sich die Vermieterin an der Tür und bot sich freundlich an, für die kommenden Stunden Marie abzulösen. Diese nahm mit wahrer Freude an. Nach einem flüchtigen letzten Blick auf Felix verließ sie das Zimmer und betrat den Nebenraum, wo ein Diwan bequem zur Ruhe hergerichtet war. Ah! wie wohl war ihr da! Angekleidet warf sie sich darauf hin und schloß die Augen.

Nach vielen Stunden erst wachte sie auf. Ein angenehmes Halbdunkel umgab sie. Durch die Ritzen der geschlossenen Fensterläden fielen nur die schmalen Streifen des Sonnenlichts. Rasch erhob sie sich und hatte sofort die klare Auffassung des Moments. Heute mußte Alfred kommen! Das machte sie der dumpfen Stimmung der nächsten Stunden mutiger entgegensehen. Ohne Zögern begab sie sich ins Nebenzimmer. Wie sie die Tür öffnete, war sie eine Sekunde lang geblendet von der weißen Decke, die über das Lager des Kranken gebreitet war. Dann aber gewahrte sie die Vermieterin, welche den Finger an den Mund legte, sich von ihrem Sessel erhob und auf den Zehenspitzen der Eintretenden entgegenging. »Er schläft fest«, flüsterte sie und erzählte dann weiter, daß er bis vor einer Stunde in heftigem Fieber wach gelegen sei und ein paarmal nach der gnädigen Frau gefragt habe. Schon am frühen Morgen sei der Doktor dagewesen und habe den Zustand des Kranken unverändert gefunden. Da habe sie die gnädige Frau aufwecken wollen, doch der Doktor selbst habe es nicht zugegeben; er würde übrigens im Laufe des Nachmittags wiederkommen.

Marie hörte der guten Alten aufmerksam zu, dankte ihr für ihre Fürsorge und nahm dann ihren Platz ein.

Es war ein warmer, beinahe schwüler Tag. Die Mittagsstunde war nahe. Über dem Garten lag stiller und schwerer Sonnenglanz. Wie Marie aufs Bett hineinblickte, sah sie zuerst die beiden schmalen Hände des Kranken, welche, zuweilen leicht zuckend, auf der Bettdecke lagen. Das Kinn war herabgesunken, das Gesicht totenblaß mit leicht geöffneten Lippen. Sein Atem setzte sekundenlang aus. Dann kamen wieder oberflächliche, schlürfende Züge. »Am Ende stirbt er, bevor Alfred kommt«, fuhr es Marie durch den Sinn. Wie Felix jetzt dalag, hatte sein Antlitz wieder den Ausdruck leidender Jugendlichkeit gewonnen, und eine Schlaffheit wie nach namenlosen Schmerzen, eine Ergebung wie nach hoffnungslosen Kämpfen sprach sich darin aus. Marie war es plötzlich klar, was diese Züge in der letzten Zeit so furchtbar verändert hatte und ihnen in diesem Augenblicke fehlte. Es war die Bitterkeit, die sich in ihnen ausprägte, wenn er sie betrachtete. Nun war gewiß kein Haß in seinen Träumen, und er war wieder schön. Sie wünschte, daß er aufwachte. So wie sie ihn jetzt sah, fühlte sie sich von einem unsäglichen Gram erfüllt, von einer Angst um ihn, die sie verzehrte. Es war ja wieder der Geliebte, den sie hier sterben sah. Mit einem Male begriff sie wieder, was das eigentlich bedeutete. Der ganze Jammer dieses Unabwendbaren und Fürchterlichen kam über sie, und alles verstand sie wieder, alles. Daß er ihr Glück und ihr Leben gewesen und daß sie mit ihm hatte in den Tod gehen wollen, und daß nun der Augenblick unheimlich nahe, wo alles unwiederbringlich vorbei sein müßte. Und die starre Kälte, die sich über ihr Herz gelagert, die Gleichgültigkeit ganzer Tage und Nächte flossen für sie in ein dumpfes Unbegreifliches zusammen. Und jetzt, jetzt ist es ja eigentlich noch gut. Er lebt ja noch, er atmet, er träumt vielleicht. Aber dann wird er starr daliegen, tot, man wird ihn begraben, und er wird tief in der Erde ruhen auf einem stillen Friedhof, über den die Tage gleichförmig hinziehen werden, während er vermodert. Und sie wird leben, sie wird unter Menschen sein, während sie doch draußen ein stummes Grab weiß, wo er ruht, – er! den sie geliebt hat! Ihre Tränen flossen unaufhaltsam, endlich schluchzte sie laut auf. Da bewegte er sich, und wie sie noch rasch mit dem Taschentuche über ihre Wangen fuhr, schlug er die Augen auf und sah sie lange an mit einer Frage im Blick, aber er sagte nichts. Dann nach einigen Minuten flüsterte er: »Komm!« Da erhob sie sich von ihrem Sessel, beugte sich über ihn, und er hob die Arme, als wollte er ihren Hals umschlingen. Er ließ die Arme aber wieder sinken und fragte:

»Hast du geweint?«

»Nein«, erwiderte sie hastig, indem sie sich die Haare von der Stirn zurückstrich.

Er schaute wieder lange und ernst auf sie, dann wandte er sich ab. Er schien nachzugrübeln.

Marie dachte nach, ob sie dem Kranken etwas von ihrem Telegramm an Alfred sagen sollte. Sollte sie ihn darauf vorbereiten? Nein, wozu? Das beste wird sein, wenn sie sich selbst von Alfreds Ankunft überrascht stellt. Der ganze Rest des Tages verfloß in der dumpfen Spannung der Erwartung. Die äußerlichen Vorkommnisse zogen wie im Nebel an ihr vorbei. Der Besuch des Arztes war bald abgetan. Er fand den Kranken vollkommen apathisch, nur selten aus einem stöhnenden Halbschlummer zu gleichgültigen Fragen und Wünschen erwachend. Er fragte nach der Stunde, verlangte nach Wasser; die Vermieterin ging aus und ein, Marie verbrachte die ganze Zeit im Zimmer, meist auf dem Sessel neben dem Kranken. Zuweilen stand sie am Fußende des Bettes, mit den Armen sich auf die Lehne stützend, manchmal ging sie auch zum Fenster und schaute in den Garten, in dem die Baumschatten allmählich länger wurden, bis endlich die Dämmerung über Wiesen und Wege schlich. Es war ein schwüler Abend geworden, und das Licht der Kerze, die auf dem Nachttische zu Häupten des Kranken stand, regte sich kaum. Nur als es völlig Nacht geworden und über den graublauen Bergen, die weit hinten zu sehen waren, der Mond hervorkam, erhob sich ein leichter Luftzug. Marie fühlte sich sehr erfrischt, als er um ihre Stirn wehte, und auch dem Kranken schien er wohlzutun. Er bewegte den Kopf und wandte die weitgeöffneten Augen dem Fenster zu. Und endlich atmete er tief, tief auf. »Ah!«

Marie ergriff seine Hand, die er zu seiten der Decke herunterhängen ließ. »Willst du etwas?« fragte sie.

Er entzog ihr langsam die Hand und sagte: »Marie, komm!«

Sie rückte näher und brachte ihren Kopf seinem Polster ganz nahe. Da legte er seine Hand wie segnend über ihre Haare und ließ sie darauf ruhen. Dann sagte er leise: »Ich danke dir für all deine Liebe.« Sie hatte nun ihren Kopf neben dem seinen auf dem Polster ruhen und fühlte wieder ihre Tränen kommen. Es wurde ganz stille im Zimmer. Von ferne her nur klang das verhallende Pfeifen eines Eisenbahnzuges. Dann wieder die Stille des schwülen Sommerabends, schwer und süß und unbegreiflich. Da plötzlich richtete sich Felix im Bette auf, so rasch, so heftig, daß Marie erschrak. Sie erhob sich vom Polster und starrte Felix ins Gesicht. Der faßte den Kopf Mariens mit beiden Händen, wie er oft in wilder Zärtlichkeit getan. »Marie«, rief er aus, »nun will ich dich erinnern.«

»Woran?« fragte sie und wollte ihren Kopf seinen Händen entwinden. Er aber schien alle seine Kraft wieder zu haben und hielt fest.

»Ich will dich an dein Versprechen erinnern«, sagte er hastig, »daß du mit mir sterben willst.« Er war ihr mit diesen Worten ganz nahe gekommen. Sie fühlte seinen Atem über ihren Mund streichen und konnte nicht zurück. Er sprach so nah zu ihr, als sollte sie seine Worte mit ihren Lippen trinken müssen. »Ich nehme dich mit, ich will nicht allein weg. Ich liebe dich und laß dich nicht da!«

Sie war vor Angst wie gelähmt. Ein heiserer Schrei, so erstickt, daß sie ihn selbst kaum hörte, kam aus ihrer Kehle. Ihr Kopf war unbeweglich zwischen seinen Händen, die ihn krampfhaft an den Schläfen und Wangen zusammenpreßten. Er redete immer weiter, und sein heißer, feuchter Atem glühte sie an.

»Zusammen! Zusammen! Es war ja dein Wille! Ich hab' auch Furcht, allein zu sterben. Willst du? Willst du?«

Sie hatte mit den Füßen den Sessel unter sich weggeschoben, und endlich, als müßte sie sich von einem eisernen Reif befreien, riß sie ihren Kopf aus der Umklammerung seiner beiden Hände. Er hielt die Hände noch immer in der Luft, als wäre ihr Kopf noch dazwischen, und starrte sie an, als könnte er nicht begreifen, was geschehen.

»Nein, nein«, schrie sie auf. »Ich will nicht!« und rannte zur Türe. Er erhob sich, als wollte er zum Bett hinausspringen. Aber jetzt verließen ihn die Kräfte, und wie eine leblose Masse sank er mit einem dumpfen Aufschlag aufs Lager zurück. Sie aber sah es nicht mehr; sie hatte die Tür aufgerissen und lief durchs Nebengemach in den Hausflur. Sie war ihrer Sinne nicht mächtig. Er hatte sie erwürgen wollen! Noch fühlte sie seine herabgleitenden Finger auf ihren Schläfen, auf ihren Wangen, auf ihrem Halse. Sie stürzte vor das Haustor, niemand war da. Sie erinnerte sich, daß die Frau fortgegangen war, ein Abendessen zu besorgen. Was sollte sie tun? Sie stürzte wieder zurück und durch den Hausflur in den Garten. Als würde sie verfolgt, so rannte sie über Weg und Wiesen hin, bis sie ans andere Ende gelangte. Nun wandte sie sich um und konnte das offene Fenster des Zimmers sehen, aus dem sie eben kam. Sie sah den Kerzenschein darin zittern, sonst gewahrte sie nichts. »Was war das? Was war das?« sagte sie vor sich hin. Sie wußte nicht, was sie tun sollte. Sie ging planlos auf den Wegen neben dem Gitter hin und her. Jetzt fuhr es ihr durch den Kopf. Alfred! Er kommt jetzt! Jetzt muß er kommen! Sie schaute zwischen die Gitterstäbe durch auf den mondbeschienenen Weg hinaus, der vom Bahnhof herführte. Sie eilte zur Gartentür und öffnete sie. Da lag der Weg vor ihr, weiß, menschenleer. Vielleicht aber kommt er die andere Straße. Nein, nein – dort, dort naht ein Schatten, immer näher, näher, immer rascher, die Gestalt eines Mannes. Ist er's? Ist er's? Sie eilte ihm ein paar Schritte weit entgegen: »Alfred!« »Sind Sie's, Marie?« Er war es. Sie hätte weinen mögen vor Freude. Wie er bei ihr war, wollte sie ihm die Hand küssen.

»Was gibt's?« fragte er. Und sie zog ihn nur mit sich, ohne zu antworten.

Felix lag nur einen Moment regungslos da, dann erhob er sich und blickte um sich. Sie war fort, er war allein! Eine schnürende Angst kam über ihn. Nur eines war ihm klar, daß er sie da haben müßte, da, bei sich. Mit einem Sprunge war er aus dem Bette. Aber er konnte sich nicht aufrecht halten und fiel wieder nach rückwärts auf das Bett hin. Er fühlte ein Summen und Dröhnen im Kopf. Er stützte sich auf den Stuhl, und indem er ihn vor sich hinschob, bewegte er sich vorwärts. »Marie, Marie!« murmelte er. »Ich will nicht allein sterben, ich kann nicht!« Wo war sie? Wo konnte sie sein? Er war, immer den Sessel vor sich herschiebend, bis zum Fenster gekommen. Da lag der Garten und drüben der bläuliche Glanz der schwülen Nacht. Wie sie flimmerte und schwirrte! Wie die Gräser und Bäume tanzten! Oh, das war ein Frühling, der ihn gesund machen sollte. Diese Luft, diese Luft! Wenn immer solche Luft um ihn wehte, mußte es wohl eine Genesung geben. Ah! dort! was war dort? Und er sah vom Gitter her, das tief in einem Abgrunde zu liegen schien, eine weibliche Gestalt kommen, über den weißen, schimmernden Kiesweg, vom bläulichen Glanze des Mondes umhaucht. Wie sie schwebte, wie sie flog, und kam doch nicht näher! Marie! Marie! Und gleich hinter ihr ein Mann. Ein Mann mit Marie – ungeheuer groß –. Nun begann das Gitter zu tanzen und tanzte ihnen nach, und der schwarze Himmel dahinter auch, und alles, alles tanzte ihnen nach. Und ein Tönen und Klingen und Singen kam von ferne, so schön, so schön. Und es wurde dunkel. –

Marie und Alfred kamen heran. Sie liefen beide. Beim Fenster angelangt, blieb Marie stehen und schaute angstvoll ins Zimmer hinein. »Er ist nicht da!« schrie sie. »Das Bett ist leer.« Plötzlich kreischte sie auf und sank zurück, in Alfreds Arme. Der beugte sich, indem er sie sanft wegdrängte, über die Brüstung, und da sah er gleich am Fenster den Freund auf dem Boden liegen, im weißen Hemde, lang ausgestreckt, mit weit auseinandergespreizten Beinen und neben ihm einen umgestürzten Sessel, dessen Lehne er mit der einen Hand festhielt. Vom Munde floß ein

Streifen Blut über das Kinn herab. Die Lippen schienen zu zukken und auch die Augenlider. Aber wie Alfred aufmerksamer hinschaute, war es nur der trügerische Mondglanz, der über dem bleichen Gesicht spielte.

Bibliographischer Nachweis

Albine. Fragment. (1880.) Erstmals in A. Schnitzler, ›Entworfenes und Verworfenes‹, Aus dem Nachlaß, herausgegeben von Reinhard Urbach, S. Fischer Verlag, Frankfurt am Main 1977 (= Textvorlage).

Frühlingsnacht im Seziersaal. Phantasie. (1880.) Erstmals in ›Jahrbuch deutscher Bibliophilen und Literaturfreunde‹, Wien, 18/19, 1932/33; dann mit einer Editionsnotiz von Heinz Politzer in ›S. Fischer Almanach. Das sechsundsiebzigste Jahr‹, Frankfurt am Main 1962. Aufgenommen in A. Schnitzler, ›Entworfenes und Verworfenes‹, Aus dem Nachlaß, herausgegeben von Reinhard Urbach, S. Fischer Verlag, Frankfurt am Main 1977 (= Textvorlage).

Welch eine Melodie. (1885.) Erstmals in ›Neue Rundschau‹, Berlin, 43. Jg., H. 5, Mai 1932. Aufgenommen in A. Schnitzler, ›Die kleine Komödie‹, Frühe Novellen, S. Fischer Verlag, Berlin 1932 (= Textvorlage).

Er wartet auf den vazierenden Gott. (1886.) Erstmals in ›Deutsche Wochenschrift‹, Wien, 4. Jg., H. 50, 12. Dezember 1886. Aufgenommen in A. Schnitzler, ›Die kleine Komödie‹, Frühe Novellen, S. Fischer Verlag, Berlin 1932 (= Textvorlage).

Amerika. (1887.) Erstmals als »Skizze« in ›An der schönen blauen Donau‹, Wien, 4. Jg., H. 9, 1. Mai 1889. Aufgenommen in A. Schnitzler, ›Die kleine Komödie‹, Frühe Novellen, S. Fischer Verlag, Berlin 1932 (= Textvorlage).

Erbschaft. (1887.) Erstmals in A. Schnitzler, ›Die kleine Komödie‹, Frühe Novellen, S. Fischer Verlag, Berlin 1932 (= Textvorlage).

Mein Freund Ypsilon. (1887.) Erstmals in ›An der schönen blauen Donau‹, Wien, 4. Jg., H. 2, 15. Jänner 1889. Aufgenommen in A. Schnitzler, ›Die kleine Komödie‹, Frühe Novellen, S. Fischer Verlag 1932 (= Textvorlage).

Der Fürst ist im Hause. (1888.) Erstmals in ›Arbeiter-Zeitung‹, Wien, 15. Mai 1932. Aufgenommen in A. Schnitzler, ›Die kleine Komödie‹, Frühe Novellen, S. Fischer Verlag, Berlin 1932 (= Textvorlage).

Der Andere. Aus dem Tagebuch eines Hinterbliebenen. (1889.) Erstmals in ›An der schönen blauen Donau‹, Wien, 4. Jg., H. 21, 1. November 1889. Aufgenommen in A. Schnitzler, ›Die kleine Komödie‹, Frühe Novellen, S. Fischer Verlag, Berlin 1932 (= Textvorlage).

Reichtum. (1889/1891.) Zweite Fassung, erstmals als Separatdruck der ›Modernen Rundschau‹, Wien 1891. Aufgenommen in A. Schnitzler, ›Die kleine Komödie‹, Frühe Novellen, S. Fischer Verlag, Berlin 1932 (= Textvorlage).

Der Sohn. Aus den Papieren eines Arztes. (1889.) Erstmals in ›Freie Bühne für den Entwickelungskampf der Zeit‹, Berlin, 3. Jg., H. 1, Januar 1892. Aufgenommen in A. Schnitzler, ›Die kleine Komödie‹, Frühe Novellen, S. Fischer Verlag, Berlin 1932 (= Textvorlage).

Gespräch in der Kaffeehausecke. (1890.) Erstmals in A. Schnitzler, ›Entworfes und Verworfenes‹, Aus dem Nachlaß, herausgegeben von Reinhard Urbach, S. Fischer Verlag, Frankfurt am Main 1977 (= Textvorlage).

Die drei Elixiere. (1890.) Erstmals in ›Moderner Musen-Almanach auf das Jahr 1894. Ein Jahrbuch deutscher Kunst‹, München, 2. Jg., 1894. Aufgenommen in A. Schnitzler, ›Die kleine Komödie‹, Frühe Novellen, S. Fischer Verlag, Berlin 1932 (= Textvorlage).

Gespräch, welches in der Kaffeehausecke nach Vorlesung der ›Elixiere‹ geführt wurde. (1890.) Erstmals in ›Jahrbuch deutscher Bibliophilen und Literaturfreunde‹, Wien, 18/19, 1932/33. Aufgenommen in A. Schnitzler, ›Entworfenes und Verworfenes‹, Aus dem Nachlaß, herausgegeben von Reinhard Urbach, S. Fischer Verlag, Frankfurt am Main 1977 (= Textvorlage).

Die Braut. Studie. (1891/92.) Erstmals in A. Schnitzler, ›Die kleine Komödie‹, Frühe Novellen, S. Fischer Verlag, Berlin 1932 (= Textvorlage).

Sterben. (1892.) Erstmals in ›Neue Deutsche Rundschau‹, Berlin, 5. Jg., H. 10–12, Oktober bis Dezember 1894. Erste Buchausgabe: S. Fischer Verlag, Berlin 1895 (= Textvorlage).